姫君たちの源氏物語

二人の紫の上

三村友希 *Mimura Yuki*

翰林書房

姫君たちの源氏物語――二人の紫の上　◎目次

第二章　宇治十帖、姫君たちの胎動

はじめに

本書は、この十年間の論文を集成した私のはじめての論文集である。

書名の『二人の紫の上』には、私の『源氏物語』論が紫の上と女三の宮を鏡像的な存在と捉えることから始発したことが端的に表れている。物語の構造においても、表現性においても、彼女たちの血筋からも、光源氏のまなざしからも、二人は対極にあるようでいながら、実は重ね合わされざるをえない、姉妹のような女主人公なのである。正編に関わる論の殆どが、この関心に貫かれている。

近年、室伏信助監修／上原作和編集『人物で読む源氏物語』（勉誠出版）が全二〇巻という大がかりなシリーズで刊行され、作中人物論は新しい地平をひらきつつあるように思われる。しかし、私が研究を志しはじめた当時は、王権論が収束した後で、ジェンダー論が開花し、そこから身体論が本格的に論じられるようになった、ちょうどそのころであった。作中人物論の弱点が糾弾されて久しく、衰退していたころでもあった。それでも私は、ここに収録したように、紫の上や女三の宮といった女主人公たちをめぐる物語性にこだわり続けてきた。そのささやかな結実が、この一冊である。

紫の上は、若紫巻に十歳くらいの少女として登場してから御法巻で死去するまで、もっとも長く光源氏に関わって物語に姿を見せる人物である。ところが、藤裏葉巻までの紫の上は、人物造型の輪郭がはっきりせず、理想的な妻という類型の域を出ない面が指摘されてきた。では、光源氏物語における紫の上の担う役割とは何か。藤村潔氏は、次のように言う。

どの登場人物もそれぞれにおもしろいが、物語全体を通して最も興味深いということになると、やはり紫上ということになろうか。紫上は藤壺宮の身代わりとして源氏に愛され、夕顔の身代わりのようなタイミングで、二条院に迎え取られ、葵上と入れ替わるようにして源氏の妻となり、明石姫君が生まれると生母に代わって彼女を育て、東宮女御として入内させた。

この関係は、藤壺宮の姪である紫上が、宮の身代わりとして源氏に愛されることによって、予言された、源氏の三人の子の生母のすべてに、身代わりとしてかかわっていることを意味する。これが、源氏物語の第一部（桐壺巻〜藤裏葉巻）における紫上の在りようである。

そうした紫上の物語の全体は、養母たる藤壺宮を冒し、彼女と結婚することなく一子を得た源氏に対して、養父たる源氏に冒され、彼と結婚したにもかかわらず、遂に子を生むことのなかったことで、「対称的であべこべ」の関係を構成している。

（藤村潔「『源氏物語』の中でもっとも興味深い人物とその理由」『アエラムック「源氏物語」がわかる』朝日新聞社、一九九七年、十一頁）

紫の上は、誰かの身代わりであるという属性を幾重にも担わされているのである。「紫のゆかり」が光源氏の母桐壺の更衣から系譜づけられることからすれば、紫の上は桐壺の更衣の面影をも宿した、光源氏の母的存在でさえあると言えようか。永井和子氏は、紫の上独自の存在感の多様さについて、「紫の上は第一部では妻とむすめの二重の存在であったし、ここにすべて容《い》れる母の面を付け加えることさえできよう。第二部で別の妻の出現によってその意味が問いなおされ、解体し、改めて『妻』として再生した」（永井和子「紫上―『女主人公』の定位試論―」（森一郎編『源氏物語作中人物論集』勉誠社、一九九三年、二九九頁）と説く。

私には、これらの指摘がとても重要に感じられる。こうした重層的に求められる役割を負う紫の上が自己分裂していくとき、光源氏世界はそのバランスを崩していくのではないか。求められる役割を遂げようとする紫の上と求められる役割にそぐわずに抗おうとする紫の上とが、決して別個にあるわけではなく、同時にせめぎあいながら存在する。そして、その葛藤は、求められる役割が重荷でしかなくて拒絶していく女三の宮という、もう一人の〈紫の上〉の登場で相対化されていくのである。

序論「二人の紫の上」には、紫の上と女三の宮を鏡像として見る立場を取る三編を収めた。紫の上の位相が改めて問われるのは、光源氏の〈娘〉という紫の上の役割・特権を奪うようにして登場する女三の宮によってであった。かつての自分自身のように光源氏に無心に依存していられる存在として、いわば鏡像としての女三の宮が紫の上を対象化していくからである。そのときにこそ、紫の上の抱える矛盾があらわになる。紫の上の振る舞いとしての〈親〉役割の語られ方も変質する。紫の上はいつも、〈大人〉と〈子ども〉の〈境界〉にあり、どちらにも帰属できない、帰属しない。それは紫の上の幸福な自在さでもあると同時に、その〈境界〉を振幅するという自己分裂の不幸をも抱えている。紫の上はその二重性を生き、決定不能な曖昧さの中に紫の上の本質、あるいは紫の上物語を生成する問題がひそんでいることを論じた。「1　二人の紫の上」では、出産し出家するという流転の人生を生きることで、理想の人紫の上を超えていく女三の宮の飛躍に注目した。女三の宮論から紫の上論がひらかれることじたいが、私なりに作中人物論の枠を超えようとした姿勢を示している。

若菜巻論を中心とする序論を受けた第一章「紫のゆかりの物語」は、『源氏物語』を織りなす縦糸である〈紫のゆかり〉の論理の抗いがたい運命性と脆弱性を軸に論じた4編から成る。光源氏最愛の女君でありながら藤壺の身代わり的存在である矛盾の中で、みずからの帰属するところを持ちえない紫の上が、光源氏に背を向けて「我は我」と思う孤独から、光源氏と紫の上の齟齬をたどる「1 紫の上の〈我は我〉意識」、朝顔巻における紫の上と光源氏がともに雪景色を眺める場面を論じた「2 月下の紫の上」は、結局は男女の和解に向かう場面が実はかすかに亀裂をひろげていくターニングポイントであることを取り上げている。そばにいる光源氏とは別の意識をもち、別の方向を見つめ、違和感を抱える紫の上がそこにはいる。「3 女三の宮の〈幼さ〉」においては、小柄で華奢であるとされる女三の宮の身体性や幼稚であるという性格描写から、女三の宮の未熟さを論じる中で、やはり柔和で小柄な、ほぼ同世代の明石の女御にも注目した。女たちが痩せることに対する男の理解不足が浮上する。ここでも、個として向き合うことの困難さが露呈した。「4 紫の上の死」では、それらの齟齬をそのままにして迎えることになる紫の上の最期について論じている。光源氏と紫の上の関係は修復されたのか、それとも絶望の中で紫の上は息絶えたのか、混沌とした最期を考える。そこに、明石の女御はいかに関わるのか。

私の関心は、紫の上の内面世界それじたいと、外側から見られ、期待されてくる紫の上像との間におのずと生じてくるズレ、乖離にあるが、紫の上その人はそれをしだいに血肉化して、自分のものとして対峙することを辞さないのである。光源氏は紫の上が自分の手の内にあると幻想し続ける。そして、紫の上も、そこから逸脱してしまっていることを自覚しながらもなお、光源氏の幻想のままであることを装い続けていくのではないか。幾重にも張り巡らされた構造の中で、紫の上はいつも二重性のあわいに生きるのである。

第二章「宇治十帖、姫君たちの胎動」においては、宇治十帖の展開の鍵をにぎる姫君たちの造型を考察する。1～3は、端役人物にすぎない三人を取り上げている。「1　明石の中宮の言葉と身体」では、明石の中宮が〈親〉となったとき、世俗の論理に忠実に、決まった規範の中に匂宮を管理していこうとする〈母〉となり、物語を左右する切り札的役割を負っていることを論じた。女三の宮の登場とよく似た語りの中に登場しながら女主人公になりえない女二の宮が、浮舟物語の中に〈装置〉として機能していくにすぎないながら、物語の座標軸として語られていくことを述べた「2　今上女二の宮試論」もまた、遠景の都世界の位置づけを再考するものである。「3　延期される六の君の結婚」とともに、薫・匂宮の帰属する都という社会のありようを見るが、近年とりわけ注目されるようになった宇治十帖の政治背景にも通じる問題意識からの論である。「4　浮舟の〈幼さ〉〈若さ〉」は、紫の上や女三の宮に比べるとあまり注目されてこなかった浮舟の幼稚性や未熟さ、あるいは若々しさがどのように語られ、かばわれ、非難されているかを考えている。

明石の中宮は紫の上の薫陶を受けているし、女二の宮をめぐる物語からは正編の〈紫のゆかり〉の方法が残照として消え残っているだけで、その記号性は形骸化していることが読み取られる。明石の中宮と女三の宮、女二の宮と六の君という対構造からの考察は、やはり私の研究方法に基づいている。浮舟はもとより、紫の上物語のテーマの継承者である。

最後に……。

作家の小川洋子は、小説とは過去を表現するものであるとして次のように述べている。

小説を書いているときに、ときどき自分は人類、人間たちのいちばん後方を歩いているなという感触を持つことがあります。人間が山登りをしているとすると、そのリーダーとなって先頭に立っている人がいて、作家という役割の人間は最後尾を歩いている。先を歩いている人たちが、人知れず落としていったもの、こぼれ落ちたもの、そんなものを拾い集めて、落とした本人さえ、そんなものを自分が持っていたと気づいていないような落とし物を拾い集めて、でもそれが確かにこの世に存在したんだという印を残すために小説の形にしている。そういう気がします。

（小川洋子『物語の役割』ちくまプリマー新書、二〇〇七年、七十五頁）

ああ、その通りだ、と思う。そうだとしたら私は、物語の中からその落とし物を再発見しているのだ。こうして本書をまとめた今、心からそう思う。その落とし物はなんと〈小さな物語〉であったことか。しかし、その〈小さな物語〉こそ、〈大きな物語〉を揺さぶり、その既成の論理や秩序を覆す反撥を秘めているにちがいない、と私は思うのである。

＊『源氏物語』本文は、小学館・新編日本古典文学全集『源氏物語』全六巻により、巻数・頁数も同書による。他の作品はその都度記した。

序論　二人の紫の上

1　二人の紫の上
――女三の宮の恋――

はじめに

女三の宮という人を言葉で表そうとすればするほどに、わからない。皇女という高貴な身分に不似合いな過剰な〈幼さ〉ばかりが際立ち、女三の宮の生々しい感情はあまり伝わってこないのである。その〈幼さ〉〈未熟さ〉は、物語の負の原動力として、機能性の側から理解されがちであった。しかし、やがて女三の宮自身が、その〈幼さ〉による非があったにせよ、過ちを犯して、否応なく悲劇にのみこまれていく姿はあまりに痛々しい。朱雀院の最愛の皇女から光源氏の正妻へ、さらに柏木の盲目的な恋の対象となって密通事件を引き起こし、罪の子薫を生み、尼へと流転していく、その歩みの過程に女三の宮の体温を読み取りたい。傀儡ではない、生きた感情と身体をもつ女三の宮が確かにいる。

その過程の物語は、紫の上の苦悩、発病へと向かう物語展開と決して無縁ではない。従姉妹どうしのこの二人は、同じく〈紫のゆかり〉であることによって光源氏と結ばれた。また、光源氏は、紫の上を少女のころから養育して結婚した「親ざまの夫」であった。女三の宮が、いわば「もう一人の〈紫の上〉」として登場させられていること、光源氏が「親ざまの夫」たるべく期待されていることから問いかけることによって、〈紫のゆかり〉の方法を考えたい。

あまりに希薄な女三の宮の性格描写からは、野村精一氏のように「女三宮は、光源氏を愛したのだろうか？　いや光源氏こそ、女三宮を愛したことがあつただろうか――？」[*1]との疑問もおのずと生じてくる。武者小路辰子氏は、恋などまだ知らない、女性として開花する以前に成長を止められたままの女三の宮像を捉え、光源氏を愛さなかった唯一の女性であるとした。[*2]また、深沢三千男氏は、女三の宮は「虚像」として設定されており、そのことが物語の悲劇性を高めていると指摘している。[*3]

父朱雀院の不安も、光源氏との結婚も、柏木との密通とその露顕も、すべて女三の宮の〈幼さ〉のためではあった。女三の宮は物語の中心にあって、その〈幼さ〉が物語を動かしていく。森一郎氏はかつて、女三の宮の〈幼さ〉にまつわる不吉な影をその人物造型に見出した。[*4]山田利博氏は、女三の宮は徹底して負性のみをもつ人物であり、その負性こそが物語を開拓するエネルギーであるとし、六条院を破壊していく装置として女三の宮を位置づけている。[*5]

しかしながら、女三の宮は、みずからの生を犠牲にして装置として奉仕させられているのであって、そこには、そうした役割を演じさせられているがゆえの苦しみ、痛み、悲しみがある。罪の子薫を懐妊、出産する女三の宮の、いわゆる母性を契機とする変貌を読む大坂冨美子氏の論もあった。[*6]生身の身体をもち、自身にふりかかる災難、残酷な運命に、女三の宮がどのように向き合ったのかについては、あまり顧みられることがなかったように思われる。

女三の宮にも「失ってしまったもの」があったのだ。

一　「親ざまの夫」ともう一人の〈紫の上〉

女三の宮は、父朱雀院の愛情と庇護を独占し、その出家を妨げ、処遇をめぐって周囲を悩ませる存在であった。十三、四歳のこの少女は、実年齢よりも殊更に〈未熟〉で、病篤い朱雀院以外に後見もいない。そこで朱雀院は、「見はやしたてまつり、かつはまた片生ひならんことをば見隠し教へきこえつべからむ人のうしろやすからむに、預けきこえばや」「六条の大臣の、式部卿の親王のむすめ生ほしたてけむやうに、この宮を預かりてはぐくまむ人もがな」（若菜上④二七）と思い立ったのである。

女三の宮の保護者となり、その〈幼さ〉を隠しつつ教え、大人の女性に成長させてくれる男性に女三の宮を託すことこそが、朱雀院の理想であった。光源氏が、〈幼い〉紫の上を育て、〈妻〉としたように。そうした実績のある光源氏に「親ざま」（若菜上④二八）に女三の宮を託したい、という朱雀院の意向に、東宮も「かの六条院にこそ、親ざまに譲りきこえさせたまはめ」（若菜上④二九）と賛成する。

斎藤曉子氏が言うように、「夫の面」では皇女にふさわしい地位にあり、女三の宮の身分に見合う待遇が用意されるとともに、「父の面」では女三の宮の〈幼さ〉を許し、教え育んでくれる、その両方を兼ね備えた「親ざまの夫」が、朱雀院が考え出したところの、いわけなく不甲斐ない女三の宮に都合のいい婿がね像であったのである。[*7] 光源氏という「親ざまの夫」に養育され、理想的な〈妻〉に成長した「娘ざまの妻」ともいうべき紫の上の先例に、朱雀院はかすかな希望を見つけたのであろう。紫の上の過去が、女三の宮の未来を導いた。光源氏は紫の上養育の過去をもう一度再現することを要求され、女三の宮は「もう一人の〈紫の上〉」への成長を期待されているのである。

皇女の結婚に関しては、今井源衛氏が、女三の宮の処遇問題をめぐる朱雀院の思考が時代認識に則ったものであることを明らかにした。[*8] また、今井久代氏は、皇女の結婚が増えたとは言っても、皇室の裁可による結婚はごく稀であり、だからこそ光源氏が選ばれたのだと指摘する。[*9] 皇女の降嫁を許されることが帝の信頼の証であり、名誉と将来の栄達の保証を得ることであったのは、『うつほ物語』の仲忠と女一の宮の結婚にすでに描かれていた。太政大臣家の嫡男である柏木が「皇女たちならずは得じ」（若菜上④三七）という高い望みをもっていたのは自然なことだったのかもしれない。しかし、女三の宮の場合は、ある意味でより困難とも思われる「親ざまの夫」という条件がこれに加わることになる。柏木では若く、頼りない。女三の宮降嫁を正式に承引する際、女三の宮と親子ほどの年齢の離れた光源氏は、「深き心にて後見きこえさせはべらんに、おはします御蔭にかはりては思されじを」（若菜上④四九）と述べた。つまり、朱雀院に代わって、「父の面」をも引き受ける約束をしたわけである。

また、女三の宮は、〈紫のゆかり〉の血筋からたどっても、「もう一人の〈紫の上〉」である。女三の宮の母は、かの藤壺の異母妹であった。女三の宮は藤壺のもう一人の姪であり、紫の上とは従姉妹にあたる「もう一人の〈紫のゆかり〉」なのである。光源氏とて、この皇女に関心がないはずはなかった。

紫の上は、女三の宮降嫁の決定を知り、光源氏に「かの母女御の御方ざまにても、疎からず思し数まへてむや」（若菜上④五二～五三）と健気に強がりを言う。一方で、光源氏に女三の宮を降嫁させてもなお不安の尽きない朱雀院は、わざわざ消息して、紫の上にもその後見を依頼している。

紫の上にも、御消息ことにあり。「幼き人の、心地なきさまにて移ろひものすらむを、罪なく思しゆるして、後見たまへ。尋ねたまふべきゆゑもやあらむとぞ。

背きにしこの世にのこる心こそ入る山道のほだしなりけれ

闇をはるけで聞こゆるも、をこがましくや」とあり。大殿も見たまひて、「あはれなる御消息を。かしこまり聞こえたまへ」とて、御使にも、女房して、土器さし出でさせたまひて、強ひさせたまふ。御返りはいかがなど、聞こえにくく思したれど、ことごとしくおもしろかるべきをりのことならねば、ただ心を述べて、

背く世のうしろめたくはさりがたきほだしをしひてかけな離れそ

などやうにぞあめりし。女の装束に細長添へてかづけたまふ。御手などのいとめでたきを、院御覧じて、何ごともいと恥づかしげなめるあたりに、いはけなくて見えたまふらむこといと心苦しう思したり。

（若菜上⑤七五〜七六）

小学館・旧全集本の頭注には、「院の出家に対する批判がましい気持さえまじるが、和歌だから許されもしよう」とある。ここには、公式を求める光源氏と心のままを述べた紫の上の返信との対立も窺える。従姉妹の関係でもあるのだから、とここでも紫の上と女三の宮の血縁は紫の上の嫉妬を規制するべく重要視されている。事実、紫の上は女三の宮に対面を申し出て、「おとなおとなしく親めきたるさまに、昔の御筋をも尋ねきこえたまふ」（若菜上④九〇〜九二）のであったし、「おなじかざしを尋ねきこゆれば、かたじけなけれど、分かぬさまに聞こえさすれど」（若菜上④九一）と、血縁を理由にして女三の宮と親しくしようとする。まるで〈姉〉のように、〈母〉のようにである。

こうして繰り返し確認される〈紫のゆかり〉は、背後に藤壺の影を透かし見せつつも、光源氏がこの結婚に踏み切った本当の理由を隠蔽しながら、むしろ紫の上にこの身分高く〈幼い〉従姉妹に対して嫉妬を許さず、後見し、

尊重しなくてはならない役割を課している。光源氏が〈父〉の代役を引き受けているとすれば、紫の上は〈姉〉として〈妹〉を暖かく迎え、あるいは〈母〉役割から教育してあげなければならない。[*10]

朱雀院と光源氏の思惑と幻想が交錯するところに、女三の宮は物語世界に押し出されてくる。皇女という身分と〈紫のゆかり〉の血筋の重さを身にまとって六条院に降嫁してきた女三の宮の、内実があらわになった。

姫宮は、げにまだいと小さく片なりにおはする中にも、いといはけなき気色して、ひたみちに若びたまへり。かの紫のゆかり尋ねとりたまへりしをり思し出づるに、かれはされて言ふかひありしを、これは、いといはけなくのみ見えたまへば、よかめり、憎げにおし立ちたることなどはあるまじかめりと思すものから、いとあまりもののはえなき御さまかなと見たてまつりたまふ。（若菜上④六二）

若菜上巻冒頭から朱雀院や乳母によって繰り返し案じられてきた女三の宮の〈幼さ〉を、光源氏も「げに」と確認した。末摘花巻以降[*11]、長く用いられなかった「紫のゆかり」の語が見える。光源氏は、同じ〈紫のゆかり〉として、女三の宮を紫の上の少女時代と比較し、紫の上の〈紫のゆかり〉の正統性を改めて認識したのである。

光源氏の落胆と空しい諦めは明らかである。北山で若紫の少女を垣間見た春、愛らしい少女をみずから育て、教えたいという欲望と、その成長に対する期待感で、光源氏の胸はいっぱいであったが、ここには、そのような気持ちの高ぶりはない。女三の宮への失望に比例して、紫の上への愛情がいやまさっていく。「対の上の御ありさまぞなほありがたく、我ながらも生ほしたてけりと思す」（若菜上④七四）とあるのは、「うち語らひて心のままに教へ生ほし立てて見ばや」（若紫①二一三）とあったのにまさに呼応する。[*12] 光源氏は、紫の上の成長と、紫の上を養育した自分の

「親ざまの夫」ぶりを誇らしく思っている。同じ十四歳で光源氏と結婚したときの紫の上が「姫君の何ごともあらまほしうととのひはてて、いとめでたうのみ見え」（葵②六九）るほどに成長していたことを思い合わせれば、女三の宮の成長の遅れが際立つのである。紫の上の涙に濡れた衣の袖に触れて、光源氏はこの結婚を後悔するしかない。

光源氏自身が紫の上を発見し、ひそかに引き取り、誰にも知らせないままに新枕を交わした、光源氏の衝動からの「親ざまの夫」と、朱雀院に押しつけられた「親ざまの夫」とは、完全には重ならない。紫の上の場合とはちがい、女三の宮の父朱雀院の存在が光源氏を規制し、束縛し続けていく。光源氏との出会いや結婚の経緯における紫の上の社会的な不安定さは否めないが、そこには、光源氏の愛情と紫の上の美質に裏打ちされた強さがある。紫の上は光源氏世界でのみ生きているのであり、だからこそ外部から異なる秩序を持ち込んだ女三の宮によって揺さぶられるのであるが、光源氏だけが紫の上を導いている、そのあり方は光源氏と紫の上のしなやかな強さでもある。繰り返して言えば、光源氏と紫の上の関係性は、紫の上の美質により支えられている。[*13]

光源氏は、女三の宮を「おいらかにうつくしきもてあそびぐさ」（若菜上④八六）とばかりに思い、まるでほんの子どものような、嫉妬など知らない様子に見える〈幼さ〉にむしろ、せめてもの救いを見出している。皇女の外面の重さのみが重視され、光源氏の実質的な最愛の〈妻〉は紫の上であるという六条院の矛盾は明らかである。光源氏の女三の宮への態度は、明石の君や夕霧から見ても「うはべの御かしづき」（若菜上④一三二）「上の儀式」（若菜上④一三三）を取り繕うものでしかない。明石の君が言うように「同じ筋にはおはすれど」（若菜上④一三二）、女三の宮は目標として目指さねばならない紫の上に及ばない。女三の宮は紫の上によって相対化され、その空虚な人物像が照らし返されるのであった。

そして、女三の宮降嫁の翌春、六条院の蹴鞠の遊びの折に、女三の宮の婿候補でもあった柏木と夕霧が、女三の宮を垣間見てしまう。身分と愛情が逆転している六条院世界で、「いといとほしげなるをりをりあなるをや」（若菜上④一四六）という噂に符合する、女三の宮の風にもたえぬような可憐な美しさに、柏木は惑乱させられたのであった。女三の宮が高貴な皇女にふさわしい待遇と寵愛を受けていないこと、光源氏が女三の宮よりも紫の上に愛情を傾けていることが、柏木には不満なのである。

このときの夕霧による、紫の上は「さま変りて生ほしたてたまへる睦びのけぢめばかりにこそあべかめれ」（若菜上④一四六）という紫の上擁護の発言は的を射たものであろう。紫の上の少女時代を見守り、養育し、歳月をともにした歴史は、光源氏と紫の上の間に特別な結びつきをもたらしたにちがいない。朱雀院が理想とした紫の上の「親ざまの夫」の先例が、逆に女三の宮の前に立ちはだかってしまっている。

二　女三の宮の微笑みと紫の上の発病

四年の空白があり、冷泉帝が譲位し、女三の宮の異母弟が即位すると、女三の宮の皇女・皇妹としての重みはいっそう増すことになる。今上帝の配慮で女三の宮は二品に叙せられ、光源氏は女三の宮と紫の上とに「渡りたまふこと、やうやう等しきやうにな」（若菜下④一七七）った。御代替わりを契機に、六条院世界はようやく女三の宮優位に傾いていかざるをえない。光源氏は、朱雀院に皇女降嫁を許された臣下として、その「聞こえ」を憚らなければならないのである。

女三の宮は、文字通り「空白」の時間を過ごしていたのか、二十一、二歳になろうというのに〈幼い〉ままである。玉鬘は、光源氏が色めいた関心を寄せつつ「親ざま」（胡蝶③一九一）に後見していた〈娘〉であったが、今は

「おとなびはてて」（若菜下④一七八）、鬚黒の右大臣の夫人として自立している。明石の女御も、今上帝の寵愛深く、母親となった。光源氏は今も、女三の宮を「幼からむ御むすめのやうに、思ひはぐく」（若菜下④一七九）んでいるという。かつて紫の上を「ただほかなりける御むすめを迎へたまへらむやうに」（紅葉賀①三一七）「母なき子持たらむ心地して」（紅葉賀①三一八）慈しんでいたときと単純に比較すると、やや義務感が強いようにも思われるものの、曲がりなりにも、朱雀院が理想とした「親ざまの夫」として、光源氏は女三の宮を教え、育んでいるのである。

朱雀院と今上帝が、女三の宮の琴の演奏を聞きたいと願っているというのを耳聡く聞きつけて、光源氏は、朱雀院五十の賀における披露を目標に、朱雀院による伝授が中断していた琴を女三の宮に教え始める。女三の宮が琴を上手に弾きこなすことができれば、光源氏は「親ざまの夫」として合格点をもらって、朱雀院や今上帝の信頼にこたえられるのである。

毎夜奏でられる光源氏の琴の音が聞きたくて、明石の女御が宮中から退出してくる。「などて我に伝へたまはざりけむ」（若菜下④一八二）という明石の女御の嘆きは、紫の上の思いでもあったろう。紫の上も、光源氏から箏の琴の手ほどきを受けたことがある。明石の女御がある種の嫉妬を女三の宮に感じているらしいことから、このあたりを、光源氏の〈娘〉たちの物語として読むこともできるのではないか。斎藤曉子氏は、「紫上の女三宮に対する嫉妬には、妻としての嫉妬以上に、娘としての嫉妬が潜在してい」て、「紫上の根源的な部分を侵し奪い取ってゆくものと思われたのではなかろうか」*14と指摘する。光源氏の〈娘〉であり、〈妻〉であるというのは、紫の上だけの特権であったのに、女三の宮がその過去を繰り返そうとしているのである。父親の後見もなく、実子もない紫の上にとって、光源氏によって「親ざま」に養育された過去は、唯一の優位性であったはずなのである。その過去を朱雀院が理想としたことが紫の上を追いつめている、皮肉な現実がある。

紫の上にとって、光源氏の女三の宮に対する熱心な伝授という行為と時間は苦痛であったにちがいない。無邪気に光源氏を慕い、甘えていたころの、その失ってしまった光景を女三の宮が再現している場面を、紫の上は容易に想像できたことであろう。大切な思い出が奪われるような不安が、紫の上を襲うのである。

女三の宮と光源氏にとっても、手を取っての伝授という行為と時間は、二人がはじめて共有した濃密な、充実した時間として意味をもったであろう。光源氏の伝授はしだいに熱を帯びて、女三の宮も順調に腕前を上げていく。光源氏に上達をほめられたときの、女三の宮の「何心なくうち笑みて、うれしく、かくゆるしたまふほどになりにけると思す」（若菜下④一八四）表情には、〈幼い〉中にも光源氏に対する愛情と信頼の芽生えが感じられる。女三の宮が微笑んだのは、後にも先にもこれきりであった。

伝授の甲斐あって、女楽で女三の宮は「教へきこえたまふさま違へず」（若菜下④二〇一）に琴を奏でて聞かせた。光源氏がどれほど満足したかは、紫の上に「手を取る取る、おぼつかなからぬ物の師なりかし」（若菜下④二〇四）と言い訳めいて語り、女三の宮に「物の師は心ゆかせてこそ」（若菜下④二一一）と戯れかける言葉からもわかる。女三の宮は、決して出来の悪い教え子ではなかった。女楽の翌晩になっても、「いといたく若びて、ひとへに御琴に心入れておはす」（若菜下④二一一）と語られる女三の宮は、何ともいじらしいではないか。いつも叱られてばかりなのに、はじめて光源氏にほめられ、認めてもらえたことが嬉しかったのである。琴の伝授を通して、光源氏と女三の宮は愛情を深め、朱雀院の理想の夫婦像に近づいている。「御琴ども押しやりて大殿籠りぬ」（若菜下④二一一）という、光源氏のこれまでにない積極性は見逃せない。

女三の宮は、遅蒔きながら、「もう一人の〈紫の上〉」になろうとしつつあるのではないだろうか。そして、光源氏の女三の宮への琴の伝授の時間はそのまま、紫の上が発病へと向かう時間でもあった。光源氏は紫の上に、「親の窓の内ながら過ぐしたまへるやうなる心やすきことはなし」（若菜下④二〇七）と語った。「親ざまの夫」として紫の上を見守ってきた自信からの、現在進行形の発言である。紫の上にしてみれば、それは美しく、はかない過去の幻想でしかない。後藤祥子氏は、「もし紫の上の発病が何かへの敗北ということになるとしたら、それは他ならぬ紫の上自身の自尊心との闘いによる敗北といってもよい」と指摘するが[*15]、光源氏のたった一人の「娘ざまの妻」であった誇りと優位性の揺らぎが、この突然の発病に大きく関わっているのではないだろうか。

紫の上が六条院ではなく二条院で静養するのは、女三の宮と柏木の密通の舞台を用意するためだけの事情ではない。「わが御私の殿と思す二条院」（若菜上④九三）「わが御殿と思す二条院」（御法④四九五）には、紫の上の少女時代の思い出が眠っている。その記憶を呼び覚まし、光源氏の「娘ざまの妻」である自信と落ち着きを取り戻すことで、紫の上はもう一度生きようとすることができたのかもしれない。

そして、光源氏が紫の上に付き添って二条院に行ってしまうと、女三の宮は取り残され、琴は「すさまじくて」（若菜下④二一五）片づけられてしまう。「もう一人の〈紫の上〉」になろうとする女三の宮の琴の音は、その紫の上の発病によって断ち切られてしまった。女三の宮が琴を奏でる場面はもうないのである。

三　密通・妊娠と光源氏の「誤解」

柏木は、女三の宮を忘れてはいなかった。今上帝の信任厚く、女三の宮の姉女二の宮を妻に得ているが、その扱いは「人目に咎めらるまじきばかりにもてなし」（若菜下④二一七）て、体裁を繕うだけであった。「同じ御筋」（若菜下④二一九）ではあっても女二の宮に満足できず、柏木の恋は、単なる皇女崇拝でなく、女三の宮その人に向かう恋へと純化していった。

女三の宮の乳母子小侍従は、光源氏の冷淡な態度を責める柏木に、次のように反論する。柏木の批判はあたらないというのだ。

これは世の常の御ありさまにもはべらざめり。ただ、御後見なくてただよはしくおはしまさむよりは、親ざまにと譲りきこえたまひしかば、（若菜下④二一一）

朱雀院の理想は、夕霧の発言にあったように光源氏の紫の上に対する寵愛を正当化してしまう論理であるとともに、女三の宮側には一面において妥協を強いるものでもあったのだ。柏木と異なり、女三の宮の〈幼さ〉を知り尽くしている小侍従としては、たとえ〈夫〉としての光源氏に不満があったとしても、〈父〉としての役割がより重視されるべきであることを切実に認識しているのである。世間一般の結婚とはちがうのだから、光源氏が〈父〉としての役割を果たしてさえいれば、たとえ〈夫〉としては冷淡であっても仕方がないのだという諦めも見受けられる。小侍従が柏木を手引きしてしまったのは、光源氏には感じられない女三の宮に対する熱意を柏木に見たからかもしれない。

しかし、柏木の一方的な恋情に、女三の宮はただ怯え、恐怖にふるえるだけである。密通の場面とその後には、突然の出来事におののいて、「いと口惜しき身なりけり」（若菜下④二三〇）と泣く、光源氏に過ちを知られることを怖れる女三の宮に筆が尽くされる。この事態に驚き、対処の仕方もわからずにただ涙に暮れるしかない女三の宮に対して、語り手も「契り心憂き御身なりけり」（若菜下④二二六）と同情する。

ところが、密通後の女三の宮の沈みがちな様子は、光源氏を二条院から六条院に呼び寄せることになる。光源氏には、女三の宮が目も合わせないのは「久しくなりぬる絶え間を恨めしく思すにやといとほしく」（若菜下④二三二）感じられた。光源氏から見れば、女三の宮は、あの琴の伝授の日々で愛情が深まったいとしい〈娘〉であり、〈妻〉なのである。女三の宮は、何も知らない光源氏を「いとほしく心苦しく」（若菜下④二三二）思う。懐妊がわかったときも、声も出ないほどに落ち込み、顔色のすぐれない女三の宮を見て、光源氏は「日ごろの積もりを、さすがにさりげなくてつらしと思」（若菜下④二四六）っている。女三の宮が嫉妬するまでに成長し、二条院に行ったきりの光源氏を恨んでいるというのは、光源氏の誤解にはちがいないが、これは本当に誤解なのか。

柏木が忍んできたとき、女三の宮が「何心もなく大殿籠りにけるを、近く男のけはひのすれば、院のおはすると思した」（若菜下④二二三）ことを見逃してはなるまい。光源氏がやって来たのだ、と女三の宮が咄嗟に思ったという事実が語られたことで、女三の宮の悲劇性はいっそう鮮明になっている。光源氏は、二条院に行ったまま帰らなかった。そして、柏木の身勝手な振る舞いによって、女三の宮はもの思いを知り、不幸な成長を遂げたのである。光源氏は、その女三の宮にこれまでとちがう魅力を感じている。

光源氏は、紫の上に付き添ったままであることを弁解して、「いはけなかりしほどよりあつかひそめて見放ちがたければ、かう、月ごろよろづを知らぬさまに過ぐしはべるぞ」（若菜下④二三二）と言う。ここでも、朱雀院の理想とした光源氏と紫の上の「娘ざまの妻」の歴史が、女三の宮という新しい「娘ざまの妻」の障害になっているのである。

懐妊という抜き差しならない状況になった今、お腹の子の本当の父親を知られることを怖れながらも、女三の宮は光源氏にすがり、このとき、紫の上のところに帰ろうとする光源氏をはじめて引き留める。懐妊を知ったばかりの光源氏も、いつになく積極的な女三の宮に抗しがたい魅力を感じたであろう。「ただ世の恨めしき御気色と心得たまふ」（若菜下④二四八）とある。嫉妬を知った〈女〉の態度と受け取ったのである。女三の宮は、あれから時折訪れる柏木から守ってほしかったのであろうか。そして翌晩、光源氏が柏木の手紙を発見してしまうのは、『無名草子』の批判するところである。

女三の宮は、軽率な手紙の管理を小侍従になじられても泣くことしかできない。それからの孤独な日々、女三の宮は「かく渡りたまはぬ日ごろの経るも、人の御つらさにのみ思すを、今は、わが御怠りうちまぜてかくなりぬる」（若菜下④二五七）と思い、父朱雀院にまで過ちが知られることをさらに怯える。ここから、女三の宮が光源氏のたまさかの来訪を恨み、待っていたらしいことがわかる。女三の宮は、ゆっくりと時間をかけて、光源氏への愛情と信頼を育てていたのであろう。光源氏の誤解もすべて誤解ではなかった。

密通事件より以前の女三の宮は、ただそこにある様子が多くの言葉を費やして語られるだけであり、生きた女三の宮はそこにいなかった。事件後、怯えや怖れのただなかにいる女三の宮の内側が描かれて、その息づかいが聞こえるようになる。それまで、その〈幼さ〉にばかり視線が向けられ、女三の宮の感情の機微は無視されていた。人形のように描かれていただけであった。それはそのまま、光源氏の女三の宮に対する向き合い方でもある。そのことが、女三の宮の不幸の始まりであった。琴の伝授を通して、女三の宮はようやく、一人の女性として認められ、光源氏の深いまなざしを手に入れようとしていたのである。

罪の子をみごもった女三の宮は、延期を重ねて執り行われた朱雀院五十の賀で琴を披露することもできなかった。本来ならば、光源氏の〈父〉としての教育の成果と〈夫〉としての愛情の証であり、夫婦の絆、紐帯ともなった女三の宮の琴の音を、朱雀院や今上帝の前で誇らしげに披露する晴れ舞台になるはずであった。物語は、朱雀院の理想をことごとく拒絶する。女三の宮の琴の音を断ち切ったのは、紫の上の発病と柏木の一方的な恋であった。

四　女三の宮の拒絶

密通発覚の後、光源氏の柏木への圧迫や、女三の宮への憐憫と憎悪が入り混じる苦悩や、光源氏を怖れて病に臥し、死に追い込まれていく柏木の懊悩が綿々と描かれる。女三の宮は、自分を守るすべも知らずに、臆病な幼子のように、運命の前でふるえている。何一つ自分で選択したことのない女三の宮が、はじめて決断したのが出家であった。「このついでにも死なばや」（柏木④三〇〇）「尼にもなりなばや」（柏木④三〇一）との願いは胸を打つ。

陣痛の苦しみの中で、女三の宮は何を思ったのか。光源氏は生まれた子を抱こうともしなかった。女三の宮は、本当は死んでしまいたいのである。我が身の存在を消してしまうよりほかに解決策は見つからなかった。柏木との「煙くらべ」（柏木④二九六）にも負けるわけはなかった。光源氏にも朱雀院にも、死を免れるために尼になりたいのだと主張している。死の代償としての出家なのである。事実、密通の衝撃から続く緊張と、いたいけな身体での懐妊、出産による疲労とで、女三の宮は心身ともに痛めつけられていた。光源氏は、もはやこれまでかと案じられていた紫の上が快復に向かっている身近な「例」もあるのだから、と気を強くもつようにたしなめるが、女三の宮にその言葉は届かない。

「なほ、強く思しなれ。けしうはおはせじ。限りと見ゆる人も、たひらかなる例近ければ、さすがに頼みある世になむ」（柏木④三〇二）

女三の宮には、紫の上のように光源氏とともにもう一度生きようとすることはできるはずもなかった。つまり、「もう一人の〈紫の上〉」になることを拒否しているのだ。紫の上とはちがう生き方を選択し、一歩踏み出そうとしている女三の宮が確かにここにいる。

光源氏に出家を訴えるときの女三の宮は、「常の御けはひよりはいとおとなびて」（柏木④三〇二）いたという。女三の宮がこのように評されるのはここだけであることから、『湖月抄』は「女三はつねはかやうには、きと物のたまふ事はなきなるべし。是非は霊のいはせまゐらするなるべし」とする。この後、紫の上の危篤騒動のときにも姿を見せた、六条御息所のもののけが実際に現れる。この女三の宮の出家にもののけの関与を重視する見解[*16]は根強いが、これまでの女三の宮の歩みを否定することはできない。紫の上が蘇生し、女三の宮が髪を切った後になってからもののけが出現するのは、それぞれの苦しみを声にできない二人に代わって語り、光源氏に訴えるためではなかったか。病や出家にまで追い込まれた二人の苦悩や痛みを代弁しているのであろう。[*17]もののけはむしろ、紫の上や女三の宮に共感しているのではないだろうか。

光源氏は、女三の宮の出家を引き留めようとするが、「頭ふりて」（柏木④三〇七）拒む女三の宮に、「つれなくて、恨めしと思すこともありけるにや」（柏木④三〇八）とも思うのである。もののけが言わせているのか、女三の宮自身の決断なのか。その答えがはっきりしないところにこそ意味がある。判断は光源氏と朱雀院に委ねられており、光源氏はもののけのせいだとし、朱雀院は光源氏に対する恨みから、女三の宮の気持ちを察して出家を許す。朱雀院はもう、〈父〉としても〈夫〉としても光源氏を信頼してはいない。ただの後見人としての役割だけが光源氏に残された。女三の宮は、仏道を通して、父朱雀院のもとに回帰していく。

出家は、女三の宮の捨て身の抵抗であり、衰弱した身体から最後のちからを振り絞って、万感の思いを込めた精一杯の意思表示だったのではないだろうか。髪を切り、女としての生を捨てることで示されたのは、我が身の運命に対する嘆きや逃避ばかりでなくて、身体を張ってしかできなかった抗議、抵抗という強さをも孕んだ、生きることへの再出発だったのかもしれない。

光源氏はこの若い尼に執着し、残される自分のことを「なほあはれと思せ」（柏木④三二二）と求めるが、女三の宮には疎ましく思われるだけであった。女三の宮は言う。

「かかるさまの人は、もののあはれも知らぬものと聞きしを、ましてもとより知らぬことにて、いかがは聞こゆべからむ」　　（柏木④三二二）

柏木も、女三の宮に執拗に「あはれ」を求めていた。あるいは、女三の宮にとっては、柏木も光源氏も身勝手な愛情を押しつけ、女三の宮の共感を求め、奪おうとする、もはや同一の存在なのであろうか。密通発覚から出家までの冷淡な態度とはまるでちがう光源氏の未練、執着は、女三の宮にしてみれば煩わしい。女三の宮の皇女という身分と〈幼さ〉だけを見て、その感情に触れようとしてこなかった光源氏に対する激しい反発である。これまで光源氏は、女三の宮に「もののあはれ」などというぬくもりある情を求めたり、認めようとしたりしたことはなかった。この女三の宮の抗議は、紫の上の述懐と響き合う。

女ばかり、身をもてなすさまもところせう、あはれなるべきものはなし、もののあはれ、をりをかしきことをも見知らぬさまにひき入り沈みなどすれば、何につけてか、世に経るはえばえしさも、常なき世のつれづれをも慰むべきぞは、おほかたものの心を知らず、言ふかひなき者にならひたらむも、生ほしたてけむ親も、いと口惜しかるべきものにはあらずや、心にのみ籠めて、無言太子とか、小法師ばらの悲しきことにする昔のたとひのやうに、あしき事よき事を思ひ知りながら埋もれなむも言ふかひなし、わが心ながらも、よきほどにはいかでたもつべきぞ、今はただ女一の宮の御ためなり。（夕霧④四五六～四五七）

どちらも、光源氏とのずれを表明し、埋められない溝をどうすることもできない諦めを抱えていることを告白している。また、ここに「親」の視点が見えるのも興味深い。

鈴虫巻冒頭、光源氏はもちろん、紫の上も積極的に後見して、女三の宮の持仏開眼供養が盛大に行われる。〈母〉〈姉〉紫の上の協力を得て、〈父〉としての責任をかろうじて果たそうとする光源氏であるが、〈夫〉としての未練も捨て切れていない。

光源氏　はちす葉をおなじ台と契りおきて露のわかるる今日ぞ悲しき（鈴虫④三七六）
女三の宮　へだてなくはちすの宿を契りても君が心やすまじとすらむ（鈴虫④三七七）

これほど厳しく光源氏を拒絶する和歌を、女三の宮が詠んでいる。不幸な過ちが女三の宮をこんなにも強くしたのか。女三の宮は、光源氏の愛が真実でないことを知っている。密通発覚から出家にいたるまでの光源氏の無情な態度を忘れてはいない。光源氏の優しさは、いつも世間体を繕うだけのものであったことさえも、女三の宮は覚っている。そんなうわべだけの愛では、女三の宮が「もう一人の〈紫の上〉」になれるはずもなかったのである。光源氏は今、女三の宮の手痛い拒絶に孤独を噛み締める。

八月十五夜、月明かりの下で見る女三の宮は、天の羽衣ならぬ尼衣をまとって遠くに行ってしまうかぐや姫のようである。

宮、

おほかたの秋をばうしと知りにしをふり棄てがたき鈴虫の声

と忍びやかにのたまふ、いとなまめいて、あてにおほどかなり。「いかにとかや。いで思ひのほかなる御言にこそ」とて、

心もて草のやどりをいとへどもなほ鈴虫の声ぞふりせぬ

など聞こえたまひて、琴の御琴召して、めづらしく弾きたまふ。

（鈴虫④三八二）

懐妊発覚の際に続いて、女三の宮からの二度目の贈歌である。「秋」に「飽き」をかけて、光源氏に飽きられたことを恨み、それでも振り捨てがたいものがあることを訴えている。女三の宮は幸薄かった結婚生活をまっすぐに見つめている。尼衣を身につけても、かぐや姫のようには飛び立てず、感情がなくなるわけでもない。女三の宮は、「もののあはれ」を知った、生きた女なのである。光源氏は、女三の宮の優雅さ、高貴さを見て、あなたこそ私を嫌って出家したのではないか、と切り返す。このすれちがいは修復のしようもない。ただ、琴の音が響く。

ただ喪失感だけが二人に共通している。あの琴の伝授の時間である。光源氏の奏でる琴の音に、女三の宮は聞き入らずにはいられない。琴の伝授の時間は、決して幸福ではなかった女三の宮の結婚生活の中で、もっとも明るく、

懐かしい日々であった。[*18] 唯一、光源氏と共有した幸福な時間であり、少女から女へと成長しようとしていた時間であった。琴の音と鈴虫の声は共鳴し、二人の心それぞれに、それぞれの音として虚しく響く。皮肉にも、その後の不幸を噛み締めるほどに、幸せだった記憶の大きさと明るさを思い知らされるのである。もう二度とこの琴の音を共有することはないのだ、という喪失感を露呈してしまった。思えば、あの女楽は、六条院そのもののもっとも華やかな一夜であるとともに、限界でもあった。

結びにかえて

深い道心があったとは思えない女三の宮の、追いつめられた果ての出家は、紫の上の「許されない出家」と表裏であり、〈女〉の生き方についての問いかけともなろう。出家後もその〈幼さ〉が光源氏や薫によって見て取られている女三の宮の、出家を懇願したときの「いとおとなび」た瞬間こそ、女三の宮がその高貴さを発揮し、輝いた瞬間であったと言えよう。

そのあざやかな逆転は、物語に色濃く刻まれ、〈女〉の生の問題を浮き彫りにする。そして、その悲しい役回りが果たせたのも、女三の宮自身が残酷な運命をたどり、幸福な時間を失い、それでもなおそれに立ち向かったからにほかならない。女三の宮の強さは、追いつめられ、断崖に立たされてはじめて、緊張感の中から発揮されるものである。女三の宮の苦悩、悲しみ、痛みを秘めた強さなのである。

若菜以後の物語は、女三の宮と紫の上の二人の生が、光源氏をめぐって共鳴し、一つの物語を表裏から奏でている。いわば互いの生を照らし返し、映し出す鏡のような関係にあるように思われる。年若く、しかも生まれたばかりの子を残して髪を下ろした女三の宮を、出家を許されなかった紫の上はどのような気持ちで見ていたであろうか。出家に追いつめられ、ぎりぎりの決断をした者と、許されない出家を決して断行しない者という隔たりはあっても、紫の上の思いは女三の宮に接近し、同じく傷ついた〈女〉として寄り添い、みずからの出家に対する思いをも託したのではないだろうか。[*19]まるで〈姉〉のように「絵などのこと、雛の棄てがたきさま、若やかに」（若菜上④九二）女三の宮に語りかけながら、光源氏を「後の親」（若紫①二六一）のように慕い、無邪気に甘えていた少女時代の記憶が色あざやかに、ほろ苦くよみがえったであろう。その関係性を再現しようとする女三の宮の存在は、紫の上を足許から揺るがす脅威であり、同時に奇妙な共感、親近感をも感じたかもしれない。

　女三の宮のあまりに突然の出家の、その本当の理由はわからないまでも、紫の上には、何かからの逃避であろうとは想像できたにちがいない。紫の上は、なかなか六条院に戻ろうとしない光源氏に対して、「内裏の聞こしめさむよりも、みづから恨めしと思ひきこえたまはむこそ、心苦しからめ」（若菜下④二五六）と女三の宮をいたわっていた。自分の身代わりであるかのように出家していく〈妹〉に、〈姉〉としてさまざまの思いを抱き、同情し、共感し、出家とは何かを反芻し、みずからの生を顧みたのではないだろうか。かつて光源氏の〈娘〉であった紫の上も女三の宮も、いまや〈父〉光源氏をはるかに超えてしまっている。

　出家は、女三の宮が〈紫の上〉を追い越し、自立した瞬間であった。女三の宮との別れに琴を奏でた光源氏は、その翌年の同じ八月十五夜、最愛の紫の上を天上に見送ることになる。光源氏の〈息子〉を生み、女としての実人生の幕を閉じて尼として生きる女三の宮と、最期まで光源氏のそばで生き、血の繋がらない〈娘〉に看取られて死にゆく紫の上と、二人は同じ〈女〉の物語を生きたのである。

注

＊1　野村精一「女三宮」（『解釈と鑑賞』第三十六巻第四号、至文堂、一九七一年五月）一〇八頁。
＊2　武者小路辰子「女三の宮像―稚さへの設問―」（『源氏物語　生と死と』武蔵野書院、一九八八年）。
＊3　深沢三千男「女三の宮をめぐって―虚像的女人像の設定―」（『源氏物語の形成』桜楓社、一九七二年）。
＊4　森一郎「女三の宮創造―幼稚な人柄の意味するもの―」（『源氏物語の方法』桜楓社、一九六九年）。
＊5　山田利博「負性を帯びた主人公―女三の宮の造型をめぐって―」（『源氏物語と平安文学　第三集』早稲田大学出版部、一九九三年）。
＊6　大坂冨美子「女三の宮の成長―母性を契機として―」（『中古文学論攷』第十五号、一九九四年十二月）。
＊7　斎藤暁子「女三の宮降嫁承引の過程について」（『源氏物語の研究―光源氏の宿痾―』教育出版センター、一九七九年）。女三の宮の人物造型それじたいが紫の上の少女時代における幼稚性と重ね合わせて作為的に語られていることも、池田節子「女三の宮造型の諸問題―紫の上と比較して―」（『源氏物語表現論』風間書房、二〇〇〇年）に指摘されている。
＊8　今井源衛「女三宮の降嫁」（『源氏物語の研究』未来社、一九六二年）。
＊9　今井久代「皇女の結婚―女三宮降嫁の呼びさますもの―」（『源氏物語構造論―作中人物の動態をめぐって』風間書房、二〇〇一年）。
＊10　本書・序論「2　幼さをめぐる表現と論理」。
＊11　「かの紫のゆかり尋ねとりたまひては、そのうつくしみに心入りたまひて」（末摘花①二八九）。
＊12　ほかに「ねびゆかむさまゆかしき人かな」（若紫①二〇七）「この若草の生ひ出でむほどのなほゆかしきを」（若紫①二一七）「げに言ふかひなのけはひや、さりとも、いとよう教へてむと思す」（若紫①二三八）などとある。
＊13　今井久代「『源氏物語』における紫の上の位相」（＊9・今井氏前掲書）。
＊14　斎藤暁子「紫上の挨拶―若菜巻に於ける―」（＊7・斎藤氏前掲書）二八九頁。
＊15　後藤祥子「『若菜』以後の紫の上」（『源氏物語の史的空間』東京大学出版会、一九八六年）一二五頁。
＊16　藤井貞和「光源氏物語主題論」（『源氏物語の始源と現在　定本』冬樹社、一九八〇年）。

＊17　武者小路辰子「若菜巻と六条御息所」（＊2・武者小路氏前掲書）、藤本勝義「源氏物語の死霊」（『源氏物語の〈物の怪〉―文学と記録の狭間―』笠間書院、一九九四年）。

＊18　沢田正子「源氏物語の楽の音―女人造型の美意識とのかかわり―」（『枕草子の美意識』笠間書院、一九八五年）。

＊19　この場面における、女三の宮に対する紫の上の共感については、増田繁夫「鈴虫巻の世界」（『講座源氏物語の世界〈第七集〉』有斐閣、一九八二年）、三田村雅子「衣を贈る／衣を縫う」（『源氏物語　感覚の論理』有精堂、一九九六年）、山口量子「鈴虫巻女三宮持仏開眼供養の位相―方法としての〈モノ〉―」（『玉藻』第二十七号、一九九一年十月）など。

2　幼さをめぐる表現と論理

　若菜上巻、女三の宮の登場とその六条院降嫁は、物語世界に波紋をもたらす。女三の宮の父朱雀院は、「光源氏が紫の上を育てたように、この女三の宮を預かって育ててくれる人がいたら」と思い、光源氏を婿に選ぶことになる。紫の上は女三の宮の目標とすべきモデルであり、そこに女三の宮の将来に希望を見出したのである。*1

　紫の上は、年若い皇女と光源氏の結婚という思わぬ事態を冷静に受けとめ、対処していこうとして、〈大人〉の対応を努力する。周囲も、幼い女三の宮に対して、寛容な、教育的配慮を紫の上に期待する。しかし、紫の上が〈大人〉になろうとすればするほど、紫の上の〈大人〉性は空回りし、〈子ども〉と〈大人〉の境界でせめぎあい、宙吊りになってしまうのではないか。過剰に付与された女三の宮の〈幼さ〉を鏡とすることによって、棚上げされ、誤魔化されてきた、紫の上の抱え込む矛盾があらわになっていく。その動態としての紫の上の身体の揺らぎを考察することが、本論の目的である。

　ここで言う紫の上の〈幼さ〉とは、紫の上の生来の素直で無邪気な性格であり、処世術でもある。ときに〈子ども〉のように無邪気に振る舞って、その場をおさめていく聡明な善意に、〈大人〉であるはずの光源氏がすがり、甘える。そのとき、紫の上は〈大人〉の思いやりで対処する。紫の上のこうした配慮の積み重ねが、光源氏世界の平穏を可能にさせていくことになる。しかし、〈大人〉と〈子ども〉の境界で、どちらにも帰属できない、帰属しない紫の上がいるのではないか。〈大人〉と〈子ども〉の境界を振幅しているという自己分裂の不幸、どちらをも自在に体現できるという幸福な魅力の、両義的な意味に揺れる、紫の上の〈幼さ〉である。

紫の上の振る舞いとしての〈親〉役割、〈母〉役割のあり方から考察を試みる。『源氏物語』というテクストの中で、登場人物たちはさまざまな社会的役割を担っており、その役割は重層化している。六条院世界という大きな〈家〉において、紫の上は光源氏の〈娘〉であり、〈妻〉であると同時に、〈母〉役割をも負っており、〈母〉もまた一つの性役割であり、家族役割である。紫の上にとって女三の宮の登場が悲劇的なのは、光源氏に無心に庇護され、計算のない甘えで向かい合うことのできる、光源氏の〈娘〉役割を奪われたからではないだろうか。

かつて紫の上を「ただほかなりける御むすめを迎へたまへらむやうにぞ思したる」（紅葉賀①三一七）「母なき子持たらむ心地して」（紅葉賀①三一八）「ただ女親なき子を置きたらむ心地して」（葵②五八）というように養育していたのと同様に、今度は、女三の宮を「幼からむ御むすめのやうに、思ひはぐくく」（若菜下④一七九）む光源氏。「もう一人の〈紫の上〉」とでもいうべき女三の宮の登場によってひらかれた物語世界において、紫の上は相対化を余儀なくされる。

紫の上は〈大人〉なのか、〈子ども〉なのか……？

一　北山の垣間見、きらめく幼さ

紫の上の〈幼さ〉の原点である、北山の垣間見場面は、紫の上の少女の身体をいきなり提示する。春の夕暮れの霞の中、目の覚めるような驚きと感動を与える鮮烈なイメージで、紫の上は登場した。[*2] 光源氏の視界に飛び込むように、二人の「大人」、同年代の「童べ」たちの群像の中から、十歳くらいと見える一人の「女子」が、扇をひろげたように髪を「ゆらゆら」と揺らして、「走り」出て来る。他の〈子ども〉たちに似ず、抜きん出て愛らしく、「いみじく生ひ先見えてうつくしげなる容貌」（若紫①二〇六）で「ねびゆかむさまゆかしき人かな」（若紫①二〇七）と感じて、光源氏は少女を見つめる。将来が楽しみな愛らしさだというのである。光源氏はふと気づく。少女の「生ひ先」「ねびゆかむさま」に対する期待、もう少し成長したときの姿を見てみたいと思うのは、そうか、少女が「限りなう心を尽くしきこゆる人にいとよう似たてまつれる」（若紫①二〇七）からだ、あの藤壺によく似ているからなのであった、と気づいて涙を落とす。

未成熟な紫の上の身体に藤壺を投影する光源氏のまなざしに、長編物語を生成する〈紫のゆかり〉の糸が手繰られている。紫の上の成長に藤壺を幻想する期待感と、幼い少女を〈父〉のように庇護し、養育していきたいとする愛着の、光源氏のその二つの欲望が、紫の上の〈幼さ〉の上にせめぎあいながら、紫の上物語は始発していく。

幼い紫の上は光源氏を〈父〉のように慕い、光源氏は紫の上を〈娘〉のように思い、養育する。奇妙な依存関係の中で、少女を〈父〉のように庇護していくこと、幼い女君を妻としていくことが同時に求められ、ねじれた様相を呈しているのである。結婚という制度・秩序に組み込まれて〈女〉になる以前の輝くような少女期は短く、光源氏の二重の欲望に弄ばれながら成長する紫の上は、少女たちの群像から逸脱しつつ、まだ〈女〉になっていない、〈子ども〉でも〈大人〉でもない、その二重性の境界に生彩を放っていた。

二　女三の宮…もう一人の少女…の登場

さて、紫の上のきらめくばかりの〈幼さ〉は、北山の垣間見場面に明らかであった。では、一方の女三の宮の〈幼さ〉はと言えば、紫の上の〈幼さ〉を庇護していくことで光源氏の理想性が獲得させられていたのとは逆に、その〈幼稚さ〉という方法によって、光源氏の理想性は失わせられていくのであり、不吉な影のように物語世界にまとわりついていく。結果的に、女三の宮の密通をもたらし、光源氏を苦悩させ、六条院を崩壊に導くための、負のエネルギーとして機能していくことになる。また、女三の宮があまりに幼すぎる女君であったことは、紫の上に〈親〉役割、〈母〉役割を強いることにつながっていく。本論では、そこに注目したいと思うのである。

女三の宮降嫁に際し、紫の上は「なほ童心の失せぬにやあらむ、我も睦びきこえてあらまほしきを」（若菜上④六六～六七）と言う。これは、「若い宮と童心にかえって遊びたい、という言い方の裏に、自分の余裕を女房に示そうとする意識もあろう」（新全集・頭注）と理解されている。紫の上の自尊心が、「童心」で対処していきたいという方向性に向かっていることに注意したい。紫の上が自身を支え、自己防衛する方法として、この「童心」があるのではないか。

しかし、周囲が期待するのは、紫の上の「童心」ではなく、未熟な女三の宮を光源氏とともに庇護し、教育していく、いわば〈親〉役割、〈母〉役割であった。未熟な女三の宮を心配する父朱雀院は、紫の上にもわざわざ手紙を書いている。「幼き人の、心地なきさまにて移ろひものすらんを、罪なく思しゆるして、後見たまへ」（若菜上④七五）と、紫の上の「後見」を期待し、要請するのである。朱雀院のこの依頼は、紫の上の「幼き人」に対する対応を決定づける。なぜなら、「幼き人」とは庇護され、かばわれ、教育されなければならないからである。

紫の上はみずから女三の宮に対面することを望む。紫の上のその気づかいに、光源氏も「いと幼げにものしたまふめるを、うしろやすく教へなしたまへかし」（若菜上④八七）と要請する。朱雀院と同じく、紫の上に女三の宮に対する教育的配慮を求めるのである。ここに、紫の上に対して悪気があろうはずもない。けれども、朱雀院も光源氏も何と虫がいいことを言うのか。

対面への用意として、光源氏は女三の宮に対して、紫の上は「まだ若々しくて、御遊びがたきにもつきなからずなむ」（若菜上④八八）と助言する。どうやら光源氏は、紫の上の〈母〉役割だけではなく、女三の宮と友好関係を築くていくための「童心」をも信頼し、その「若々しさ」に期待しているようなのである。年長者としての教育的配慮と「童心」、紫の上はその相反するような二筋の態度を要求されている。

紫の上はみごとに期待に応え、〈大人〉の〈母〉役割と〈子ども〉の無邪気な歩み寄りを果たしてみせる。実際に女三の宮に会ったとき、紫の上は、予想していたような緊張感を感じずにすんだかもしれない。「いと幼げにのみ見えたまへば心やすくて、おとなおとなしく親めきたるさまに」（若菜上④九〇〜九一）「やすらかにおとなびたるけはひにて」（若菜上④九一）、女三の宮が気に入るような話題、すなわち絵や雛遊びについて、「若やかに」（若菜上④九一）語りかけたのであった。女三の宮も素直に、「げにいと若く心よげなる人かなと、幼き御心地には」（若菜上④九一）うちとけていったという。

もう一度整理すれば、女三の宮が「いと幼げ」であったから、紫の上は安心して、「おとなおとなしく」「親めきたるさま」で接することができたのである。対面さえしてしまえば、本来、この人は〈子ども〉が好きな人であり、相手が幼い人であれば、「やすらかにおとなびたるけはひ」を示すのは、紫の上にとっては簡単なこと、ごく自然なことであった。「心やすくて」が感じさせる、紫の上の気のゆるみは看過しがたい。〈大人〉びた余裕があるからこそ、女三の宮に歩み寄って〈若さ〉を演じることができるのである。

女三の宮は、紫の上の謙遜や配慮には無頓着で、光源氏が言ったとおりに優しく若々しい方だ、と〈大人〉の思いやりに素直に甘えている。「おとなおとなしく」「親めきたるさま」「やすらかにおとなびたるけはひ」を「げにいと若く」と捉えられるというのは、紫の上ならではの思いやりであり、それは〈大人〉の余裕であるとともに、こんなに幼げな人に嫉妬するわけにいかないという自尊心でもあったであろうか。女三の宮の無邪気さ、無心の依存の前には、紫の上はどうすることもできない。紫の上は、振る舞いとしての〈大人〉の役割を「童心」で果たしたのであり、その要請は光源氏や朱雀院という男たちの都合のいい押しつけではあったが、その家族役割によってのみ、紫の上が実はかろうじて支えられているという側面もあるように思われる。

三　紫の上の〈母〉役割

紫の上の〈母〉役割は無論、養女である明石の姫君に向けられてきた。若菜上巻、明石の姫君の出産に際しても、紫の上は積極的に〈母〉役割を模倣している。「白き装束したまひて、人の親めきて若宮をつと抱きゐたまへるさまいとをかし」（若菜上④一〇九）とある。生まれたばかりの赤ちゃんを抱いている様子を、「人の親めきて」「みづからかかること知りたまはず」（若菜上④一〇九）と殊更に語られてしまっている意味は重い。女三の宮に対する〈母〉役割の振る舞いと何ら差異化されない言葉で語られてしまう。

紫の上の〈母〉役割、〈親〉性は、ここに来て、その虚構性が暴かれていよう。明石の姫君をいとしく思い、若宮をいとしく思うゆえの振る舞いも、どこかちぐはぐな語られ方をしている。「児うつくしみたまふ御心にて、天児など御手づから作りそそくりおはするもいと若々し」（若菜上④一一一）と見え、わざわざ「児うつくしみたまふ御心にて」と前置きされて、紫の上が赤ちゃんを奪い、独占しようとする行為が「若々し」と評されているのである。

光源氏世界においては、血のつながった実の親子の情愛よりも、「こうあるべきだ」とする理想性が追求され、養女・養子として改めて親子の組み合わせが選択されてきた。紫の上と明石の姫君の組み合わせもまた、光源氏の支配構造の中であてがわれた母子の組み合わせにすぎない。明石の姫君はみずからみごもった子ではなく、若宮は血のつながった孫でもない。[*4] 紫の上は「生む」性から疎外されていた。身体感覚として「生む」ことを知らないのである。振る舞いとしての紫の上の〈母〉役割は、子を生まない紫の上の欠損を補う代償的行為であった。ところが、擬制としての母子関係の人工的な秩序から、紫の上はしだいに逸脱していくのではないか。

幼い明石の姫君を「ふところに入れて、うつくしげなる御乳をくくめたまひつつ戯れゐたまへる御さま、見どころ多かり」（薄雲②四三九〜四四〇）とある場面、姫君を懐に抱いて、出るはずもない乳房をふくませて授乳のまねごとをしているのである。この姫君は私のもの、もう手放したりしないという無言の主張はある凄みをもって迫ってくる。これは、もはや単なる振る舞いではない。演技ではない。紫の上は本当の〈母〉になりたいのである。いわゆる〈母性〉が秩序や道徳であるとすれば、既成の〈母性〉の仮面を剝いだ別の次元に、この母子の光景はあるように思う。お腹を痛めた実母の悲しみを理解するには、紫の上には今少しの時間が必要であったかもしれない。独りよがりの充足感ではあるかもしれないが、〈母〉の身体を模倣する紫の上はこのとき、〈生む〉性からの逸脱と裏腹に、残酷な契約のかたちで、育てる〈母〉としての身体感覚を獲得していたと言えるのではないか。

四　〈大人〉とは誰か？

紫の上の〈母〉役割は、光源氏に求められ、紫の上が引き受けた家族役割であって、朱雀院の権威や光源氏の支配に、それは絡めとられているようでありながら、そこから微妙にずれていく。そして、光源氏の〈娘〉であるともに〈妻〉であること、〈母〉意識と〈子〉意識の多重性は、女三の宮というもう一人の少女と出会ったことで、その矛盾が露呈し、ぶつかることになった。その不安定な揺らぎが、紫の上の〈母〉役割の振る舞いからこぼれ落ちてしまう〈幼さ〉でもあったように思われる。期待される〈母〉役割を演じようとするとき、紫の上の振る舞いはいつも逸脱して、演技以上の振る舞いになってしまう。

いったい〈子ども〉と〈大人〉のどちらに帰属するのか。自己基盤を喪失した紫の上は、分裂した自己を管理しえなくなっていくのかもしれない。光源氏も、紫の上が〈子ども〉なのか、〈大人〉なのか、その判断を保留する。「親の窓の内ながら過ぐしたまへるやうなる心やすきことはなし」（若菜下④二〇七）と言って、光源氏は紫の上の幸福を説く。「親の窓の内」というのは、長恨歌の「養はれて深窓に在り人未だ識らず」[*5]を引用しての、〈父〉として、〈夫〉として、紫の上を庇護してきたという、光源氏の自信に裏打ちされた表現であることになる。光源氏は、今も紫の上が自分の手の内にあると幻想しているのである。そのように紫の上を〈子ども〉扱い、〈娘〉扱いしながら、続けて「人にすぐれたりける宿世とは思し知るや」「いとど加ふる心ざしのほどを、御みづからの上なれば、思し知らずやあらむ」「ものの心も深く知りたまふめれば、さりともとなむ思ふ」（若菜下④二〇七）と畳みかけるように、「知っているでしょう」「気づいていてくれますよね」「わかってくれているはずだ」と繰り返して、誰よりも光源氏を理解していてくれる、物分かりのいい〈大人〉の分別を紫の上に求める。

「あなたは幸せだ」という、この一方的な解釈に対する否定として、紫の上の述懐を捉えることができる。紫の上は、「知らない」ふりをしてやり過ごすことの苦しさ、味気なさを痛感して、その居心地の悪さに憤慨している（夕霧④四五六～四五七）。「女」の「生ほし立てけむ親」の口惜しさが触れられ、「今はただ女一の宮の御ためなり」（夕霧④四五七）と結ばれる述懐は、若菜上巻をひらいた朱雀院の悩みと呼応して、「女」を「生ほし立て」ることの困難さが物語の一つのテーマとなっていることがわかる。では、〈大人〉とは誰なのか。〈父〉としての光源氏の理想性も揺らいでいるのである。

紫の上は〈子ども〉なのか、〈大人〉なのか。決定不能な中にこそ、年齢に規制されない、自在な魅力が、個々の関係性において選びとられていく。紫の上の内面世界に封じ込められた〈少女〉という分身がそれを可能にしている。〈少女〉とは、俗世界にまみれない、まっさらな無垢の象徴である。子を生むことのなかった紫の上にとって、みずからの生の意味のかけらをつなぎとめるのは、〈大人〉でもあり〈子ども〉でもあるという自己分裂の苦悩や痛み、そのものであったのではないかと思うのである。

注

＊1　本書・序論「1　二人の紫の上―女三の宮の恋―」。

＊2　藤井貞和『物語の結婚』（ちくま学芸文庫、一九九五年）、原岡文子「紫の上の登場―少女の身体を担って―」（『源氏物語の人物と表現　その両義的展開』翰林書房、二〇〇三年）、中西紀子『源氏物語の姫君―遊ぶ少女期―』（溪水社、二〇〇三年）。

＊3　石阪晶子「藤壺の反照―垣間見の発動力―」（『源氏物語における思惟と身体』翰林書房、二〇〇四年）、三田村雅子「若紫垣

間見再読―だれかに似た人―」(『源氏研究』第八号、翰林書房、二〇〇三年四月)。

＊4　松井健児「生活内界の射程」(『源氏物語の生活世界』翰林書房、二〇〇〇年)。

＊5　物語の本文は、通行本による「深閨」ではなく、「深窓」とある『白氏文集』によっていることになる。諸伝本のうち、いわゆる旧鈔本とされる金沢文庫本にも「深窓」とある。吉海直人「『源氏物語』「窓」攷―帚木巻の用例を中心に―」(『解釈』第四十二巻第二号、一九九六年二月)参照。

3　女三の宮前史を読む
――もう一人の藤壺の呼び覚ますもの――

はじめに

『源氏物語』第二部は、朱雀院の病とそれゆえの出家の願いと、後に残される鍾愛の女三の宮に対する不安との葛藤によってひらかれる。女三の宮は、藤壺の中宮の姪、紫の上の従姉妹であり、〈紫のゆかり〉の女君であった。女三の宮のあまりの〈幼さ〉は、物語の負の原動力として機能する。また、母女御とはやくに死別し、今また父院の手から離れなければならないという孤児性を担って六条院に降嫁してくる女三の宮は、清水好子氏の「繰り返される過去」[*1]という観点に照らせば、「もう一人の〈紫の上〉」である。[*2]

そして、女三の宮の母女御は「もう一人の〈藤壺〉」であった。若菜上巻冒頭に藤壺の中宮の異母妹の存在をにわかに示すというのは、過去に向かって新たな視界をのぞかせる、作為的な設定である。「世の中を恨みたるやうにて」（若菜上④一八）とされる死や、女三の宮の年齢が十三、四歳であることなど、断片的な情報から推測される「もう一人の〈藤壺〉」の語られなかった物語は、第二部の物語の始発に暗い影を落としているように思う。女三の宮は、この母女御とともに物語世界に立ち現れるのである。

「もう一人の〈藤壺〉」の物語を、語られた物語の過去と可能な限り符合させてみると、現在と過去の共鳴する連続性が見えてくる。女三の宮の登場も過去からの侵蝕であり、「繰り返される過去」であるばかりでなく、過去と一筋に結ばれる時間の流れの中に位置するものであることがわかるのである。語られなかった時間に、物語の裏側で誕生し、成長してきた女三の宮の降嫁によって、その時間の連続性をもっとも痛切に受けとめざるをえないのは紫の上であろう。第二部の始発に明らかにされた「もう一人の〈藤壺〉」の物語は、光源氏の物語を裏側から照らし返し、二人の〈紫のゆかり〉の苦悩と病への扉のような役割を果たしているのではないだろうか。その悲劇は、無関係なところで展開しているにちがいない紫の上物語にも共鳴していく。「もう一人の〈藤壺〉」に照明をあてて女三の宮前史を探り、その過去が現在にどのように作用し、何を呼び覚ましているか、その意味を考えたい。

一　もう一人の〈藤壺〉

御子たちは、春宮をおきたてまつりて、女宮たちなむ四ところおはしましける、その中に、藤壺と聞こえしは、先帝の源氏にぞおはしましける、まだ坊と聞こえさせしとき参りたまひて、高き位にも定まりたまふべかりし人の、とりたてたる御後見もおはせず、母方もその筋となくものはかなき更衣腹にてものしたまひければ、御まじらひのほども心細げにて、大后の、尚侍を参らせたてまつりたまひて、かたはらに並ぶ人なくもてなしきこえたまひなどせしほどに、気おされて、帝も御心の中にいとほしきものには思ひきこえさせたまひながら、おりさせたまひにしかば、かひなく口惜しくて、世の中を恨みたるやうにて亡せたまひにし、その御腹の女三の宮を、あまたの御中にすぐれてかなしきものに思ひかしづききこえたまふ。そのほど十三四ばかりにおはす。今は、と背き棄て、山籠りしなむ後の世にたちとまりて、誰を頼む蔭にてものしたまはむとすらむ、とただこの御事をうしろめたく思し嘆く。（若菜上④一七〜一八）

若菜上巻の冒頭において、朱雀院の病と出家の意志、弘徽殿の大后の死に続いて、朱雀院には四人の皇女があり、中でも女三の宮の将来を案じて出家することもできないという、藤裏葉巻までには語られていなかった事実が明らかにされた。その女三の宮の母で先帝の源氏であった「藤壺」が、後見もなく「心細げ」な暮らしぶりで、「高き位にも定まりたまふべかりし人」であったのに、弘徽殿の大后が朧月夜を朱雀後宮に送り込み、その勢いに「気おされて」、朱雀院も「御心の中にいとほしきものには思ひ」つつも譲位した後に、「かひなくくちをしくて、世の中を恨みたるやうにて亡せ」てしまったのが不憫で、残された女三の宮をとりわけ慈しんでいるのだという。新しい女主人公の両親を紹介する中で、第一部においては存在すら語られていなかった「藤壺」という女君が不意に浮上してきたのである。

朱雀院が桐壺巻で立坊し、葵巻冒頭で即位していることから、この藤壺の女御は花宴巻までに入内し、澪標巻はじめの譲位の後まもなくの死かと推測される。「先帝」の「更衣腹」とあり、藤壺の中宮の異母妹であろうことが示唆されている。藤壺の中宮の紹介が「先帝の四の宮の、御容貌すぐれたまへる聞こえ高くおはします、母后世になくかしづききこえたまふを」（桐壺①四一）とあったのを意識すれば、母后と更衣の身分のちがいと、同じ呼称ながら「高き位」（中宮）についた姉とつくことのできなかった妹という図式を描くことができる。おそらくは異母姉よりも早く、まだ幼い女三の宮を残しての早逝ということになり、「世の中を恨みたるやうにて」というのは尋常ではないように感じられる。

この藤壺の女御が藤壺の中宮の異母妹であることをはっきりと示すのは、光源氏であった。女三の宮との縁談を断ろうとする中で、光源氏は女三の宮が「もう一人の〈紫のゆかり〉」であることを自覚し、むしろ女三の宮を引き寄せる結果を招いてしまうのであった。それというのも、「この皇女の御母女御こそは、かの宮の御はらからにものしたまひけめ、容貌も、さしつぎには、いとよしと言はれたまひし人」（若菜上④四一）であったからなのである。語られることがなかったくらいに日陰の身であったという解釈ができようが、藤壺の中宮の異母妹という〈紫のゆかり〉の女君が過去に存在していたということじたい、驚くべき事実であると言えよう。[*3]

さらに、藤壺の女御は、東宮の母である承香殿の女御との間に「いどみかはし」（若菜上④二〇）た経緯があったという。藤壺の女御が「人よりはまさりて時めき」（同）、二人の女御の間に寵愛争いがあったため、女三の宮の後見を承香殿の女御に期待することはできない、と朱雀院の不安は高まるのである。承香殿の女御は「すぐれたる御おぼえにしもあらざりしかど」（若菜上④一九）とされている。「人よりはまさりて」の「人」とは承香殿の女御を指すのであろうが、それは東宮誕生より以前の序列であった。朱雀院の譲位の後、藤壺の女御が「世の中を恨みたるやうに」死を迎えたころ、「春宮の御母女御のみぞ、とりたてて時めきたまふこともなく、尚侍の君の御おぼえにおし消たれたまへりしを、かくひきかへめでたき御幸ひ」（澪標②三〇〇）の逆転勝利の日々を送っていたのである。朧月夜に「気おされ」た藤壺の女御と同様に、承香殿の女御も朧月夜に「おし消たれ」ていたのが、朱雀院の唯一の男御子を儲けたことによって、「いどみかはし」た藤壺の女御の挫折とは裏腹に「ひきかへめでたき御幸ひ」を獲得した。

注目されるのが、女三の宮誕生の時期である。金田元彦氏は「女三の宮を十三四歳とすると、藤壺女御が女三の宮をみごもった時期は、丁度朧月夜の尚侍が、『わらは病』のため、里邸に退出して、朱雀帝の後宮にいなかった、足掛け二年の間と符合する」と指摘している。[*4] 東宮の誕生を「二つになりたまへば」（明石②二六二）とあるところから逆算すると、藤壺の女御とほぼ同時に承香殿の女御も東宮を懐妊していたことになる。二人が「いどみかはし」た緊張感や、どちらが先に男御子を生むかという競争意識があったことも想像されてくるのである。[*5]

若菜上巻の冒頭の時点で「十三四ばかり」になる女三の宮が、十三歳になる東宮よりも僅かに早く生まれたのであろう。藤壺の女御の方が先に懐妊の兆しを見たものの、生まれたのは期待に反して皇女であったことになる。葵の上について「伊勢の御息所との恨み深く、いどみかはしたまひけむほどの御宿世ども」（若菜上④一〇二）とも言われていることからも、藤壺の女御と承香殿の女御の「いどみかはし」た過去の軋轢が「恨み」をともなうような激しさであった可能性も窺えるであろう。朱雀院もその周囲も、朧月夜腹の男御子をこそ期待していたと思われるが、その朧月夜の留守に、懐妊と出産という女性の身体の生理が二人の女御の運命をわけたのである。

二 「世の中を恨みたるやうにて」

朧月夜を頂点とした、藤壺の女御、承香殿の女御の微妙な序列構造が見えてきた。藤壺の中宮の異母妹である藤壺の女御は、弘徽殿の大后にとっては目障りな存在であったかもしれない。「帝も御心の中にいとほしきものには思ひきこえさせたまひながら」というのは、藤壺の女御をとりまく事情を想像させる。「世の中を恨みたるやうにて」の「世の中」という言葉は、そこから疎外された者の、距離を置いたところから見つめるまなざしを感じさせるのである。[*6]「高き位にも定まりたまふべかりし人」であったのに果たせなかった「恨み」と、「心細げ」な宮仕えを続ける中で朧月夜に「気おされて」、承香殿の女御と「いどみかはし」て敗北した「恨み」が、藤壺の女御を不幸な死に導いたことになる。

実は、「藤壺」の呼称をもつ人物がもう一人いる。今上帝の藤壺の女御である。

そのころ、藤壺と聞こゆるは、故左大臣殿の女御になむおはしける、まだ春宮と聞こえさせし時、人よりさきに参りたまひにしかば、睦ましくあはれなる方の御思ひはことにものしたまふめれど、そのしるしと見ゆるふしもなくて年経たまふに、中宮には、宮たちさへあまたここらおとなびたまふめるに、さやうのことも少なくて、ただ女宮一ところをぞ持ちたてまつりたまへりける。わがいと口惜しく人に圧されたてまつりぬる宿世嘆かしくおぼゆるかはりに、この宮をだにいかで行く末の心も慰むばかりにて見たてまつらむと、かしづききこえたまふことおろかならず。御容貌もいとをかしくおはすれば、帝のらうたきものに思ひきこえさせたまへり。
（宿木⑤三七三）

この藤壺の女御は、「人よりさきに」入内して、今上帝の「睦ましくあはれなる方の御思ひ」は格別であったのに、明石の中宮に及ばず、女二の宮をせめてもの慰めに大切に養育していたが、女二の宮が裳着を迎えようとするころ、「物の怪にわづらひたまひて、いとはかなく亡せ」（宿木⑤三七四）てしまう。やはり宿木巻ではじめて明かされる、母娘の物語である。女三の宮と同様に、女二の宮にもしっかりとした後見はなく、やはり今上帝を悩ませ、「朱雀院の姫宮を六条院に譲りきこえたまひしをりの定めども」（宿木⑤三七六）を思い出して、薫が婿に選ばれることになる。

日向一雅氏は、「どうして女三宮や女二宮が朱雀や今上の特別の関心の的なのか。その『なぜ』を解き明かすものとして、怨みと償い、鎮魂の論理は導入されてくるのであり、かれらが女宮たちのために行動する内的な動機づけであった」と指摘する。[*7] 今上帝の藤壺の女御は、入内した時点においては「左大臣殿の三の君参りたまひぬ。麗景殿と聞こゆ」（梅枝③四一四）とあって、その後に何らかの事情で局を移したらしい。朱雀院の藤壺の女御と重ねるべく、ここで女二の宮の母を「藤壺の女御」と呼ぶことに意味があったのではないだろうか。

輝く栄光の中にあった藤壺の中宮に比べて、二人の藤壺の女御は影を帯びており、女三の宮の母藤壺の女御の「世の中を恨みたるやうにて」と語られた死は物語の底に沈められている。語られない、そのことじたいが藤壺の女御の生き方であった。問題は、そのような藤壺の女御の生と死の意味を受けとめる者の内側にある。「世の中を恨みたるやうにて」は、朱雀院の主観的な視線によってくくられた、その「やう」に見えた藤壺の女御像であり、朱雀院の中にくすぶる悔恨と呵責が見え隠れする。藤壺の女御の非業の死は、朱雀院に対する最後のメッセージであった。自殺的行為によって朱雀院の愛情を女三の宮に向かわせた、壮絶な母の愛としても理解されている。[*8]

三　鏡像としての女三の宮

藤壺の女御は、「先帝の更衣と藤壺女御の、母娘二代の哀史をとりこみながら、女三の宮の存在が告げられる」[*9]という方法の中に登場してきた。ここに先帝の更衣――藤壺の女御――女三の宮という系譜を取り出すと、それは母北の方――桐壺の更衣――光源氏の系譜に重なり、北山の尼君――故姫君――紫の上の系譜をも見出すことができる。紫の上の母である故姫君は、入内が望まれていたものの、父按察使大納言を失って、兵部卿の宮がひそかに通うようになったが、その北の方の嫉妬を受けて病むようになり、死に至った。北山の僧都は「もの思ひに病づくものと目に近く見」（若紫①二一三）たと言っている。この母の受けた仕打ちが紫の上にまで及ぶかもしれず、病気がちな尼君にとって、幼い紫の上は悩みの種であった。

「悩み」とは「いつまでも不満に思って忘れない。相手の気持を不満に思いながらじっと忍ぶ」（岩波古語辞典）ことである。閉ざされた思いが胸にうずまき、故姫君が「もの思ひに病づ」いたように、しだいに藤壺の女御の身体を蝕み、やがて死にまで追いつめられたのであろう。心の奥底に巣くった苦悩や嫉妬、不安、不信は、それを隠しつつ生きていかねばならない緊張に耐えきれなくなったとき、病や死という方法で外側に表れてくる。

女三の宮も紫の上も同じように、「もの思ひに病づ」いた母を失い、残る庇護者の愛情と不安を駆り立てるところから、その生を出発していた。そして、光源氏も同じ過程をたどっていた。しかし、桐壺の更衣は「恨み」を負った側であるとされている。

いづれの御時にか、女御、更衣あまたさぶらひたまひける中に、いとやむごとなき際にはあらぬが、すぐれて時めきたまふありけり。はじめより我はと思ひあがりたまへる御方々、めざましきものにおとしめそねみたまふ。同じほど、それより下臈の更衣たちはましてやすからず、朝夕の宮仕につけても、人の心をのみ動かし、恨みを負ふつもりにやありけん、いとあつしくなりゆき、もの心細げに里がちなるを、いよいよあかずあはれなるものに思ほして、人の譏りをもえ憚らせたまはず、世の例にもなりぬべき御もてなしなり。（桐壺①一七）

桐壺の更衣は、「いとやむごとなき際」でないにもかかわらず、「すぐれて時」めいてしまった。後宮における身分秩序の掟を破った桐壺の更衣は、ほかの女御や更衣に妬まれ、世間の非難を浴びて、「恨みを負ふつもり」のためか、徐々に体調を崩していった。母北の方も、桐壺の更衣の死を「人のそねみ深くつもり、やすからぬこと多くなり添ひはべりつるに、よこさまなるやうにて」（桐壺①三二）と規定している。これは、故姫君の「もとの北の方やむごとなくなどして、安からぬこと多くて、明け暮れものを思ひてなん亡くなりはべりにし」（若紫①二一三）と語られる軌跡に通じる。周囲からの恨み、嫉妬が桐壺の更衣の上に「つもり」、病づき、ついに息絶えたのであった。

桐壺の更衣の残した唯一の和歌「かぎりとて別るる道の悲しきにいかまほしきは命なりけり」（桐壺①二三）について、光源氏の立坊にまで及ぶのだという解釈がある。[*10] 後になって明らかにされてくる父故按察使大納言の遺言からは、周囲からの迫害に必死に耐えて、家の再興を願っていた桐壺の更衣像が見えてくるのである。「よこさまなるやうにて」という表現の裏にもっと深い真実が隠されていたのかもしれない。そのように読めば、桐壺の更衣を死に追いやったのが周囲の女たちの「恨み」であった一方、[*11] 桐壺の更衣自身もまた、ひそかな野望を達成しようとする途中で病に倒れた、いわば「恨み」とでも名づけられるような執着を抱いたまま逝ったことになる。[*12] その無念さを知った桐壺帝が光源氏に寄せる思いは、朱雀院が女三の宮を鍾愛する思いに重なる。男源氏の物語に対する、女源氏の物語である。[*13] また、やはり大納言であった父の入内への夢を果たすことができなかった故姫君と、遺言を頑なに守った桐壺の更衣は、鏡像関係にある。

無念の死を遂げた桐壺の更衣の悲劇の影にそのような野望と挫折が認められるように、藤壺の中宮の入内についても、桐壺帝の私的な〈紫のゆかり〉の恋であっただけでなく、右大臣・弘徽殿一派の横暴をおさえるための政治的な配慮であったり、先帝一族の王権奪回を計った策であったという側面も見えてくる。[*14] 後見のない藤壺の女御が入内をした背景[*15]も加えて考えると、その「世の中を恨みたるやうにて」の死も、ちがう響きをともなってくる。朱雀後宮は、父桐壺帝の後宮を模倣している。「承香殿」は、桐壺帝の第四皇子の母女御から今上帝の母女御に継承されたが、後宮全体から見て目立たない女御が居所としている点で共通している。今上帝が即位したとき、承香殿の女御はすでに他界しており、[*16]新帝の生母として皇太后位を追贈されたのも「物の背後の心地して」（若菜下④一六五）とされる。「弘徽殿」は姉大后から、はじめ登花殿にいた妹の朧月夜に譲られた。同じく「藤壺」も異母妹に受け継がれたのであったが、この場所だけが明から暗へとその内実を変化させている。歴史的に見れば、「弘徽殿」がもっとも勢力のある家の出身の女御や中宮のいるべき場所であったのに対して、「藤壺」は必ずしもそうではなかったらしい。[*17]藤壺の中宮が異例であったと考えられるのであるが、その落差は効果的に作用しており、看過できない。三人の藤壺の狭間にあって、光から影に「藤壺」のイメージをぬりかえた、女三の宮の母藤壺の女御の意味は重い。

藤壺の中宮も、秋好中宮も、明石の中宮も源氏であり、その身分にふさわしい寵愛を受け、中宮に立ったが、藤壺の女御はどちらも叶わなかった。その前に立ちはだかったのが、弘徽殿の大后の妹である朧月夜であったことから、桐壺の更衣の面影を藤壺の女御に見ることができるであろう。桐壺の更衣や故姫君の物語が、藤壺の女御のおぼろげな輪郭を肉体化させながら、女三の宮を物語に送り出すのである。

五　紫の上に投げかけるもの

寵愛というレベルで後宮なる政治の場を闘っていた女たちにとって、帝にどれだけ愛されるかが我が身を規定する基準であった。藤壺の女御の「恨み」は、朱雀院にこそ理解できる思いであった。異母姉の影に隠れたような藤壺の女御を母に、異母弟の光源氏よりも劣るように造型されている朱雀院を父に、女三の宮は生まれたのである。

母女御の「恨み」を克服させようとするかのように、あるいはその許しを請うかのように、朱雀院は、女三の宮に中宮幻想を投影する。朱雀朝は中宮を欠いており、[18]朧月夜を女御に、やがては中宮にという弘徽殿方の思惑も、光源氏との密会の露顕によって崩れてしまった。[19]姉の藤壺の中宮と同じように、この藤壺の女御も中宮とすべきではなかったのか、という後悔が朱雀院を苛んだのであろうか。朱雀院は、女三の宮を幻想の中宮に飾り立てようとし、[20]その降嫁も六条院入内の様相を垣間見せるのである。[21]女三の宮が病重い朱雀院の手許にいた時点では色濃く見られた孤児性は、六条院降嫁の後は払拭されていく。それは、紫の上が「身のほどなるものはかなきさまを、見えおきたてまつりたるばかりこそあらめ」（若菜上④八八）とあるように、自分自身の境遇の不安定さに思い至ったことと無縁ではない。

紫の上は、女三の宮降嫁の決定を冷静に受けとめようとする。

いとつれなくて、「あはれなる御譲りにこそはあなれ。ここには、いかなる心をおきたてまつるべきにか。めざましく、かくてはなど咎めらるまじくは、心やすくてもはべなむを、かの母女御の御方ざまにても、疎からず思し数まへてむや」と卑下したまふを、

（若菜上④五二～五三）

光源氏の決断に〈紫のゆかり〉の糸が張り巡らされていることなど知らない紫の上にとって、これは「空より出で来にたるやうなること」であって、「おのがどちの心より起これる懸想」ではない結婚なのだから、「をこがましく思ひむすぼほるるさま世人に漏りきこえじ」（若菜上④五三）と思い、「人笑へならむことを下には思ひつづけたま

へど、いとおいらかにのみもてなしたまへり」（若菜上④五四）とあるように、内面を隠して、自尊心だけは守ろうと努める。「いとつれなくて」という態度は、光源氏への不信感を如実に示している。以後も、「つれなくのみもてなして」（若菜上④六三）「さこそつれなく紛らはしたまへど」（若菜上④六六）と繰り返されていく演技である。動揺や失望、「思ひ」を閉じこめ、平静を装う紫の上は、ありのままの感情を素直に表現することを自身に禁じてしまう。〈紫のゆかり〉というあやうい運命を拠り所に、盗まれるように二条院に引き取られた身の上や、父宮にも知らせずに新枕をひそかに交わした結婚の経緯など、紫の上の孤児性が改めて浮上してくる。朱雀院はもちろん、「かの母女御の御方ざまにても」とあるように、紫の上もまた女三の宮との血縁を意識しており、叔母にあたる藤壺の女御の存在が紫の上を抑圧するのである。[*22]

女三の宮の〈幼さ〉が露呈されるにつれ、六条院は歪みを見せていく。斎藤暁子氏は、愛情の問題に参加する資格さえも女三の宮には与えられておらず、背後の父朱雀院の思惑に配慮しなければならない事態は後宮の姿に同じであると説く。[*23] 六条院に持ち込まれた世俗的な現実は、女三の宮を包む父朱雀院と母藤壺の女御の生きていた世界の延長であり、紫の上には得体の知れないものである。紫の上は、そのような世俗的な一般の価値観ではなく、その美質や愛情、信頼によって男女の関わりを築いてきた。それは、桐壺の更衣や紫の上の母故姫君、藤壺の女御が実現することができなかった稀有なあり方ではないであろうか。

しかし、「もう一人の〈紫の上〉」である女三の宮を鏡にして向かいあうとき、紫の上の存在の綻びがあらわになった。今、「思ひ」を隠し、光源氏には踏み込めない内面をもち始めた紫の上は、母が敗れた孤独な闘いに、やはり挑まなければならないことに静かに抵抗している。女三の宮の孤児性は、六条院を揺るがし、紫の上の内面を押し込めてしまうちからに変貌したのである。

五　紫の上の「思ひ」「世の中」

女三の宮の降嫁は、光源氏と紫の上の間に、もはや愛情では解決できない亀裂を生じさせた。しかし、そのためにすべてを否定できる二人の歴史ではない。紫の上は、眠れぬ夜に光源氏の須磨退去の折の離別を思い出して、現在の苦しみをも肯定しようとする。

かの須磨の御別れのをりなどを思し出づれば、今はとかけ離れてたまひても、ただ同じ世の中に聞きたてまつらましかばと、わが身までのことはうちおき、あたらしく悲しかりしありさまぞかし、さてその紛れに、我も人も命たへずなりなましかば、言ふかひあらまし世かは、と思しなほす。（若菜上④六八）

あのころは、光源氏がただ同じこの世に生きているだけでいいと思っていたではないか、あの危機を乗り越えたからこそ今の二人があるのだ、それに較べれば耐えられるはずだ、と思おうとするのである。

その一方で光源氏は、朱雀院の出家にともなって二条の宮に退出していた朧月夜に、六条院の緊張から逃れるように吸い寄せられていく。この再会を語るあたりには「昔」「いにしへ」といった語が多く見られ、過去をよみがえらせる仕掛けが施されて、「世の騒ぎ」「その世」などの語が朧月夜のためにさすらった須磨流離を幾度も呼び起こしている。*24 秋山虔氏は、「この光源氏対朧月夜の数段の世界は、それが接続するところの、それまでかかれてきた世界の展開を、そこから逸脱することによってなおおしすすめるものである」とし、さらに「光源氏—紫上—女三宮のきびしい矛盾の世界を、第一部以来の茫洋たる人生の流れの中に位置づけるものとなっている」と指摘した。[*25]

逸脱は、逸脱に終わらない。女三の宮誕生の時期を再び顧みると、藤壺の女御が入内から久しくして懐妊の機会を得たのは、光源氏との密会が露顕して謹慎していた、朧月夜の不在のときのことであったのである。そして、朧月夜に「気おされて」「世の中を恨みたるやうにて」藤壺の女御が死を遂げたことが、朱雀院の女三の宮に対する偏愛を招き、その過剰な不安から六条院降嫁を導くことになった。[*26] 紫の上が、過去の試練として捉え直す「須磨の御別れ」の直接的な原因となった密会露顕がなければ、女三の宮誕生はなかったかもしれない。過去が現在をすでに宿していたという事実に突きあたるのである。後藤祥子氏は「女三宮への物足りなさから光源氏が朧月夜を求め、女三宮密通が露顕したところで朧月夜の出家が語られるといったこの人の登場場面の時機や方法は『もとよりづしやかなる所はおはせざりし人』の、この一件への道しるべ的役割を見るように思う」と示唆しているが、[*27] さらに過去にさかのぼらせてみても同じことが言えそうである。

「世の中を思ひ知るにつけても」（若菜上④七八）「さまざまに世の中を思ひ知り」（若菜上④八二）と繰り返される、朧月夜の知った「世の中」は、光源氏との過ちを許し、変わらぬ愛情を注いでくれた朱雀院と過ごした時間が朧月夜に教えた「世の中」であり、光源氏に対する恋を貫くこともできず、朱雀院の愛情に応えることもできない朧月夜の覚えた「世の中」なのであろう。藤壺の女御の「世の中」が疎外されることによって「恨む」ものであったとすれば、朧月夜の「世の中」はそれに対置される、朱雀院の愛情に触れて「知る」痛みであったことを確認しておきたい。

現在と過去の時間を、朧月夜という回路を通して、一つの連続した時間として縫い合わせるとき、紫の上が築いていた世界が砂の城のような脆さを隠蔽していたにすぎなかったことを知らされる。物語の裏側で女三の宮が誕生し、成長していた間、紫の上は、六条院の女主人として君臨していた。乗り越えたはずの須磨流離という試練はすでに、新たなる試練を抱え込んでいたのであり、「もう一人の〈紫のゆかり〉」であり、「もう一人の〈紫の上〉」である女三の宮の成長を待って、紫の上を再び襲ったのである。光源氏と朧月夜との回顧的な再会に際して、紫の上が「昔を今に改め加へたまふほど、中空なる身のため苦しく」（若菜上④八五）と思わず涙ぐみ、封じ込めたはずの内面を解いてしまったその告白も、「昔」と「今」の時間の錯綜とずれを示して痛々しい。もはや紫の上は、光源氏の慰撫によって癒されることはない。

手習などするにも、おのづから、古言も、もの思はしき筋のみ書かるるを、さらばわが身には思ふことありけりとみづからぞ思し知らるる。（若菜上④八八）

無意識のうちの手習いの中に、自分自身の「身」の内側にひそむ「思ふこと」を発見した、その気づきが紫の上を追いつめていく。発病の前夜、紫の上は、「ものはかなき身には過ぎにたるよそのおぼえはあらめど、心にたへぬもの嘆かしさのみうち添ふや、さはみづからの祈りなりける」（若菜下④二〇七）と光源氏に告白し、「人の忍びがたく飽かぬことにするもの思ひ離れぬ身にてややみなむとすらん」（若菜下④二一二）と思いをめぐらしていた。紫の上の「思ひ」はその「身」につきまとって離れず、病を引き起こすのである。*28

紫の上は、「この世はかばかりと、見はてつる心地する齢にもなりにけり」（若菜下④一六七）「さらむ世を見はてぬさきに心と背きにしがな」（若菜下④一七七）と出家を願っている。女三の宮降嫁の当初、「目に近く移ればかはる世の中を行く末とほくたのみけるかな」（若菜上④六五）と詠み、「世の中もいと常なきものを、などてかさのみは思ひ悩まむ」（若菜上④六七）と嘆いていた。紫の上は、「世の中」の頼みがたさを知り、うつろいやすいものであると気づいてしまった。そして、それを「見果て」ることに抵抗するように出家を望み、「世の中」から退場しようとするのであった。しかし、危篤状態から蘇生したときの感慨には「世の中に亡くなりなむも、わが身にはさらに口惜しきこと残るまじけれど」（若菜下④二四二）とある。これは、「世の中」を「見果て」た強さなのであろうか。光源氏のあまりの悲嘆ぶりに「思ひ起こして」（若菜下④二四三）、もう一度生きようとする紫の上は、母故姫君などのたどった運命を超えて、もっと高い次元で光源氏物語に女の生き方を問うている。

結びにかえて

女三の宮は、六条院を崩壊に導いた。野村精一氏は、女三の宮に透明さを見出し、この愛や執着と無縁な、透明な女君によって、六条院の愛情世界が解体されたことを指摘する。[*29] そのように読むとすれば、「世の中を恨みたるやうにて」とされる藤壺の女御の死の影は、女三の宮には見られない。紫の上を失った光源氏には、女三の宮の経を読む尼姿は、「この世に恨めしく御心乱るることもおはせず、のどやかなるままに紛れなく行ひたまひて、一つ方に思ひ離れたまへるもいとうらやましく」（幻④五三二）見えた。このとき、女三の宮が答えた「谷には春も」（幻④五三二）は、「光なき谷には春もよそなれば咲きてとく散るもの思ひもなし」を引く。女三の宮は、光源氏から隔たった「もの思ひもなし」という世界に静かにある。

女三の宮の透明さは、愛情の問題から疎外された女三の宮のみが獲得した自由さであり、その「身」に封じ込めた「思ひ」がぎりぎりのところで発した紫の上の悲鳴と、表裏の関係にある。藤壺の女御が呼び覚まし、手繰り寄せた桐壺の更衣や故姫君の生と死を超えたところにある二筋の結末であった。鏡に映したように対照的でありながら、実は二人はよく似た〈姉妹〉であり、母たちの生きた苦悩をそれぞれのかたちで照らし返していよう。紫の上の「女ばかり、身をもてなすさまもところせう、あはれなるべきものはなし、もののあはれ、をりをかしきことをも見知らぬさまにひき入り沈みなどすれば……」（夕霧④四五六）という述懐と、女三の宮の「かかるさまの人は、もののあはれも知らぬものと聞きしを、ましてもとより知らぬことにて、いかがは聞こゆべからむ」（柏木④三三二）という抗議や反発、許されない出家と追いつめられて決断した出家とは、似て非なるものでありながら、響き合う一つの命題の中にあるのである。女三の宮の透明さは、負性としての〈幼さ〉を最大限に発揮させて、さまざまの「思ひ」を塗り込めた透明さであったかもしれない。

注

＊1　清水好子「若菜上・下巻の主題と方法」（『源氏物語の文体と方法』東京大学出版会、一九八〇年）。
＊2　本書・序論「1　二人の紫の上―女三の宮の恋―」。
＊3　河内山清彦「『若菜』巻の発端―秋山虔氏の『方法』の検証―」（『青山学院女子短期大学紀要』第二十四輯、一九七〇年十一月）は、この人物を過去の物語に挿入すると紫の上の存在さえもあやうくなるはずであると指摘している。
＊4　金田元彦「右大臣家の女君―若菜の巻を中心として―」（『源氏物語私記』風間書房、一九八九年）。
＊5　谷村利恵「若菜巻冒頭部における藤壺について」（『東京女子大学　日本文学』第八十七号、一九九七年三月）。また、橋姫巻になって明らかになる八の宮擁立事件も絡めて考察すると、さらに詳細な検討が可能になることについては、神野藤昭夫「宇治八の宮論―原点としての過去を探る―」（『源氏物語と古代世界』新典社、一九九七年）。八の宮もまた、過去からよみがえるようにして登場し、過去に新たな事実をひらかせる存在であり、「なほ世に恨み残りける」（橋姫⑤一三〇～一三一）とされている。

＊6　神野藤昭夫「よのなか（世の中）」（『国文学』第三十六巻第六号臨時号、学燈社、一九九一年五月）。
＊7　日向一雅「怨みと鎮魂―源氏物語への一視点―」（『源氏物語の主題「家」の遺志と宿世の物語の構造』桜楓社、一九八〇年）。
＊8　林田孝和「物語空間と伝承―源氏物語第二部の始発をめぐって―」（『源氏物語の発想』桜楓社、一九八〇年）。
＊9　『完訳日本の古典　源氏物語六』（小学館、一九八六年）十二頁。
＊10　藤井貞和「神話の論理と物語の論理」（『源氏物語の始源と現在　定本』冬樹社、一九八〇年）。
＊11　原國人「うらみの文学―源氏物語への試み―」（『國學院雑誌』第七十六巻第十号、一九七五年十月）は、桐壺の更衣の人生をつき動かしたのは宮廷の女たちの恨みであり、光源氏を恨みの果てに誕生した罪の子とし、恨みの因果応報こそが物語を展開させていくという読みを提示している。
＊12　三田村雅子「桐壺巻の語りとまなざし―〈揺れ〉の相関―」（『源氏物語　感覚の論理』有精堂、一九九六年）。
＊13　長谷川政春「女源氏の恋」（『物語史の風景』若草書房、一九九七年）。
＊14　吉海直人「藤壺入内の深層」（『源氏物語の視角』翰林書房、一九九二年）。
＊15　吉海直人「桐壺帝即位前史」（『日本文学論究』第五十二号、一九九三年三月）は先帝一族の帝位奪回の手段とし、小山清文「源氏物語における先帝一族―第二部『先帝一族』を中心に―」（『藤女子大学　国文学雑誌』第五十巻、一九九三年）も生き残りをかけた式部卿宮家の朱雀朝対策を読む。一方、今井久代「皇女の結婚―女三の宮降嫁の呼び覚ますもの―」（『源氏物語構造論―作中人物の動態をめぐって』風間書房、二〇〇一年）は、皇権の地位を高めようとする桐壺帝の意図を指摘する。
＊16　即位後の今上帝は、朱雀院の依頼もあり、女三の宮を二品に昇格させるなどの配慮をしている。女三の宮の継母にあたる承香殿の女御の死あっての後見であろうか。
＊17　増田繁夫「弘徽殿と藤壺―源氏物語の後宮―」（『国語と国文学』第六十一巻第十一号、一九八四年十一月）。
＊18　石津（細野）はるみ「若菜への出発―源氏物語の転換点―」（『国語と国文学』第五十一巻第十一号、一九八四年十一月）。
＊19　後藤祥子「尚侍攷―朧月夜と玉鬘―」（『源氏物語の史的空間』東京大学出版会、一九八六年）。
＊20　岡部明日香「朱雀院論―桐壺院の遺言からの考察―」（『中古文学論攷』第十九号、一九九八年十二月）は、秋好中宮が朱雀院の幻の中宮であったと読む。

＊21　河添房江「女三の宮素描」（『源氏物語表現史　喩と王権の位相』翰林書房、一九九八年）。
＊22　紫の上にあてた朱雀院の手紙にも、「尋ねたまふべきゆゑもやあらむとぞ」（若菜上④七五）とあり、実際に紫の上は、「昔の御筋をも尋ねきこえ」て女三の宮と対面し、「おなじかざしを尋ねきこゆれば、かたじけなけれど、分かぬさまに聞こえさすれど……」（若菜上④九一）と卑下しつつ、語りかける。
＊23　斎藤暁子「紫上の挨拶―若菜巻に於ける―」（『源氏物語の研究―光源氏の宿痾―』教育出版センター、一九七九年）。
＊24　＊1に同じ。
＊25　秋山虔「『若菜』巻の一問題―源氏物語の方法に関する断章―」（『日本文学』第九巻第六号、一九六〇年七月）十七〜十八頁。
＊26　奈良美代子「朧月夜尚侍の影―若菜上・下巻における再登場をめぐって―」（『跡見学園女子大学　国文学科報』第二十三号、一九九五年三月）は、藤壺の女御との過去も視野に入れつつ、女三の宮と柏木の密通事件の裏に潜在する朧月夜像とその再登場を読む。
＊27　後藤祥子「朧月夜」（『国文学』第十三巻第六号、一九六八年五月）一一九頁。
＊28　原岡文子「紫の上の『祈り』をめぐって」（『源氏物語の人物と表現　その両義的展開』翰林書房、二〇〇三年）。
＊29　野村精一「女三宮」（『解釈と鑑賞』第三十六巻第四号、一九七一年五月）。

第一章　紫のゆかりの物語

1　紫の上の〈我は我〉意識

はじめに

紫の上の発病が「自尊心との闘いによる敗北[*1]」であるとすれば、次の矜持などこそが、その「自尊心」と言えるであろうか。

今はさりともとのみわが身を思ひあがり、うらなくて過ぐしける世の、人笑へならむことを下には思ひ続けたまへど、いとおいらかにのみもてなしたまへり。（若菜上④五四）

これは、若菜以降になって見えはじめる、紫の上の「身」表現の初例にあたる意味でも注目に値する。[*2]光源氏最愛の妻として、六条院の女主人としての待遇をただ無心に享受し、その座に当然のように安住してきた自分自身を自覚し、その油断を顧みる、この紫の上の態度は何であろう。女三の宮降嫁によって凋落せざるをえない立場を思って厳しく自律する、紫の上の思惟である。紫の上は、現在のこの窮地を「わが身を思ひあが」ってきた慢心や虚栄心ゆえにすっかり無防備になっていたからだ、と考えているのか。[*3] それでも、恥を怖れる紫の上は、臆病に「おいらか」を装い続けるしかないのであった。否、紫の上が「わが身を思ひあが」っていたとすれば、それは光源氏の教えによる、何とも素直な驕りではなかったか。

例の、心とけず見えたまへど、見知らぬやうにて、「なずらひならぬほどを思しくらぶるも、わろきわざなめり。我は我と思ひなしたまへ」と教へきこえたまふ。（松風②四一二）

ときはさかのぼって松風巻、明石の君を訪ねて大堰の邸に赴いた光源氏の帰宅が遅れたことで、紫の上は機嫌をそこねていた。見かねた光源氏は紫の上に、受領の娘である明石の君は身分的に比較にならないのだから、「我は我」と特別意識をもちなさい、つまり「思いあがれ」と諭しているのである。紫の上の不機嫌が深刻だからこそ、光源氏は大人の余裕で軽くあしらおうとしている。注目したいのは、この「我は我」なる優越感の強要である。この光源氏の教育は何だろう。紫の上の「我」とは何だろう。

何も考えず、不安も不満も抱かずに、ただ「思ひあが」っていればよいのだ、とする命令口調は、実は澪標巻の「我は我」と呼応している。

我はまたなくこそ悲しと思ひ嘆きしか、すさびにても心を分けたまひけむよ、とただならず思ひつづけたまひ

て、我は我とうち背きながめて、（澪標②二九二）

この紫の上の「我は我」は対話の拒否と言ってよい。『源氏物語』を英訳したロイヤル・タイラー氏は、この表現に関して疑問を抱き、「I am I」という、現代英語ではあまり用いられない訳をあえて施したという。紫の上がそれほどの個性や自尊心をもっていることに驚いたとし、これこそが第二部へとつながり、第三部まで影響を及ぼしていく、男女間の緊張関係の発端ではないかとして注目している。[*4]

紫の上に関わる二例の「我は我」は、いずれも明石の君に対する嫉妬にまつわることになる。紫の上に言わせれば、その嫉妬も光源氏から教えられた感情だという。

面うち赤みて、「あやしう、常にかやうなる筋のたまひつくる心のほどこそ、我ながら疎ましけれ。もの憎みはいつならふべきにか」と怨じたまへば、いとよくうち笑みて、「そよ、誰がならはしにかあらむ。思はずにぞ見えたまふよ。思へば悲し」とて、はてはては涙ぐみたまふ。（澪標②二九一）

ここで紫の上は、殆どはじめて自己嫌悪の情を訴えている。「我ながらうとましけれ」という抑制しがたい不快感について、紫の上は「もの憎みはいつならふべきにか」と言い、光源氏のせいだと「怨」んでいるのである。

明石の君の女児出産を聞かされて傷心の紫の上に対し、光源氏は「さもおはせなむと思ふあたりには心もとなくて」と残念がって見せつつ、「呼びにやりて見せたてまつらむ。憎みたまふなよ」（澪標②二九一）と都合よく要請した。母娘を憎まないでやってくださいとは、紫の上にしてみれば、嫉妬心を見透かされたようで心外であったにちがいない。思わず赤面した紫の上は、嫉妬深い性格を指摘されるのは自分でも疎ましい、人を憎むなどという感情はいつ習うのでしょうかと切り返したわけである。

光源氏はいつも、女性関係をすべて紫の上に告白する。妻たちを序列化し、紫の上に特権を与えて差異化すると同時に、隠し事をしないことで紫の上の許容を求めるかのように。紫の上が愛らしく拗ねて、ほんの少し不機嫌な態度を見せれば、光源氏はそれで満足するのだ。ほどよく嫉妬することも、それをほどよく収束させることも、紫の上の美質にほかならない。光源氏は後にも、紫の上を「いといたく若びたまへるは誰がならはしきこえたるぞ」（朝顔②四八九）と慰撫している。紫の上の嫉妬をめぐる教育問題の繰り返される否定は、むしろ光源氏の自画自賛の裏返しであり、そんな習慣を教えた覚えはないとあしらうのは、光源氏と紫の上の関係性ならではの睦言なのである。

ならば、紫の上自身が嫌悪した「我」とは何なのか。光源氏のすぐ傍にありながらも強く意識せざるをえなかった「我」という個とは、紫の上の孤独な憂愁であり、自己であったはずである。夫婦喧嘩は不発に終わるものの、紫の上の心内にはわだかまりが残る。光源氏に理解されずに見過ごされてしまうだけに、紫の上の「我」意識はそれなりに深刻なのである。わずかな、しかし確かな手応えのある自閉の先に、紫の上の「我」はどこに向かうのであろうか。

一　紫の上の「我は我」意識

紫の上の自己嫌悪をそのままに、紫の上の嫉妬に関する責任のなすり合いは、「年ごろ飽かず恋しと思ひきこえたまひし御心の中ども、をりをりの御文の通ひなど思し出づるには、よろづのことすさびにこそあれと思ひ消たれたまふ」（澪標②二九一〜二九二）と沈静を見せる。京と須磨・明石に遠く離れて暮らした日々の連帯が「ども」「通ひ」といった表現で再確認されて、紫の上の苛立ちは本当に霧消したのであろうか。

当該場面は続く。明石の君の人柄や美貌、二日後に帰京をひかえた夕べのこと、優美な琴の音を、光源氏は饒舌に語る。紫の上はやはり平静でいられない。そこで抱かれてくるのが、紫の上の「我は我」なのであった。

すべて御心とまれるさまにのたまひ出づるにも、我はまたなくこそ悲しと思ひ嘆きしか、すさびにても心を分けたまひけむよ、とただならず思ひつづけたまひて、我は我とうち背きながめて、「あはれなりし世のありさまかな」と、独り言のやうにうち嘆きて、

思ふどちなびく方にはあらずともわれぞ煙にさきだちなまし（澪標②二九二）

光源氏に受けとめてもらえない空虚な自己嫌悪は、一過性にすぎなかったのかもしれない。少なくとも、物語の語り手も光源氏もそれを深く忖度しようとはしなかった。しかし、紫の上の「我」は動揺し続けている。光源氏が明石の君を思い出して賞讃するにつけても、主のいない二条院を一人守っていた「我」の孤独な悲哀を顧みる。直前に取り戻した連帯感は、光源氏と明石の君二人の間に結び直され、紫の上を疎外するものにもはや変質してしまった。紫の上が「独り言」のように、つまり光源氏へのメッセージではなく呟いた和歌では、「思ふどち」を横目に一人死んでいく「われ」までをも想定している。光源氏と明石の君が別れを惜しんで贈答した、次の和歌を受けた紫の上詠である。

光　このたびは立ちわかるとも藻塩やく煙は同じかたになびかむ
明　かきつめて海人のたく藻の思ひにもいまはかひなきうらみだにせじ
（明石②二六五）

再会を約束する光源氏に、明石の君は不安を覚えつつも素直に寄り添って、「うらみ」はすまいと応じていた。紫の上の和歌が加えられることで、三者の奇妙な唱和となった。今、「うらみ」を抱いているのは紫の上である。[*5] 一連の当該場面に紫の上の「怨じ」「もの怨じ」「思い嘆き」「思ひつづけ」や、「かのすぐれたまひたりけむもねたきにや」（澪標②二九三）の「ねたき」など、憂鬱な感情を示唆する語が列挙されることは看過しがたい。明石の君に対して「もの憎み」はしなくても、「ねたき」思いはどうすることもできないのである。

そこで問題にしたいのが、「我」こそが悲しかったのだと憤慨して、紫の上が「我は我」と光源氏に背を向けた前掲の部分である。現行の注釈書にはおよそ次のような指摘がある。

＊「源氏は源氏で明石の君を思い、紫の上は紫の上でわが身を思う」（新編全集）
＊「引歌があるか。参考『君は君我は我にてすぐすべき今はこの世と契りしものを』（弁乳母集）」（新大系）
＊「あなたはあなた、私は私で、お互いに別々の心なのですね、の意。『君は君我は我とて隔てねば心々にあらむものかは』（『和泉式部日記』）がある」（集成）

無理解な光源氏に「私は私」と背を向ける紫の上であるが、引き歌は認定されておらず、『弁乳母集』と『和泉式部日記』の和歌が参考歌としてあげられている。[*6]

さて、紫の上をめぐっては、冒頭にあげたもう一例の「我は我」を見出すことができる。

例の、心とけず見えたまへど、見知らぬやうにて、「なずらひならぬほどを思しくらぶるも、わろきわざなめり。我は我と思ひなしたまへ」と教へきこえたまふ。（松風②四一二）

新編全集本の頭注に、「『我は我とうち背きながめて』とひびきあうか。『われはと、おもひあがれと云心也。紫の上にまさる人なしと也』（天理図書館本河海抄）」とある。澪標巻、松風巻の二例が呼応することはまちがいないであろう。ここでも光源氏は教育者ぶっているのであった。翌日は宮中に宿直する予定を変更するくらいだから、光源氏も苦慮している。切迫した雰囲気だからこそ、光源氏は大人の余裕で不機嫌な紫の上を軽くあしらおうとする。受領の娘である明石の君は身分的に比較にならないのだから「我は我」と特別意識をもちなさい、と「教え」るのである。澪標巻の紫の上が否応なく感じた疎外感とは似つかぬ優越感が、光源氏の教育するこの「我は我」であると言わなければならない。光源氏は、紫の上の孤愁を狡猾にすり替えて意味づけようとするのである。

結果的に、紫の上はまたもはぐらかされ、幼い女児を「得」られることに歓喜して充足してしまう。

「思はずにのみとりなしたまふ御心の隔てを、せめて見知らずうらなくやはとてこそ。いはけなからん御心には、いとようかなひぬべくなん。いかにうつくしきほどに」とて、すこしうち笑みたまひぬ。児をわりなくらうたきものにしたまふ御心なれば、得て抱きかしづかばやと思す。（松風②四一三〜四一四）

思いがけない邪推をされるから素直に振る舞わなかったのだ、と紫の上は反論する。紫の上は、引き取った明石の姫君かわいさに、明石の君に対する嫉妬もおのずと緩和されてしまうのである。

いかに思ひおこすらむ、我にていみじう恋しかりぬべきさまをとうちまもりつつ、ふところに入れて、うつくしげなる御乳をくくめたまひつつ戯れゐたまへる御さま、見どころ多かり。（薄雲②四三九〜四四〇）

紫の上の嫉妬する「我」は、今度は一転して寛容さを見せる。お腹を痛めた我が子を手放さざるをえなかった明石の君の悲しみを思いやり、養母の「我」ですらこんなにも愛しいのだからと納得する。出るはずもない乳房を明石の姫君にふくませる行為は、姫君を手放したくないという独占欲を感じさせて余りある。紫の上は明石の姫君がいとおしくてならないのだ。それが紫の上という人だ。しかし、紫の上の人物造型に加えられた「子ども好き」の性格設定は、光源氏の栄華獲得に寄与していくのにいかにも好都合でもある。紫の上の「我」は、光源氏の掌中に握られている。その中で、澪標巻の「我は我」だけが違和感を与える自意識のように思われるのである。

二　「我」と「君」の同化／孤の獲得

『源氏物語』における「我は我」四例のうち二例が、紫の上に関わっていた。正編にもう一例見える玉鬘の例は、参内した玉鬘が冷泉帝に惜しまれつつ退出する場面に見られる。

ひたぶるに浅き方に思ひ疎まれじとて、いみじう心深きさまにのたまひ契りてなつけたまふを、かたじけなう、我は我と思ふものをと思す。（真木柱③三八七〜三八八）

新編全集本、集成本はこの用例だけに、『後撰集』に載る平中譚の影響の可能性を指摘する。冷泉帝の「昔のなにがしが例もひき出でつべき心地なむする」（真木柱③三八七）の「昔のなにがしの例」が、平定文がひそかに通っていた女を藤原時平に奪われた話を踏まえているとすると、冷泉帝は女を奪われた平中に自身をなぞらえていることになる。今は時平邸にいる女が定文が贈った返歌「うつつにて誰契りけん定めなき夢路にまどふ我は我かは」によれば、思いがけず髭黒の妻となって夢路に迷っているようで自分自身のことがわからないという、玉鬘のとまどいや困惑の表現となろう。ただし、この『河海抄』以来の説は、『玉の小櫛』によって否定されている。引用を認めない新大系本の脚注は、「私は帝の寵愛を受けるような者ではないのに」と解釈し、意に添わない結婚をした玉鬘の絶望的な諦念を読み取っている。

また、浮舟の用例は、小野に蘇生した浮舟の感慨を示している。

姫君は、我は我と思ひ出づる方多くて、ながめ出だしたまへるさまいとうつくし。（手習⑥三〇七）

身許不明の浮舟を亡き娘の身代わりと思う妹尼の世話を受けつつも、浮舟は孤独である。新大系本は、「世の中に身をし変へつる君なれば我は我にもあらずとや思ふ」（朝光集）を紹介している。しかし、どの注釈書も澪標巻の注を参照するように促しており、『源氏物語』の「我は我」表現四例の中でも、初例である紫の上の用例はやはり重要である。紫の上、玉鬘、浮舟はともに周囲の人たちに同調できない違和感、孤立感を漂わせて自己の内面を見つめているのであった。この三人を一概に扱うことは難しいが、誰かの「ゆかり」「形代」である彼女たちが、そろって「我は我」と思う系譜にあるのも興味深い。その孤独を自我と呼ぶことは性急かもしれないが、他者から理解されない内面をそっと抱え込む彼女たちの、自己客観化のまなざしを通した存在感覚と言えるであろう。「我は我」とわが身を規定したそのときに、言葉によって内面化された「私」という人格は他者と分離され、孤心を自覚するのである。

では、澪標巻の当該注にあった『和泉式部日記』の和歌を検討したい。

宮　われひとり思ふ思ひはかひもなし同じ心に君もあらなん

女　君は君われはわれともへだてねば心々にあらむものかは（七一～七二）[*7]

女に「同じ心」であってほしいと請う帥宮に、女は「君」と「われ」の間に「へだて」などあるものかと切り返している。「君」と「我」は一心同体で別個の存在ではないと主張するのである。『源氏物語』の女たちの孤独とは逆に、女は「君」と「われ」の連帯を強く信じ主張しているのである。『和泉式部日記』に「我」の用例は多い。[*8]帥宮の訪れが途絶えがちになると、女は今すぐに来てほしいと訴える。

今の間に君来まさなん恋しとて名もあるものをわれ行かんやは（六七）

さらに、宮邸入りを決心した女は、その意思をほのめかして「我」をうたう。

いとまなみ君来まさずはわれ行かん文作るらん道を知らばや（七四）

われさらばすすみて行かん君はただ法のむしろにひろむばかりぞ（七八）

また、厭世の思いを強くする帥宮の命をつなぎとめ、自身の愛を表明する。

呉竹の世々のふるごと思ほゆる昔語りはわれのみやせん（七九）[*9]

女が求める「我」と「君」の融合は繰り返し詠まれるのである。これらに詠まれる「我」と「君」の一体化は、和泉式部ならではの、人称を越えた恋の官能なのであろう。[*10] 参考歌にあげられてはいても、『源氏物語』の「我は我」表現はこの歌意に関わらない。

一方、『弁乳母集』の「君は君我は我にてすぐすべき今はこの世と契りしものを」は、和泉式部の「君は君われはわれとも」の影響下にあると見られるが、[*11] 詞書に「つねにうらみがちにて仲悪しきころ」とあり、「契りしものを」と逆接で結ばれていて、「我」と「君」の関係性は破綻している。和泉式部の「われはわれ」よりも紫の上の孤愁により近く、新大系本や『源氏物語の鑑賞と基礎知識』が和泉式部の和歌ではなく弁乳母の和歌を紹介するのも頷ける。弁乳母は三条天皇と道長の娘妍子との間に生まれた禎子内親王の乳母で、紫式部の娘賢子と同世代である。[*12] この和歌は情交があったとされる藤原道綱と交わした贈答歌群の一首で、歌意は紫の上の「我は我」に似ているものの、詠歌時期は特定できない。[*13]

新大系本が浮舟の「我は我」の参考歌とする「世の中に身をし変へつる君なれば我は我にもあらずとや思ふ」の作者藤原朝光は、天暦五年（九五一）に誕生、長徳元年（九九五）に薨去している。『源氏物語』以前の「我は我」表現を和歌に求めると、この朝光歌のほかに、次のような例を見出すことができる。

人恋ふる心ばかりはそれながら我は我にもあらぬなりけり（後撰集／よみ人知らず）

誰がために君を恋ふらむ恋ひ侘びて我は我にもあらず成りゆく（続後拾遺集／源順）

前者『後撰集』の和歌は、相手に対する恋心だけは確かだけれど、恋しさが募るあまり自分が自分でなくなってしまうほどだと嘆息する歌である。後者の源順の和歌は、村上天皇の天徳四年（九六〇）三月三十日に行われた「天徳内裏歌合」の選外歌である。これも「恋ひ侘び」たあまり自分を見失ってしまったと詠む。両者とも朝光歌と同じように打消表現をともない、「人」「君」ゆえに「我は我」でなくなるとする歌意となる。新編全集本、集成本が玉鬘の「我は我」の本歌としていた「うつつにて誰契りけん定めなき夢路にまどふ我は我かは」も反語表現をとっており、同じく茫然自失の状態を表していた。それらの中で、「君」と「我」の連帯を詠む和泉式部の和歌は異質な表現性が際立っている。しかし、いずれも紫の上の抱いた孤独な違和感とは異なっていることがわかるのである。

かずならぬ我は我にぞいとはるる人とひとしきめを見てしかな（相模）[*14]

ふりすてし雪げの空を眺めつ、つ我はわれともうらみつるかな（源経信）[*15]

相模の和歌は、取るに足らない身が厭わしいとする自己嫌悪をうたっている。相模国に下向した三年目の治安四年（一〇二四）正月に、伊豆山の走湯権現に参詣して奉納した百首のうちの一首である。源経信は長和五年（一〇一六）に生まれている。両者とも『源氏物語』同様に解せる「我は我」であるが、『源氏物語』以後の作品と言えるであろう。

そもそも、散文・韻文問わず「我」の用例には、『源氏物語』以前には茫然自失の状態を示す「我にもあらず」系の表現しか見られないことが指摘されている。[*16]「我は我」表現が、「我」を失いコントロールできなくなる意味から、他者と隔絶された個／孤を獲得したのは、紫の上が光源氏に背を向けながら抱いた嫉妬の情がはじめてなのである。やはりこれは新しい表現性を開拓して語られた紫の上の意識であり、決して看過できるわだかまりではない。

『うつほ物語』にも『伊勢物語』にも、「我は我」の用例は見られない。『狭衣物語』の「我は我」は二例。巻一冒頭で狭衣の源氏の宮思慕が「よそ人も、帝、春宮なども、一つ妹背と思しおきてたまへるに、我は我と、かかる心の付き初めて」（新全集①一九）と明かされる部分は、周囲からは「妹背」と見られていようとも「自分は自分」と割り切って思い続けていく狭衣の決意である。もう一例は、洞院の上に引き取られて豪華な御殿でかしづかれる生活に茫然自失の今姫君の「我は我ともおぼえず、知らぬ国に生まれたらん心地」（新編全集①巻一／一〇二）である。

『夜の寝覚』の「我は我」四例が示すのも、周囲からの孤立感である。懐妊のために出家もできず、男君の口説きに従うこともできない寝覚の上は、老関白に思いをはせ、「亡き昔のみ恋しく、『我は我』とうちながめられ」（大系／巻五・五一二）るのであった。和泉式部の和歌を引くと指摘されるところであるが、浮舟の「我は我」を踏まえてもいるであろう。[*17]

三　「我」の行く先

『源氏物語』における「我」の用例は、単純に検索しておよそ三九〇例にのぼる。夕顔巻に二十二例が見えて、巻別では最も多い。素姓を隠す謎の女に対して「我も名のりをしたまは」(夕顔①一五二)ずに耽溺した刹那の恋であった。打消表現をともなって茫然自失を表す例では、光源氏が藤壺の寝所に近づいて「我にもあらで」(賢木②一〇八)塗籠に押し込められたり、光源氏に迫られた玉鬘が「我にもあらぬさま」(胡蝶③一八九)で取り乱す。桐壺の更衣が危篤状態のために「われかの気色」(桐壺①二二)になり、朧月夜が光源氏との密会現場を父右大臣に見つかって「我かの心地して死ぬべく」(賢木③一四六)思うのも、「我か人か」の略で意識混濁や自失の状態を示している。

紫の上主体の「我」は十五例と少ないが、正編の女君の中では最も多い(「我は我」は二例として数え、光源氏の教える松風巻の「我は我」も含む)。紫の上の「我」の萌芽をさかのぼってみれば、無心に光源氏を信頼し、甘えていた少女時代の終焉を間近にしたときであった。紫の上が並べた雛人形や調度品を犬君が破壊した場面である。[*18]

心の中に、我はさは男もうけてけり、この人々の男とてあるはみにくくこそあれ、我はかくをかしげに若き人をも持たりけるかな、と今ぞ思ほし知りける。(紅葉賀①三二二)

光源氏が「今日よりは、おとなしくなりたまへりや」(紅葉賀①三二〇)と微笑むのも、乳母の少納言が「今年だにすこしおとなびさせたまへ」(紅葉賀①三二一)とたしなめるのも、一つ年を重ねた紫の上に早く大人の女性に成長してほしいからであり、雛人形のような偶像ではなく現実の男君を受け入れるべきだと促しているわけである。大人の論理で構築された制度、結婚という秩序に導かれる予感を「思ほし知」ることで「我」を位置づけ、おぼろげな理解ながら、紫の上はそれを静かに肯定していく。この年の冬に、光源氏と紫の上は新枕を交わすことになるのである。この素直で幼稚な「我」と澪標巻の自己嫌悪の「我」や嫉妬する「我は我」の間には、まだ大きな落差がある。

光源氏の外出のたびに機嫌をそこねる幼い紫の上に、光源氏は「我も、一日も見たてまつらぬはいと苦しうこそ」（紅葉賀①三二二）と語りかけてなだめる。光源氏主体で紫の上に関連する「我」を検討してみると、これまで見てきた紫の上主体の「我」の多くは「我は」とあったが、光源氏主体の「我」は「我も」と語られていくことに気づく。二条院に引き取ったばかりの紫の上の笑顔が愛らしいので、「我もうち笑まれて見たまふ」（若紫①二五八）とあり、紫の上といっしょに雛遊びに興じ、絵を描いては、「我も描き添へたまふ」（末摘花①三〇五）とあった。光源氏がいかに紫の上の愛らしい魅力に吸引されているか、その一端が窺える。光源氏のその欲望は、葵祭の日に紫の上の美しい髪を撫でて思う「君の御髪は我削がむ」（葵②二七）や、紫の上を独占する将来を約束した和歌「はかりなき千尋の底の海松ぶさの生ひゆく末は我のみぞ見む」（葵②二八）にも見られよう。光源氏が紫の上に接近し、寄り添っていく「我」表現に見る関係構造において、紫の上の「我は我」は決定的な転換となってもおかしくなかったはずである。

紅葉賀巻までの紫の上の「我」は、光源氏や周囲から教育された、受動的な「我」であった。澪標巻の紫の上の「我」はそれらとは質的に異なり、能動的に自分自身を位置づけている。しかしながら、繰り返して言えば、光源氏に「我は我」と「おもひあがれ」と「教え」られることによって、紫の上の嫉妬や孤独感といった負的な思惟は単純な優越感にすり替えられてしまったのである。その後も、新春の鏡餅は「我見せたてまつらん」（初音③一四五）と言って、光源氏は末永い夫婦の契りを誓っている。澪標巻以来、紫の上の「我」が光源氏に抱いた疑惑といえば、少女時代の自分と同じように光源氏を養父と慕う玉鬘に光源氏が惹かれていることに対し、「我にても、また忍びがたう、もの思はしきをりをりありし御心ざまの、思ひ出でらるる節ぶしなくやは」（胡蝶③一八四）と微笑んだ皮肉ぐらいである。紫の上の「我」の相対化は、若菜巻以降を待たなければならない。それは、紫の上の「身」意識の出現と軌を一にするはずである。

ところが、人形世界ではなく実際の六条院世界を統括し支える紫の上の「我」は、実に器用に装うことを覚えてしまっていた。女三の宮降嫁後、光源氏が今後の軋轢を予想して「我（紫の上）も人（女三の宮）も心得て、なだらかにもてなし過」（若菜上④五三）ごしてほしいと諭したのに対して、紫の上は気丈にこう言ったみせたのである。

なほ童心の失せぬにやあらむ、我も睦びきこえてあらまほしきを、あいなく隔てあるさまに人々やとりなさむとすらむ。（若菜上④六六〜六七）

これは、光源氏最愛の人とされてきた紫の上の自尊心がのぞく「我」であろう。[*19] 対話を拒絶することすらできない紫の上は、「我」を偽装し、空虚な演技を続ける。眠れぬ紫の上は、あの須磨流謫時代の経験を思い出していた。

さてその紛れに、我も人も命たへずなりなましかば、と思しなほす。（若菜上④六八）

独り寝の冷たい肌感覚が手繰り寄せた記憶は、遠くにいる光源氏の生死さえ危ぶんだ日々の「我」と「人」の絆であった。あの危機的な試練をも無事に乗り越えた「我」と「人」なのだから、と「思しなほす」二人の絆はしかし、すでに過去の二人の残像でしかないのかもしれない。[*20] しかし、紫の上にも自負がある。[*21]

我より上の人やはあるべき、身のほどなるものはかなきさまを、見えおきたてまつりたるばかりこそあらめなど思ひつづけられて、うちながめたまふ。（若菜上④八八）

父宮家から疎外されていることや結婚の正式な手順を踏んでいないことなどは些細な引け目にすぎないではないか、私に匹敵する人などいるはずがない、という、自尊心の再確認である。しかし、強いての思念も次の瞬間には覆されてしまうほど脆い。「我」の優越感と、若干だが致命的でもある劣等感の交錯は、従来の過信を反省する、冒頭にもあげた次の思惟から続く感情の起伏であった。

今はさりともとのみわが身を思ひあがり、うらなくて過ぐしける世の、人笑へならむことを下には思ひ続けたまへど、いとおいらかにのみもてなしたまへり。（若菜上④五四）

光源氏最愛の妻として、六条院の女主人としての待遇をただ無心に享受し、その座に当然のように「うらなくて」安住してきた自分自身の慢心を自覚し、その油断を「思ひ続け」て顧みる、紫の上の態度である。たとえば、光源氏から明石の君との関係を知らされたときの返歌「うらなくも思ひけるかな契りしを松より波は越えじものぞと」

（明石②二六〇）がある。あるいは、光源氏が朝顔の斎院に求婚していた折も「かかりけることもありける世をうらなくて過ぐしけるよと、思ひつづけて」（朝顔②四八〇）いた。[22]紫の上は気づいていたはずなのだ。安穏と生きてきた自分の暢気さを。でも、その後も紫の上は同じ「うらなくて過ぐ」す生き方を続けてきた。今こそ、紫の上の生来の性質であり、生き方であった無垢な依存が足許から揺らいでしまった。

紫の上の「身」意識がこれ以前に見られないことは特徴的であるが、すなわち、「わが身」を「思ひあが」ってきた紫の上の鈍感で無防備な態度こそが、光源氏が「我は我と思ひなしたまへ」（松風②四一二）と教育した生き方そのものであったことになろう。光源氏のすり替えに乗じ、当たり前のように「我は我」と「思ひあが」ってきたとは何と幼稚であったことか、と。「身」表現に「当該人物の多種多様な身意識や自己認識が固有にたどられている」とすれば、第一部の紫の上における「身」表現の不在はその理想性を確かに示しているのであろう。[23]しかしながら、その空白の第一部を補完する自己把握の一つの方法として「我」を定義することも可能であろうか。

『源氏物語』冒頭の「我」の初例が、桐壺の更衣に嫉妬した「はじめより我はと思ひあがりたまへる御方々」（桐壺①一七）の強烈な自我であったことは示唆的だ。彼女たちの気位の高さは、女御として当然の厚遇を求めていただけとも言える。女御が身分低い更衣よりも寵愛を受けるのは、当時の一般的な宮廷秩序であるからである。紫の上もまた、六条院の女主人、光源氏最愛の女君として君臨しながら、そうした既成の論理を無条件に過信して、その安心感に麻痺していたのである。光源氏に教えられたとおりの、紫の上の油断であったわけである。紫の上よりも高貴な内親王の降嫁によって、その序列が崩れ、紫の上の生き方そのものが相対化されたとき、紫の上の「身」意識が表れたことになる。

結びに

いや、「我」表現だけに依拠して紫の上物語を意味づけることには、もちろん危険をともなう。人物の自己把握は、そのときどきの場面設定、人間関係に応じて変化することは言うまでもない。他者と自分との相互的な関係構造における自称であるから、「我」意識の座標軸が自己の内側に置かれているか、それとも外側に置かれているかによっても意味は異なってくる。まして対話場面ならば、そこにはおのずと心理的駆け引きが生じる。では、改めて当該場面を再確認してみたい。この場面は結果的に紫の上讃美に収束していくことになるが、文脈はなかなか曲折している。

すべて御心とまれるさまにのたまひ出づるにも、我はまたなくこそ悲しと思ひ嘆きしか、すさびにても心を分けたまひけむよ、とただならず思ひつづけたまひて、我は我とうち背きながめて、「あはれなりし世のありさまかな」と、独り言のやうにうち嘆きて、

思ふどちなびく方にはあらずともわれぞ煙にさきだちなまし

「何とか。心憂や。

誰により世をうみやまに行きめぐり絶えぬ涙にうきしづむ身ぞ

いでや、いかでか見えたてまつらむ。命こそかなひがたかべきものなめれ。はかなきことにて人に心おかれじと思ふも、ただひとつゆゑぞや」とて、箏の御琴ひき寄せて、掻き合わせすさびたまひて、そそのかしきこえ

たまへど、かのすぐれたりけむもねたきにや、手も触れたまはず。いとおほどかに、うつくしうたをやぎたまへるものから、さすがに執念きところつきて、もの怨じしたまへるが、なかなか愛敬づきて腹立ちなしたまふを、をかしう見どころありと思す。（澪標②二九二～二九三）

紫の上の心内の「我は我」は、彼女の「うち背きながめて」という動作とともに表れていた。それと同時に、「あはれなりし世のありさまかな」と独り言を言い、「我」こそが先に死んでしまったらよかったと詠じている。紫の上の「我」が激しく動揺し、傷ついていることは確かであるが、その「我」の嘆きは光源氏の「身」意識を導き出していたのであった。すなわち、光源氏の和歌は反語表現を用いて紫の上に対する愛情を表明している。この一首が紫の上の嫉妬をなだめる契機になっていくことになるが、そう簡単には紫の上の気分は変わらない。明石の君が美しく奏でたと聞いた箏の琴には、勧められても手も触れないのである。鷹揚でかわいらしく柔和なのに、さすがに執念深く嫉妬するところがむしろ魅力で手応えがある、と光源氏は満足する。

対話場面であることを考慮すれば、心内語である「我は我」よりも、紫の上の独り言や和歌といった伝達された声により比重がかかるのは当然であろう。あるいは、「うち背きながめて」「独り言のやうにうち嘆きて」や「手も触れたまはず」という動作それじたいが、紫の上のメッセージとなっていく。ぷいと背を向けて拗ねる紫の上の嫉妬はいかにも愛らしいだけに、その内実は見えづらい。若菜巻以降のように、この紫の上の不安が持続することもないから、この時点で主題化されているわけでもない。検討してきた紫の上の「我は我」意識の意味は重いものの、声にならなかった思いはすぐにかき消されてしまうのも、無理はなかったのかもしれない。

しかし、第一部に見られた紫の上の「我」意識は、「身」意識が獲得される以前であるゆえにも、それなりに興味深い。未熟ながらも「我」の存在意義を紫の上なりに探りあてようとしたり、当該例のように「我」に固執したり、光源氏に「我」を位置づけられたりしながら、光源氏をめぐる女たちの序列化された関係構造に生きるのである。その「我」の変遷は、光源氏に愛され、庇護された紫の上の理想性を表した軌跡となっていよう。

さて、死に向かう紫の上の思いには、その孤が色濃く滲んでいた。

誰も久しくとまるべき世にはあらざなれど、まづ我独り行く方知らずなりなむを思しつづくる、いみじうあはれなり。（御法④四九八～四九九）

紫の上の「我」は、「行く方知らず」になることを覚悟している。しかし、紫の上はまだなお「思しつづ」けているのである。『源氏物語』の「行く方」の用例の多くが、「行く方なし」「行く方知らず」といったように否定されるかたちで登場する。いわゆる「さすらいの系譜[*24]」に連なる玉鬘や浮舟の物語に頻出することを思い合わせると、この紫の上の不安げな思惟は痛々しくも意味深長に過ぎるであろう。死を静かに待つ紫の上の「我」は、もはや光源氏に向かわない。光源氏に向き合っているだけの紫の上ではなくなっているのである。紫の上が対峙するのは、死であり、宗教である。

死を前にして執着を見せない紫の上であったが、ただ唯一、匂宮には「まろがはべらざらむに、思し出でなんや」（御法④五〇二）と語りかける。この「まろ」にもまた、紫の上の「我」の到達の位相が見られるように思う。孤独を覚悟しつつ、匂宮の幼い記憶から忘却されることを怖れているのである。紫の上の最晩年のあまりにささやかな、でも大きな願いである。

たとえば、自照する日記文学において「我」の意味が問われるのは想像に難くないが、とりわけ『蜻蛉日記』には用例数も多い。その初例は、新婚三日目の朝、兼家に対する道綱母の返歌「定めなく消えかへりつる露よりもそらだのめする我は何なり」(二十一頁)[*25]であった。新婚の道綱母は、「はかなく消えてしまう露よりもあてにならないあなたを虚しく頼りにする私は、いったい何なのでしょう」と自問自答する。女性散文文学の始発となった『蜻蛉日記』の根源的な問いかけは、『源氏物語』にも共鳴しているであろうし、紫の上の自己規定の変遷にも底流しているように思うのである。

紫の上主体の「我」は、松風巻の「我は我」を除いてすべて紫の上自身の心中思惟、会話に表れる。思念し続ける中で紡がれる言葉によって女主人公自身に委ねられた「我」の軌跡の屈折はさらに、宇治十帖の女主人公たちに継承されていくにちがいない。最後のヒロイン浮舟が「このうき舟ぞゆくえ知られぬ」(浮舟⑥一五二)「中空にてぞわれは消ぬべき」(浮舟⑥一五四)と運命を予感する正体不明の不安は、すでに紫の上晩年の不安にぴたりと重なるのだから。

注

＊1　後藤祥子「『若菜』以後の紫の上」(『源氏物語の史的空間』東京大学出版会、一九八六年)一一五頁。
＊2　倉田実『「わが身をたどる表現」論—源氏物語の降着語世界—』(武蔵野書院、一九九五年)。
＊3　阿部好臣「思い上がれる気色—『源氏物語の構造』—」(『語文』日本大学、第一〇六輯、二〇〇〇年三月)、石阪晶子「『おごり』と知る—紫の上、三十二歳の孤独—」(『日本文学』第五十六巻第九号、二〇〇七年九月)。
＊4　ロイヤル・タイラー「源氏物語の翻訳—忠実さから冒険へ—」(『源氏物語と日本文学研究の現在』フェリス女学院大学、二〇〇四年三月)。

＊5　「明石に深き心をうらみ給へる心也」（『岷江入楚』）。
＊6　ただし、『源注余滴』『日本古典全書』『対校源氏物語新釈』、『源氏物語事典』（下巻・所引詩歌仏典）には、「うつつにてたれ契りけむ定めなき夢路にまよふ我はわれかは」（後撰集）を引く。伊井春樹『源氏物語引歌索引』（笠間書院、一九七七年）参照。
＊7　引用は、近藤みゆき校注『和泉式部日記』（角川ソフィア文庫、二〇〇三年）。
＊8　＊7・巻末の索引によると二十三例。
＊9　ただし、「われのみやせん」は、応永本や歌集では「君のみぞせむ」となっている。
＊10　千葉千鶴子「〈われ〉と〈きみ〉―『和泉式部日記』試論―」（『帯広大谷短期大学紀要』第二〇巻第一号、一九八三年三月）。
＊11　小松登美『和泉式部日記（下）全訳注』（講談社学術文庫、一九八五年）。
＊12　稲賀敬二「弁乳母について」『稲賀敬二コレクション5　王朝歌人とその作品世界』（笠間書院、二〇〇七年）。
＊13　贈答歌群の中には「傅の大納言北の方にをはすと聞きて」とある和歌がある。道綱が東宮傅になったのは寛弘四年（一〇〇七）年一月であり、寛弘八年（一〇一一）年六月にその任を終えている。しかし、稲賀敬二「兼経の乳母「弁の君」（弁乳母）は顕綱の養母か―『弁乳母集』の作者をめぐって―」（＊12・前掲書）は長保元年（九九九）と見る。また、守屋省吾「弁乳母考」（『平安後期日記文学論―更級日記・讃岐典侍日記―』新典社、一九八三年）参照。
＊14　引用は、『相模集全釈』（風間書房、一九九一年）。ただし、内閣文庫本・書陵部B本は「我はわが身に」とある。
＊15　引用は、日本古典文学大系『平安鎌倉私家集』（岩波書店、一九六四年）。
＊16　今野鈴代「『源氏物語』と『和泉式部日記』―「我は我」表現考―」（『鶴見日本文学』第四号、二〇〇〇年三月）。本稿は、今野論に導かれるところが大きかった。
＊17　ほか三例は、宮の中将、中納言、宰相の中将。三田村雅子「寝覚物語の〈我〉―思いやりの視線について―」（『物語研究第二集　特集・視線』新時代社、一九八八年）。
＊18　藤壺の出産が近づいた元旦、紫の上はドールハウスをひろげている。大晦日の追儺の行事をまねた犬君が、きれいに並べた雛人形や調度品を破壊してしまい、紫の上は懸命に修復する。朝拝のために参内する光源氏の立派な姿を見ては、紫の上は早

速、雛人形の光源氏さまにも支度をさせて、参内のまねごとをさせるのであった。雛の御殿を破壊する犬君に対し、紫の上は「しすゑて」「しつらひ」「つくろひ」「見たて」「つくろひたてて」（紅葉賀①三二一）といった動作による、ミニチュア世界の管理、作成、創造・想像の担い手としての姿を見せている。

＊19　本書・序論「2 幼さをめぐる表現と論理」。女三の宮は「我に心おく人やあらん、とも思」（若菜下④二一一）わない。女三の宮に対する光源氏の熱心な琴の伝授に、明石の女御が「などて我に伝へたまはざりけむ」（若菜下④一八二）と恨む不満は、紫の上の気持ちでもあろう。それでも、光源氏が女三の宮をなかなか訪ねないことに「我（女三の宮）は思しとがめずとも」（若菜下④二五六）と気づかう紫の上であった。

＊20　光源氏は変わらない。女三の宮降嫁について、光源氏も「我ながらつらく思しつづけ」（若菜上④六四）ながらも、女三の宮の未熟さに比較して紫の上の成熟した美質に「我ながらも生ほしたてけりと思」（若菜上④七四）って改めて感動し、自分の教育を自画自賛する。女楽の成功に際しても、「われ賢にかこちなし」（若菜下④一九七）て得意げである。

＊21　紫の上の出家願望は「わが身はただ一ところの御もてなしに人には劣らねど、あまり年つもりなば、その御心ばへもつひにおとろへなん、さらむ世を見はてぬさきにと心と背きにしがな」（若菜下④一七七）と語られる。「わが身」の優越感は変わらない。光源氏の愛情を誰よりも受けることには自信がある。その愛情だけにすがらなければならない身の上ゆえに、心配なのはその寵愛までをも失う事態である。現在の優位性の揺るがないうちに出家したいというのは、紫の上の自尊心ゆえの逃避願望である。

＊22　「うらなし」は、紫の上の性情を示す鍵語の一つとして注目される。三田村雅子「源氏物語のジェンダー――『何心なし』『うらなし』の裏側―」（『解釈と鑑賞』第六十五巻第十二号、二〇〇〇年十二月）、土方洋一「紫の上の機能と主題」（『物語史の解析学』風間書房、二〇〇四年）。

＊23　＊2・倉田氏前掲書。

＊24　長谷川政春「源氏物語の〈さすらい〉の系譜」（『物語史の風景』若草書房、一九九七年）。

＊25　引用は、川村裕子訳注『蜻蛉日記Ⅰ（上巻・中巻）』（角川ソフィア文庫、二〇〇三年）。『蜻蛉日記』の「我は我」は一例のみで、町の小路の女を連れた兼家が作者の家の門前を賑々しく通り過ぎて行き、「われはわれにもあらず」に言葉もなかったと

あり（三十九頁）、打消表現をともなって自失を表す。あるいは、『万葉集』に「われ」の用例が多いことも、中川幸廣「万葉集における〝われ〟の諸相」（『上代文学の諸相』塙書房、一九九三年）以来、注目されてきた。佐佐木信綱『万葉集の』〈われ〉』（角川選書、二〇〇七年）もある。

2　月下の紫の上
──朝顔巻の〈紫のゆかり〉幻想──

はじめに──藤壺の霊

藤壺は、自分の血を引く姪が光源氏に愛されていることをどのように思っていたのであろうか。その姫君は自分に似ているのであろうか、とふと考えなかったであろうか。朝顔巻末の雪の夜、光源氏の夢枕に藤壺が立つ。

入りたまひても、宮の御事を思ひつつ大殿籠れるに、夢ともなくほのかに見たてまつるを、いみじく恨みたまへる御気色にて、「漏らさじとのたまひしかど、うき名の隠れなかりければ、恥づかしう。苦しき目を見るにつけても、つらくなむ」とのたまふ。御答へ聞こゆと思すに、おそはるる心地して、女君の「こは。などかくは」とのたまふにおどろきて、いみじく口惜しく、胸のおきどころなく騒げば、おさへて、涙も流れ出でにけり。今もいみじく濡らし添へたまふ。女君、いかなることにかと思すに、うちもみじろかで臥したまへり。

とけて寝ぬ寝覚めさびしき冬の夜に結ぼほれつる夢のみじかさ　（朝顔②四九四～四九五）

御帳台の中では、光源氏と紫の上が共寝している。故藤壺のことを思いながら眠りについた光源氏であった。そこに、自分の身代わりである紫の上に語られたことを恨み、冥界の藤壺が光源氏の夢に現れるのである。藤壺は、紫の上に嫉妬しているのであろうか。藤壺の霊の出現は、ほかの女、しかも自分の姪に語られたことで「光源氏の心のサンクチュアリ」から引きずり下ろされたからであるという。[*1] 光源氏の内面世界で藤壺は紫の上と同列化された。藤壺の霊はそれを許そうとしないのである。藤壺が紫の上と同じ位置にまで下り立ったとすれば、[*2] 紫の上はここで藤壺から自立するのだと考えられてきた。[*3] しかし、藤壺がその神聖性を奪われ、〈紫のゆかり〉の根源を喪失したということは、その〈紫のゆかり〉である紫の上の存在根拠も、光源氏の伴侶として客観性をもって据え直されて、ある意味揺らぎ始めているとは言えまいか。

朝顔巻は、巻末にこのような衝撃を用意しつつ、光源氏の朝顔の斎院思慕という試練を紫の上に与え、藤壺死後の光源氏を揺さぶる。薄雲巻では、藤壺のほかに太政大臣や桃園式部卿宮の死が語られていた。朝顔巻はその延長にあり、女五の宮や源典侍といった旧世代の人々が姿を見せており、桐壺帝の世界が影響を及ぼしている。[*4] 太政大臣は葵の上の父、すなわち光源氏の舅であったし、桃園式部卿宮は朝顔の斎院の父であり、光源氏の伯父である。須磨・明石から帰京し、冷泉王朝を支え、政治家として栄華を獲得していく光源氏にとって、その保護者的立場の年長者たちが退場したことになる。桐壺帝をはじめとする「父」たちや藤壺という「母」から自立を促されているのは、むしろ光源氏ではないか。そうした大きな文脈の中で、〈紫のゆかり〉幻想は揺らいでいくのである。

一　〈紫のゆかり〉の身体

桃園式部卿宮の死を発端として再燃した光源氏の朝顔の斎院思慕は、紫の上の妻の座を問う試練となった。[*5] 結果的に朝顔の斎院は光源氏の再三の求婚を拒むのであったが、紫の上の打撃は明石の君の比ではなかった。なおかつ、光源氏の心内には、藤壺を追慕する気持ちが強い。朝顔の斎院も女五の宮も、源典侍も、桐壺院時代の象徴として、藤壺の理想性を幻想させる。巻末には藤壺の霊の出現が語られるわけであるが、その冬の夜、光源氏は傷心の紫の上に弁明し、なだめようとする。

「あやしく例ならぬ御気色こそ心得がたけれ」とて、御髪をかきやりつつ、いとほしと思したるさまも、絵に描かまほしき御あはひなり。「宮亡せたまひて後、上のいとさうざうしげにのみ世を思したるも心苦しう見たてまつり、太政大臣もものしたまはで、見譲る人なき事しげさになむ。このほどの絶え間などを見ならはぬことに思すらむも、ことわりにあはれなれど、今はさりとも心のどかに思せ。おとなびたまひためれど、まだいと思ひやりもなく、人の心も見知らぬさまにものしたまふこそらうたけれ」など、まろがれたる御額髪ひきつくろひたまへど、いよいよ背きてものも聞こえたまはず。「いといたく若びたまへるは誰がならはしきこえたるぞ」とて、常なき世にかくまで心おかるるもあぢきなのわざやと、かつはうちながめたまふ。（朝顔②四八八～四八九）

紫の上の髪をかきやる光源氏。語り手は、その様子を「絵に描かまほしき御あはひなり」と美的に語る。紫の上は「いよいよ背きてものも」言わない。傷つき悩む妻を優しく慰め、いたわる夫という一幅の「絵」に封じ込められてしまった紫の上の苦悩の内実は語られない。語り手の視座は、愛妻を慰撫しようとし、紫の上のそれでもすぐにはうちとけようとしない可憐な態度に満足する光源氏により近いところにあるらしい。[*6]「忍びたまへど、いかがうちこぼるるをりもなからむ」(朝顔②四八八)とあったのに続く場面である。紫の上の「額髪」は涙で「まろがれ」ている。その濡れた「額髪」のこわばりは、紫の上の心のこわばりにほかならない。「ひきつくろ」う光源氏に背を向けるのは、心のわだかまりを簡単に解きほぐされてしまうことに対する抵抗である。

ここで光源氏は、容易には心をひらかない紫の上をかわいいと思い、心地よい手応えを感じているようである。「あなたは大人らしくおなりのようですが、まだ深い思慮がなく、私の気持ちもよくわかっていらっしゃらないところがかわいいのです」「ひどく子どもっぽくていらっしゃるのは、誰がこのようにお教え申し上げたのでしょう」と言って髪を直す光源氏は、成人し、女の苦悩を味わう紫の上を子ども扱いしている。[*7]光源氏が紫の上の髪を撫でるといえば、紫の上を強引に引き取ろうとした際に「何心もなく寝」ていたところを「抱きおどろかし」て「御髪かきつくろひなどし」た場面(若紫①二五四)、あるいは、外出する光源氏に機嫌をそこねる紫の上の「御髪のいとめでたくこぼれかかりたるをかき撫でて、ほかなるほどは恋しくやある」と尋ねた場面(紅葉賀①三三三)がある。葵祭の見物に出かけるときには、着飾った紫の上の髪を光源氏が削いでやったのであった(葵②二七〜二八)。光源氏が紫の上の髪に繰り返し触れることは、光源氏の〈紫のゆかり〉幻想に紫の上を取り込める呪的行為であるとも理解されている。[*8]とすれば、髪に触れる光源氏に抵抗して背を向ける紫の上がはじめて語られる朝顔巻の当該場面は、やはり〈紫のゆかり〉の論理が揺らぎ始めていることになろうか。

紫の上が「額髪」を涙で濡らしたのは二度目であった。紫の上が光源氏と新枕を交わした葵巻では、思いがけない事態にとまどう紫の上が、「汗におし漬して、額髪もいたう濡れたまへり」（葵②七二）と語られていた。あのときもこのときも、機嫌をそこねる紫の上を、光源氏は「日ひと日入りゐて慰め」（葵②七二）「日一日慰め」（朝顔②四九〇）るのである。

紫の上の髪は、北山の垣間見場面では「扇をひろげたるやうにゆらゆらとして」（若紫①二〇六）と見え、その揺れる髪が可憐な少女の躍動感を印象深く伝えていた。

いはけなくかいやりたる額つき、髪ざしいみじううつくし。ねびゆかむさまゆかしき人かな、と目とまりたまふ。さるは、限りなう心を尽くしきこゆる人にいとよう似たてまつれるがまもらるるなりけり、と思ふにも涙ぞ落つる。（若紫①二〇七）

幼い少女の成長を期待させる容貌において、藤壺によく似ているのは「額つき」「髪ざし」なのか。「灯影の御かたはら目、頭つきなど、ただかの心尽くしきこゆる人に違ふところなくもなりゆくかな」（葵②六八）と感動することから、容貌の類似の部分は明らかになってくる。更に賢木巻では逆に、藤壺の「髪ざし」「頭つき」が紫の上に似る、と語られていた。

外の方を見出だしたまへるかたはら目、言ひ知らずなまめかしう見ゆ。御くだものをだにとて、まゐりすゑたり。箱の蓋などにも、なつかしきさまにてあれど、見入れたまはず、世の中をいたう思しなやめる気色にて、のどかにながめ入りたまへる、いみじうろうたげなり。髪ざし、頭つき、御髪のかかりたるさま、限りなきにほはしさなど、ただかの対の姫君に違ふところなし。年ごろすこし思ひ忘れたまへりつるを、あさましきまでおぼえたまへるかなと見たまふままに、すこしもの思ひのはるけどころある心地したまふ。

（賢木②一〇九〜一一〇）

葵巻の紫の上と同じく、藤壺は「かたはら目」を見せている。忍び込んだ光源氏が閉じこめられている塗籠の、その細く開いた戸の隙間から覗き見ているのである。藤壺の「髪ざし」「頭つき」「御髪のかかりたるさま」が紫の上に限りなく似通うのだという。とはいえ、光源氏の〈紫のゆかり〉幻想が逆転したというわけではなく、改めて酷似する容貌を確認してはじめて「もの思ひのはるけどころ」を「すこし」見つけただけである。ここで保証されたのは、藤壺の代償としての紫の上の〈紫のゆかり〉の身体である。[*9]次の瞬間には、「さらにこと人とも思ひわきがたきを」「さまことにいみじうねびさまりたまひにけるかな」（賢木②一一〇）といよいよ分別をなくすまでに光源氏は惑乱するのである。

朝顔巻、紫の上が再び「額髪」を濡らした夜にも、藤壺と紫の上の容貌の類似は認められていた。

外を見出だして、すこしかたぶきたまへるほど、似るものなくうつくしげなり。髪ざし、面様の、恋ひきこゆる人の面影にふとおぼえてめでたければ、いささか分くる御心もとりかさねつべし。

（朝顔②四九四）

この冬の夜、朝顔の斎院思慕をめぐって揺らぎかけた夫婦関係は一応の修復を見せ、物語は収束するのであるが、「髪ざし」「面様」が藤壺に似ることがとりわけ強調されて、夫婦の絆が結び直されていくことの意味は軽くない。

単に血縁関係があるだけでは、〈紫のゆかり〉の系譜は確保されない。光源氏のまなざしはいつも、「支配しえない身体」と「支配しうる身体」を交差させ、二人の同一性を繰り返し再確認するのである。[*10]

いびつな三角関係の中では、たとえば朝顔巻末を例外として、三者の葛藤などはなかなか成り立たない。一人の男を間にしてはいても、藤壺と紫の上の両者には互いを意識することが難しい。紫の上はなぜ自分が愛されるのかの本当の理由がわからないし、おそらくは光源氏の欲望構造を察知しているはずの藤壺も、その抑制のきいた生き方をもってすれば、自分の身代わりとなっていると思われる姪に嫉妬することは許されない。物語世界のルールからして、光源氏が二人を求めることに矛盾はないのであって、〈紫のゆかり〉幻想の意味づけは光源氏の欲望構造の中でのみなされるからである。

二　雪の庭

折から外は白銀の世界である。光源氏は、雪景色の美しさを述べ、御簾を上げさせて雪の庭を眺める。雪の重みで植え込みはたわみ、遣水は音を立てており、池の水は凍っている。

月は隈なくさし出でて、ひとつ色に見え渡されるに、しをれたる前栽のかげ心苦しう、遣水もいといたうむせびて、池の氷もえもいはずすごきに、童べおろして雪まろばしせさせたまふ。をかしげなる姿、頭つきども月に映えて、大きやかに馴れたるが、さまざまの衵乱れ着、帯しどけなき宿直姿なまめいたるに、こよなうあまれる髪の末、白きにはましてもてはやしたるいとけざやかなり。小さきは、童げてよろこび走るに扇なども落として、うちとけ顔をかしげなり。いと多う転ばさむとふくつけがれど、えも押し動かさでわぶめり。かたへは東のつまなどに出でゐて、心もとなげに笑ふ。

（朝顔②四九〇～四九一）

雪の降る月夜、光源氏は庭で童女たちに「雪まろばし」をさせる。しんしんと降る雪夜の静寂な自然の中で、童女たちが雪遊びにはしゃいでいるのである。光源氏は雪景色の美を「冬の夜の澄める月に雪の光りあひたる空こそ、あやしう色なきものの身にしみて」（朝顔②四九〇）と語っていた。白一色の世界は月光に照らされて明るく、童女たちの「衵」の色がとりどりに映えている。「頭つきども月に映えて」とあるから、童女たちの黒髪も、雪の白と美しいコントラストを見せている。子どもたちは無邪気に遊び、子どもらしく走りまわって扇を落としたり、欲張って大きな雪玉を作ったものの大きすぎて動かすことができずに手こずったり。いかにも躍動的な童女たちの群像であるが、幻想的な雪景色に「遊ぶ子ども」を加えて景を作り出している意図を重視すべきであり、深刻に悩む紫の上を救う天真爛漫な子どもたちの明るさなのだと説かれている。*11 光源氏の子ども扱いに解きほぐされなかった紫の上の成熟した女心は、童女たちの微笑ましい姿に慰められたにちがいないのだ。

あるいは、雪遊びに夢中になっている無心の童女たちは、少女時代の紫の上自身の幻影でもあるまいか。紫の上もまた「遊ぶ子ども」であったのだから。紫の上がどのように童女たちを見たかはいっさい語られないが、子どもたちの楽しげな遊びの景に癒されながら、その群像の中の一人にはもはや立ち返られないことを紫の上に知らしめているかのように、童女たちは月光にも雪にも照り映えている。

雪景色に触発されて、光源氏は藤壺の思い出に回帰する。遊び、笑う童女たちは忘れ去られ、光源氏による女性批評へと移行する。ほかでもない藤壺について語り、光源氏はついうっかりと〈紫のゆかり〉幻想の核心に触れてしまう。

やはらかにおびれたるものから、深うよしづきたるところの並びなくものしたまひしを、君こそは、さいへど紫のゆゑこよなからずものしたまふめれど、すこしわづらはしき気添ひて、かどかどしさのすすみたまへるや苦しからむ。
（朝顔②四九二）

まるで雪の呪力にかかったかのように、光源氏は語る。[*12] ごく身近に接して感じるような女の印象を述べつつ、あなたはさすがにお血筋でよく似ているけれども、厄介な性分がおありで困ったところがある、というのである。問題は、「紫のゆゑ」である。紫の上が藤壺の姪であるという血縁を「紫の一本ゆゑに武蔵野の草はみながらあはれとぞ見る」（古今集）や「知らねども武蔵野といへばかこたれぬよしやさこそは紫のゆゑ」（古今六帖）を引いて表現したわけであるが、これは少々迂闊ではなかったか。二条院に引き取られてすぐ、光源氏が紫の上に手習を教えた場面をあげてみる。

手習、絵などさまざまにかきつつ見せたてまつりたまふ。いみじうをかしげにかき集めたまへり。「武蔵野といへばかこたれぬ」と紫の紙に書いたまへる、墨つきのいとことなるを取りて見ゐたまへり。すこし小さくて、

光源氏　ねは見ねどあはれとぞ思ふ武蔵野の露わけわぶる草のゆかりを

とあり。「いで君も書いたまへ」とあれば、「まだようは書かず」とて、見上げたまへるが何心なくうつくしげなれば、うちほほ笑みて、「よからねど、むげに書かぬこそわろけれ。教へきこえむかし」とのたまへば、うち

そばみて書いたまふ手つき、筆とりたまへるさまの幼げなるも、らうたうのみおぼゆれば、心ながらあやしと思す。「書きそこなひつ」と恥ぢて隠したまふを、せめて見たまへば、

紫の上　かこつべきゆゑを知らねばおぼつかないかなる草のゆかりなるらむ

と、いと若けれど、生ひ先見えてふくよかに書いたまへり。故尼君のにぞ似たりける。いまめかしき手本習はば、いとよう書いたまひてむと見たまふ。

（若紫①二五八〜二五九）

参内も取りやめたのは、「この人をなつけ語ら」（若紫①二五九）うためである。まだ幼い紫の上が光源氏の書いた手本の中からふと手に取ったのは、「紫」色の紙に「武蔵野といへばかこたれぬ」とある見事な筆跡であった。その脇に小さな文字で書き添えた光源氏の和歌は、「根」に「寝」をかけて、まだ共寝をしていないが、「露わけわぶる草」＝逢いがたい藤壺の「ゆかり」がかわいい、と詠む。恥じらってちょっと横向きになって筆を取る、紫の上の「幼げ」な手つきが、自分でも「あやし」と思うくらいにいとしくて仕方がない。ことさらに選ばれた「紫」色の紙に書かれた古歌に託された光源氏の真意、「ねは見ねど」の歌意を、紫の上が理解するはずもない。紫の上の和歌は、「私はどんな草のゆかりなのでしょう」という無邪気な、しかし光源氏の〈紫のゆかり〉幻想の根幹を問う、光源氏の一方的な欲望構造を揺るがしかねない疑問を詠っているのである。[*13] この紫の上の疑問は自分の存在根拠を問いかける重大な疑問でありながら、光源氏の関心はその将来性豊かな筆跡に集中し、紫の上自身も雛遊びに興じて、黙殺されてしまう。

そこで、朝顔巻の「紫のゆゑ」である。若紫巻の紫の上の「かこつべきゆゑ」に対する問いかけに、「紫のゆゑ」と答えて、「なぜ紫の上を愛するのか」を明かしてしまったことになる。[*14] ところが、〈紫のゆかり〉の物語は破綻を

免れる。光源氏はすぐに話題を朝顔の斎院に移し、紫の上はさらに朧月夜の魅力を尋ねるのである。沈黙するということじたい、光源氏の〈紫のゆかり〉幻想に静かに組み込まれているということにほかならない。外を見て少し傾いた紫の上の顔が愛らしく、「髪ざし」「面様」が藤壺の「面影」によく似通って美しいので、「いささか分くる御心もとりかさねつべし」（朝顔②四九四）と語られるのは、夫婦の愛情関係の結び直しなのである。

二　天上の月、地上の氷

無邪気に雪に戯れて遊ぶ童女たちに癒され、紫の上の心境は変化したであろうか。庭を一面に埋め尽くす雪の白は再生の色であり、*15 庭を照らす月光には浄化作用があると言われる。*16 童女たちのあどけない姿はどこかに消え、紫の上が和歌に詠んだのは月下に照り映える雪景色の静寂な世界であった。

月いよいよ澄みて、静かにおもしろし。女君、
　こほりとぢ石間の水はゆきなやみそらすむ月のかげぞながるる
外を見出だして、すこしかたぶきたまへるほど、似るものなくうつくしげなり。髪ざし、面様の、恋ひきこゆる人の面影にふとおぼえてめでたければ、いささか分くる御心もとりかさねつべし。鴛鴦のうち鳴きたるに、
　かきつめてむかし恋しき雪もよにあはれを添ふる鴛鴦のうきねか
（朝顔②四九四）

外を見て顔を少し傾けて見ていたのは、夜空に冴えわたる月を映した「石間の水」であった。紫の上の和歌は不

意につぶやいた独り言のようであり、光源氏の返歌はそれに向き合っていない。紫の上の和歌は解釈が難しく、単なる叙景歌ではないという今井源衛氏による指摘[*17]を契機に、さまざまに分析されてきた。管見の限りを整理するならば、上句に紫の上の思いを、下句に光源氏の気ままな行動を諷すとする今井説を継承した清水婦久子氏の読み[*18]がある。これらが紫の上の恨みや、乖離する二人の心を読み取るのに対して、天上と地上とを対比した詠みぶりを尊重し、地上に生きる者としての自身や光源氏を凝視する和歌とするのが、吉岡曠氏[*19]や今井久代氏[*20]、鈴木日出男氏[*21]などである。天上と地上の対比のありように関して、吉岡氏は次のように読む[*22]。

身動きもならず息をひそめている地上の万物に対して、自由に動いていく天上の月というかたちで、なされているといってよかろう。私はそこに、そういう寂莫とした地上から、地上の万物の一人として、天上の月をあおいでいる紫上の心の姿をみとめたいのである。地上と天上との明瞭な対比は、紫上が地上の存在の一人として、その地上的限界性をはっきりと自覚していることを物語っていようし、右のような対比のかたちは、その地上的限界を超えるものに対する、紫上の限りない憧憬の念を物語っているだろう。この歌がわれわれに訴えてくるものは、そういう沈痛な自覚と、その自覚と表裏一体をなす、名状しがたいあこがれの心である。

今井久代氏も、意思伝達の方法としての女歌の規範からの逸脱を指摘し、「流れゆく天界への憧れを胸に地上に行き（生き）悩む人、とでもいうべき、天と地の対比[*23]」を読み取っている。紫の上の「天上への憧憬」を私も認めたいと思う。また、鈴木裕子氏は、いわゆる女歌を超えた和歌とし、自分自身の魂の救済のための詠であって、傷ついた魂を表白する独詠歌的な要素を主旋律として、そこに光源氏への心の交流を希求する細い声が発信されていると読む。月に憧れる一方、光源氏の愛情と庇護のもとに地上世界で生き続ける自分を受容していると分析している[*24]。

夜更けまで続いた光源氏の女性批評を聞いて、紫の上は慰められたのであろうか。雪山をめぐる藤壺の思い出とその人柄のすばらしさ、朧月夜の魅力、明石の君のつつましさ、花散里の優しい性格。光源氏はいつも、女性関係をすべて紫の上に告白する。女たちを序列化し、紫の上に特権を与えて差異化すると同時に、隠し事をしないことで紫の上の許容を求めるかのように。しかし、競争原理で緩和され、解決される紫の上の苦悩や不機嫌であるわけもない。それでも、紫の上らしいやわらかな受けとめ方で夫婦の齟齬は消化されてしまうのか、紫の上はそっと和歌をつぶやいただけで沈黙する。

二人は別の風景を見ているかのように、この贈答歌の心象は不思議にすれちがっているのである。すれちがいをすれちがいとして表層でつながっていくことを受け入れていくための、手続きとしてのかみ合わない贈答歌であった。光源氏の返歌は、紫の上の詠んだ氷の張った「石間の水」が溶けることを詠って安心させてやるべきかもしれないのに、そうはなっていない。光源氏の和歌には、「雪」も凍った「石間の水」も詠まれない。突如として和歌に呼び込まれた「鴛鴦」は夫婦愛の象徴であるにもかかわらず、光源氏は依然として藤壺の思い出「むかし」に気持ちが向かっていて、藤壺思慕を暴露する一首ともなっている。[*25] そして、光源氏は「宮の御事を思ひつつ」（朝顔②四九四）、紫の上と共寝するのである。

それにしても、藤壺に似た紫の上の容貌に光源氏は満足して、叙景歌に託された紫の上の孤独については忖度しようとしなかった。では藤壺のことを理解していたかといえば、そうでもあるまい。でなければ、藤壺の霊が「つらし」などという恨みを吐露したりはしなかったであろう。「つらし」とは、もののけと化した六条の御息所が繰り返し述べる心境であり、他者の仕打ちによるつらさを恨めしく思う気持ちを言う。[*26] いわば、地上に思いを残す藤壺と天上を恋うる紫の上が交差し、またずれていく。

こほりとぢ石間の水はゆきなやみそらすむ月のかげぞながるる　（朝顔②四九四）

紫の上が「月」を詠んだ和歌は、この一首のみである。紫の上はかぐや姫ではないから、もの思いを放棄して天上に逃避することはできない。[*27]紫の上の和歌における「月」は光源氏を指すとされるが、[*28]紫の上は地上での生きがたさを知って、ただ天上に浮かぶ冬の月のゆったりとした自然に憧れているだけなのである。凍てついた冬景色も、解けない心も浄化するように地上を照らしてくれる、救済の光を放つ偉大な自然の象徴としての月ではないか。その「月」が遥か天上にあり、決して手の届かないことも、地上で生き悩んでいく自分の位置づけも、紫の上にはわかっている。「石間の水」とは遣水の石の間の水で、「水が凍って、流れがとどこおる音を立てるさま」（集成本・頭注）が「いといたうむせびて」（朝顔②四九〇）とあって音高さが語られていた。静寂の雪景色に響く雑音は、紫の上のわだかまる感情が、沈黙していながらも、心内では音高くむせぶように渦巻いていることを示しているのであろう。

さて、凍てつき、こわばり、凝固しているのは、「石間の水」だけではなかった。二条院の庭一面には雪が降り積もっているし、雪の重みで植え込みはたわみ、池も冷たく凍っている。そもそも二条院は、光源氏が「かかる所に、思ふやうならむ人を据ゑて住まばや」（桐壺①五〇）と思った邸宅であり、光源氏が住むようになったときにその池も「池の心広くしなし」（桐壺①五〇）ていたところであった。朝顔巻の当該場面は、光源氏と「思ふやうならむ人」すなわち紫の上が二条院の池をはじめてともに眺める場面であり、今、その池が凍っている。光源氏の藤壺思慕はなおも変わっていないのである。自然ばかりではない。紫の上の「額髪」は涙で「まろがれ」ていた。前述したように、その濡れて固まりあう「額髪」を光源氏が直そうとするのを、紫の上は背を向けて拒んだのであった。「まろがれ」た「額髪」や凍った「石間の水」が紫の上のうち解けない心の象徴であるとするならば、光源氏はどうか。藤壺の霊出現の場面をもう一度引用する。

おそはるる心地して、女君の「こは。などかくは」とのたまふにおどろきて、いみじく口惜しく、胸のおきどころなく騒げば、おさへて、涙も流れ出でにけり。今もいみじく濡らし添へたまふ。女君、いかなることにかと思すに、うちもみじろかで臥したまへり。

とけて寝ぬ寝覚めさびしき冬の夜に結ぼほれつる夢のみじかさ　（朝顔②四九五）

藤壺の霊のあまりの存在感は、生前の抑圧された人物造型との落差から、「女」の内実を一気に吐き出した凄みが感じられる。藤壺は、もののけに限りなく接近している。[*29] 光源氏はまさしく襲われたような気がして目覚め、激しく動揺しているのだ。紫の上は、「こは。などかくは」と声をかけ、涙を流し続ける夫のただならぬ様子に「いかなることにか」と不安に思う。隣に横たわっていながら、光源氏に動揺と涙の理由を問いかけることも、介抱することもできない紫の上なのである。「うちもじろかで臥」す光源氏が、[*30] それを寄せつけない。藤壺の霊に「おそはるる心地」の光源氏の身体それじたいもこわばっている。

光源氏の和歌にも、二つのわだかまりが見られよう。「とけて寝ぬ」とあるが、新編全集本の頭注には「妻と打ち解けて共寝する意を寓する。それができないのは、紫の上との間に心のわだかまりがあるから」とある。光源氏の不眠は、「入りたまひても、宮の御事を思ひつつ大殿籠れるに」（朝顔②四九四）とあるので、藤壺を思うがためであったとも解せるであろう。また、「結ぼほる」は、「心がふさいで気持ちが晴れない」の意で、これも感情の引っかかりである。朝顔の斎院も、「秋はてて霧のまがきにむすぼほれあるかなきかにうつる朝顔」（朝顔②四七六）と詠んでいた。[*31]朝顔の斎院の光源氏に対する複雑な思いが「むすぼほれ」るのであろう。朝顔巻はこのように、さまざまなわだかまり、とどこおり、固まり、停滞が見られ、その中で「月」だけが「ながるる」のである。

朝顔巻の最後の光源氏の和歌「なき人をしたふ心にまかせてもかげ見ぬみつの瀬にやまどはむ」（朝顔②四九六）では、藤壺との一連託生を願い、女ははじめて逢った男に背負われて三瀬川を渡るとの俗信から、三瀬川で藤壺の姿を探してさまようことであろうか、と嘆いている。わだかまりの彼方には、彷徨が待っている。[*32]

月下の雪景色の中で〈紫のゆかり〉幻想は揺さぶられた。光源氏の朝顔の斎院思慕で妻の座がいかに脆弱であったかを思い知った紫の上であったが、同時に、〈紫のゆかり〉からの「自立」と紫の上という個人であることの困難さを無意識のうちに体験させられていたのである。

結びにかえて

やがての女三の宮の登場は、〈紫のゆかり〉幻想の危うさを決定的にし、もはやその幻想は崩壊した。若菜下巻、危篤状態から蘇生した紫の上が髪を洗う場面を思い起こす。そこに描かれた紫の上はいかにも清楚な、虚飾を廃した美を見せているが、洗髪して乾かしている髪は「つゆばかりうちふくみまよふ筋もなくて、いときよらにゆらゆらとして」（若菜下④二四四）いた。あの北山の垣間見の、少女時代の短い髪が「ゆらゆら」と揺れていたのと同じような、自由な毛筋の流れである。この場面でも、紫の上は光源氏とともに二条院の池を眺めている。紫の上の苦悩がすべて解決されたわけではあるまいが、長年住んでいなかった二条院の庭は手狭で少し荒れてはいても、「心ことに繕はれたる遣水、前栽の、うちつけに心地よげなる」(若菜下④二四四)を見て、よく生きながらえたものだと感慨にふける紫の上なのである。少なくともここには、何のつかえも見られない。

紫の上葬送の夜、涙に暮れまどう光源氏には「月」が見えなかったという(御法④五一一)。

注

＊1 斎藤曉子「心へだてぬ男、心長き女―紫上試論―」(『源氏物語の研究―光源氏の宿痾―』教育出版センター、一九七九年)一五一頁。

＊2 伊藤博「藤壺中宮」(『源氏物語必携Ⅱ』学燈社・一九八二年二月)。

＊3 秋山虔「紫上の変貌」(『源氏物語の世界』東京大学出版会・一九六四年)。

＊4 永井和子「朝顔―桐壺帝の世界への回帰」(『源氏物語と老い』笠間書院、一九九五年)。

＊5 紫の上の第一部における女主人公性をめぐって疑問を投げかけた松尾聡「紫上―一つのや、奇矯なる試論」(『平安時代物語論考』笠間書院、一九六八年)に対し、森藤侃子「槿斎院をめぐって」(『源氏物語―女たちの宿世』桜楓社、一九七六年)は、光源氏の朝顔の斎院思慕に苦悩する紫の上がその試練を経てはじめて正真正銘の妻の座を獲得すると論じた。

＊6 原岡文子「朝顔の巻の読みと『視点』」(『源氏物語の人物と表現　その両義的展開』翰林書房、二〇〇三年)。

＊7 今井源衛「紫上―朝顔巻における―」(『源氏物語講座　第三巻　各巻と人物Ⅰ』有精堂、一九七一年)。

＊8 土方洋一「〈ゆかり〉としての身体―光源氏の幻想のかたち―」(『源氏研究』第二号、翰林書房、一九九七年四月)。

＊9 石阪晶子「藤壺の反照―垣間見の発動力―」(『源氏物語における思惟と身体』翰林書房、二〇〇四年)。

＊10 河添房江「〈ゆかり〉の身体・異形の身体」(『性と文化の源氏物語　書く女の一生』筑摩書房、一九九八年)。

＊11 松井健児「源氏物語の叙景―朝顔巻の冬の夜をめぐって―」(『語文』第一一九号、日本大学、二〇〇四年六月)。

＊12 小嶋菜温子「藤壺・朝顔の『雪』―秘められた冬祭り」(『源氏物語批評』有精堂、一九九五年)。

＊13 今井久代「紫の上と和歌―少女が女になるまで」(『源氏物語構造論―作中人物の動態をめぐって―』風間書房、二〇〇一年)

の指摘するように、無論、ここでの紫の上は、「あなたも書いてごらんなさい」と勧められて、贈答歌の約束事に則って歌を作ってみせただけのことで、光源氏の〈紫のゆかり〉の思いを本気で思いやっているわけではないであろう。

＊14　清水好子「『源氏物語』の作風―藤壺と紫の上について―」（『論集　源氏物語とその前後1』新典社、一九九〇年）。

＊15　宮田登『白のフォークロア』（平凡社、一九九四年）。

＊16　高橋文二『風景と共感覚』（春秋社、一九八五年）。

＊17　今井源衛「『氷とぢ』の歌をめぐって―槿巻における紫上―」（『紫林照径―源氏物語の新研究―』角川書店、一九七九年）。

＊18　清水婦久子「朝顔巻の女君」（『源氏物語の風景と和歌』和泉書院、一九九七年）。

＊19　吉岡曠「鴛鴦のうきね―朝顔巻の光源氏夫妻」（『作者のいる風景　古典文学論』笠間書院、二〇〇二年）。

＊20　今井久代「『隔て心なき』仲のかたち―紫の上と光源氏の和歌」（＊13・前掲書）。

＊21　鈴木日出男「藤壺から紫の上へ―朝顔巻論―」（『論集平安文学4　源氏物語試論集』勉誠社、一九九七年）。「孤立する自分そのものを主張するよりも、孤立する自分を包摂している自然を詠んだ歌とみられるのである」（一四九頁）とある。

＊22　＊19・吉岡氏論文、十七頁。

＊23　＊20・今井氏論文、二三八頁。

＊24　鈴木裕子「源氏物語の歌ことば―朝顔巻の光源氏と紫の上―」（『叢書　想像する平安文学　第4巻　交渉することば』勉誠社、一九九九年）。

＊25　＊24・鈴木氏論文。

＊26　鈴木日出男「心情語『うし』『つらし』」（『源氏物語の文章表現』至文堂、一九九七年）。

＊27　紫の上が「かぐや姫」になるには、まだ時間が必要である。河添房江「源氏物語の内なる竹取物語」（『源氏物語表現史　喩と王権の位相』翰林書房、一九九八年）。

＊28　多くは「月」＝光源氏と読むが、川島絹江「紫の上の和歌―『源氏物語』の和歌の機能―」（『日本古典文学の諸相』勉誠社、一九九七年）は「空澄む月のかげ」を藤壺の幻影と見る。

＊29　石阪晶子「〈異化〉の方法―朝顔巻試論―」（＊9・前掲書）。

＊30 「うちもみじろかで臥したまへ」るのは光源氏とする指摘が多いが、全集本は紫の上とする。

＊31 朝顔巻には、光源氏の「いつのまに蓬がもととむすぼほれ雪ふる里と荒れし垣根ぞ」（朝顔②四八二）という和歌もある。

＊32 初音巻には、光源氏の「うす氷とけぬる池の鏡には世にたぐひなきかげぞならべる」と紫の上の「くもりなき池の鏡によろづ世をすむべきかげぞしるく見えける」という贈答歌がある（初音③一四五）。夫婦の充実した良好関係が詠まれているかのようであるが、そこに拭いきれない空虚さが漂うことは、李美淑「二条院の池―光源氏と紫の上の物語を映し出す風景―」（『中古文学』第七十号、二〇〇二年十一月）。

3　女三の宮の〈幼さ〉
――小柄な女の幼稚性――

一　女三の宮の〈幼さ〉をめぐる表現

新婚三日目、新妻女三の宮に対する光源氏の落胆は、次のように語られていた。

姫宮は、げにまだいと小さく片なりにおはする中にも、いといはけなき気色して、ひたみちに若びたまへり。かの紫のゆかり尋ねとりたまへりしをり思し出づるに、かれはされて言ふかひありしを、これは、いといはけなくのみ見えたまへば、（若菜上④六二）

光源氏による女三の宮に対する第一印象は、「小さく」「片なり」「いはけなき」「若び」といった語彙で形象されている。光源氏が失望した女三の宮の〈幼さ〉は、これ以前に「いはけなき齢」（若菜上④二〇）「いとうつくしげにて、若く何心なき御ありさま」「片生ひ」（若菜上④二七）「あさましくおぼつかなく心もとなくのみ見え」（若菜上④三二）「あやしくものはかなき心ざまにやと見ゆめる御さま」（若菜上④三四）「幼き宮」（若菜上④四五）「このいはけなき内親王」（若菜上④四九）などと表現され、その劣性が担わせられていた。女三の宮が小柄で、心身ともに子どものままであることがわかる。張り合いのない女三の宮に比べて「かれはされて言ふかひありし」とあるのは、少女時代の紫の上が「いみじうされてうつくし」（紅葉賀①三三二）と評されるほどに才気が感じられたことと呼応している。光源氏は、同じ〈紫のゆかり〉である女三の宮とかつての紫の上を比較しているのである。

　女宮は、いとらうたげに幼きさまにて、御しつらひなどのことごとしく、よだけく、うるはしきに、みづからは何心もなくものはかなき御ほどにて、いと御衣がちに、身もなくあへかなり。ことに恥ぢなどもしたまはず、ただ児の面嫌ひせぬ心地して、心やすくうつくしきさましたまへり。（若菜上④七三）

新婚五日目になると、光源氏は一段と気落ちする。ここで光源氏が見ているのは、格別に用意された部屋の装飾や調度にも、華麗な衣装にも不釣り合いに細身で小さくて、その重厚感、重量感に圧倒されているばかりの、まだ女の恥じらいも知らない、女三の宮である。紫の上を悲しませてまで周囲が期待する、光源氏の正妻、六条院の女主人としての役割が女三の宮にとっては重荷なのであり、その重圧に押しつぶされそうになっていることを表した「御衣がち」であり、[*1]「あへかなり」なのである。

　本来、「あへかなり」という語には「かよわく弱々しい様子」「華奢である」「はかなげである」などの意味があり、夕顔の「いとらうたげにあへかなる心地して」「ただいとらうたく見」（夕顔①一五七）える媚態からして、頼りなげな姿がいじらしくて放っておけないという男の保護本能を刺激する、女の魅力であったはずである。しかし少なくともこの女三の宮描写に関しては、その発育不足の身体と白痴的とまで貶められた無表情のために、おのずと否定的なニュアンスが色濃くなっている。

女三の宮の〈幼さ〉を示す表現に注目すれば、「いはけなし」「何心なし」「らうたし」は初期の紫の上にも共通して用いられ、「片なり」は女三の宮だけに見られることから、女三の宮は紫の上を踏襲して造型され、重ねられつつも決定的に裏返された性質を付与されていることが指摘される。[*2]「何心なし」についても、紫の上の無心の反秩序性を示すのとは異なって、女三の宮の場合には暴力的なまでの無邪気さを意味し、もはや無垢な純粋さを表出しないことが読み取られてきた。[*3]

未成熟・未発達であることを意味する「片生ひ」は紫の上・夕霧・雲居雁・女三の宮にのみ用いられ、また「片なり」であるともされるのは雲居雁・女三の宮であり、幼くして母親と死別・離別した人物にだけ使用されるという。[*4]母藤壺の女御を早くに亡くした女三の宮は、父朱雀院の愛情を一身に受けて成長した。朱雀院や乳母たちの過保護こそが、女三の宮の精神的幼稚さの原因になっていることはまちがいない。母親の不在による欠損をいかに補って教育され、成長していくかという課題が生じてこよう。

精神的・情緒的にも身体的にも、女三の宮はあたかも幼女のようであり、女三の宮の〈幼さ〉と紫の上のいや増す〈理想性〉は、光源氏のみならず、夕霧によっても対比されていくことになる（若菜上④一三四～一三五）。紫の上の溌剌とした〈幼さ〉は光源氏にとって最高の魅力と映った。それが、女三の宮の場合には不幸な欠点としてしか見なされていないのである。幼いということに良いも悪いもないはずである。その優位・劣位の判断の曖昧さの中に、女の精神的な幼稚さ、未成熟な身体性の問題が浮上する。紫の上と比較されては女三の宮が気の毒としか言いようもないが、だからと言って、女三宮の汚名返上とはゆくまい。密通という過ちそれじたいよりも、女三の宮の事後処理能力の低さにも光源氏は失望している。そこで比較されてくるのが玉鬘の、父親気取りの光源氏の好き心にとまどいながらも気づかないふりをして受け流し、鬚黒の侵入にも自身の落度がないことを世間にも認めさせた、聡明な「もてなし」（若菜下④二六二）であった。

ところで、女三の宮の過失を知って苦悩する光源氏の思惟を語る、その長い文脈において、光源氏は明石の女御について心配している。

世の中なべてうしろめたく、女御の、あまりやはらかにおびれたまへるこそ、かやうに心かけきこえむ人は、まして心乱れなむかし、女はかうはるけどころなくなよびたるを、人も侮らはしきにや、さるまじきにふと目とまり、心強からぬ過ちはし出づるなりけり、と思す。（若菜下④二六〇）

明石の女御があまりに優しくおっとりとしているから、もしも柏木のように思いを寄せる男がいたら、その男は柏木にもまして心を狂わせてしまうことになるのではないかというのである。女の内気さや強く拒まないところから過ちも起こるものだと思案する。

なぜ唐突に、明石の女御に密通の不安が示唆されてくるのか。新編全集・頭注には「昔から后妃との過失が多いと語ってきただけに、明石の女御のことが注意される」とある。

帝の御妻をも過つたぐひ、昔もありけれど、それは、また、いふ方異なり、宮仕といひて、我も人も同じ君に

馴れ仕うまつるほどに、おのづからさるべき方につけても心をかはしそめ、ものの紛れ多かりぬべきわざなり、（若菜下④二五四）

この光源氏の心内に、業平が五条の后や二条の后に通じた例など、帝の妻と男の恋物語の先例が想起されている。女三の宮・柏木物語に『帝の御妻をも過つ』幻想」がたびたび引用され、柏木や当該例の光源氏、朱雀院などの男たちがその「業平幻想」と繰り返し対峙していることが指摘されている。[*5] ここでは、女三の宮の密通という事件を語る中に、明石の女御の密通の可能性が父光源氏によって想定され、危惧されているのである。[*6]

明石の女御は、養母紫の上の養育を受けた、従順で素直な姫君である。[*7] 螢巻の物語論では、光源氏と紫の上が明石の姫君に与える物語を選別するなど、「后がね」の姫君として守られ、慎重に管理されて成長してきた。

上、「心浅げなる人まねどもは、見るにもかたはらいたくこそ。うつほの藤原の君のむすめこそ、いと重りかにはかばかしき人にて、過ちなかめれど、すくよかに言ひ出でたる、しわざも女しきところなかめるぞ、一やうなめる」とのたまへば、（螢③二一五）

紫の上のあて宮批判である。『うつほ物語』のあて宮は、たくさんの求婚者を退けて東宮に入内した。確かにあて宮は「重りか」でしっかりした女で「過ち」はないようだけれど、「女しきところ」がないようでよくないではないか……。『くまのの物語』の「小さき女君の、何心もなくて昼寝したまへる所」（螢③二一四）を描いた物語絵に共感し、無防備だった少女時代を追慕する紫の上による反発であり、光源氏の過剰な管理教育が養成しようとする理想の女の像に疑問を投げかけている点で注目される。

明石の女御とあて宮は、東宮妃―中宮―国母となっていく。しかし、光源氏の心配するところを見る限り、明石の女御は、紫の上が物足りなく感じていたあて宮の「女しきところ」のない性質を良くも悪くも学ぶことはなかったようである。女らしい柔和な優しさも大事だとする紫の上の意見は、女三の宮の処遇について悩む朱雀院によってひらかれた若菜以後の物語世界にも、娘をどう育てるかという意味で、ささやかな、けれども鋭い揺さぶりをかけるものではないだろうか。

女三の宮と明石の女御は、やがて薫と匂宮の母として宇治十帖に立ち現れることになる。相変わらず頼りなげで薫を心配させる女三の宮と匂宮をいさめる明石の中宮という、〈幼さ〉と〈母性的権力〉という方法のちがいはあっても、薫や匂宮の恋を束縛し、掌握して、息子たちを宇治から都に奪還する手強い母となっていくのである。[*8] 明石の女御の変貌は今は置くとして、ここでは、正編における女三の宮と明石の女御の〈幼さ〉を残す身体性をめぐる物語構造について考察してみたい。

二　もう一人の〈小柄な女〉

女三の宮が十四、五歳で六条院に降嫁した年の夏、前年に入内していた、十二歳になる明石の女御が東宮のはじめての御子を懐妊する。内親王を正妻に迎えた光源氏の、外戚としての権勢を確かにする慶事であったものの、まだ若くいたいけな体つきの明石の女御の懐妊、出産は痛々しくもあった。その不安視される身体が、女三の宮と同じく「あえかなり」と捉えられているのである。馴れない宮中での生活は「若き御心地」につらいものであったらしいことから、明石の女御の精神的な〈幼さ〉も窺われる。

桐壺の御方は、うちはへえまかでたまはず。御暇のありがたければ、心やすくならひたまへる若き御心地に、いと苦しみのみ思したり。夏ごろなやましくしたまふを、とみにもゆるしきこえたまはねば、いとわりなしと思す。めづらしきさまの御心地にぞありける。まだいとあえかなる御ほどに、いとゆゆしくぞ、誰も誰も思すらむかし。からうじてまかでたまへり。姫宮のおはします殿の東面に御方はしつらひたり。（若菜上④八六）

六条院に退出した明石の女御は、女三の宮が住まう寝殿の西側に対し、その東側にしつらえられた部屋に入ったことを確認しておく。その間にある「中の戸」（若菜上④八七）を開けて女三の宮にはじめて対面する紫の上は、女三の宮が「いと幼げにのみ見えた」ので「心やすくて、おとなおとなしく親めきたるさまに」（若菜上④九〇～九一）話しかけることができたという。[*9] 東宮の寵愛厚い女御の養母であるという自信を再認識した後の対面が、その養女と幾つもちがわない女三の宮にへりくだらなければならない紫の上の、この余裕を支えていることも否定できないであろう。六条院の新しい秩序において最も尊重されるべきなのは、大人の配慮とプライドで何気なく装おうとする紫の上ではなく、重々しい立場にそぐわない弱々しげな体つきをした女三の宮と明石の女御なのである。明石の君は長身であったから（「人ざまいとあてにそびえて」明石②二五七）、明石の女御が小柄であるのは遺伝ではなく、殊更な設定である。

明石の女御の入内に際して、紫の上は、手放したくない養女の「まだいとあえかなるほど」（藤裏葉③四四九）を心配し、明石の君の付き添いを許可していた。身分低く忍従の日々を送っていた実母との再会を実現させる理由付けとして、明石の女御の〈幼さ〉があったことになる。明石の女御をめぐる「あえかなり」も男の情動を誘うというのではなく、光源氏の栄華獲得のために求められる役割にそぐわず、抑圧されがちな、明石の女御の弱々しさを表している。その「あえか」な身体に注がれるのは、最愛の姫君を保護し、心配することで母性を主張する紫の上の視線が中心である。

明石の女御の難産の危惧は、以後も繰り返される。

まだいとあえかなる御ほどにいかにおはせむとかねて思し騒ぐに、二月ばかりより、あやしく御気色かはりてなやみたまふに御心ども騒ぐべし。陰陽師どもも、所をかへてつつしみたまふべく申しければ、外のさし離れたらむはおぼつかなしとて、かの明石の御町の中の対に渡したてまつりたまふ。（若菜上④一〇三）

かねてから案じられていた「あえかなる」身体が、紫の上のいる東の対に近かった寝殿の東側から明石の女御を移動させ、明石の君の住む西北の町に産屋が設営されるという処置が取られたのである。明石の女御は実母に馴染んでおらず、いまだに紫の上の方をより慕っていたらしいが（若菜上④九〇）、ひどい悪阻によって、明石の女御の〈産む身体〉は実母の膝下へと引き寄せられていく。やがて明石の女御は、祖母尼君に再会し、明石の入道の宿願を知る。出生の秘密を知り、明石一族としての自覚と連帯を獲得したことで、明石の女御の「あえかなる」身体は初産を乗り切ったのであった。*10

妊娠、出産という明石の女御の生理をめぐって展開されてきたのは、父光源氏によって秩序づけられていた、血の論理よりも理想的な母子の組み合わせを優先する六条院体制の綻びである。*11 女三の宮の不義の子出産も、うわべだけを取り繕って女三の宮を正妻として遇し、体裁を保とうと苦心してきた六条院の矛盾をさらけだすという意味で同じである。

この二人の希薄な身体性は、女楽の場面において、光源氏の視線を通して対比されている。紫の上と明石の君を加えた四人の描写のうちでも、女三の宮と明石の女御に関しては分量も多く、こまやかである。そこでは、すでに出産を経験し、[*12] 今も妊娠中でふっくらとした明石の女御が二歳ほど年長の女三の宮よりも「にほひやか」な点で優っており、態度や身のこなしも奥ゆかしいと評価される（若菜下④一九一～一九二）。

しかし、ともに〈幼さ〉を残した小さな体格であることは同様に強調されているのである。女三の宮はやはり「ただ御衣のみある心地」がして、「鶯の羽風にも乱れぬべくあえかに見え」（若菜下④一九一）たとあるし、明石の女御も「ささやか」で、寄りかかった「御脇息は例のほどなれば、およびたる心地して、ことさらに小さく作らばやと見」（若菜下④一九二）えたとある。「ささやかなり」は小柄の意で、柏木が垣間見た女三の宮も「いと細くささやか」（若菜上④一四二）であると語られる。紫の上の「御髪のたまれるほど、こちたくゆるるかに、大きさなどよきほどに様体あらまほしく、あたりににほひ満ちたる心地して」（若菜下④一九二）と描写される、ゆったりとして豊満な大人の美[*13]と対照的な、風にも耐えぬくらいの小柄な愛らしさが、女三の宮と明石の女御に認められよう。六条院空間がこの小さく華奢な身体を中心に序列化されているという、空虚な逆転それじたいがすでに光源氏世界の崩壊を予感させるのであり、物語世界の虚構性の歪みがその身体感覚に比喩されていると言える。

そもそも女楽は、女三の宮の琴の上達を発表するために企画された。[*14] 皇位を継承する子のないままに冷泉帝が譲位し、今上帝が即位したころ、朱雀院に加え、今上帝の支援もあって、女三の宮はようやく紫の上に肩を並べ、「渡りたまふこと、やうやう等しきやうにな」（若菜下④一七七）っていた。朱雀院五十の賀に向けて光源氏の伝授が始まり、女楽の翌日に「御琴ども押しやりて大殿籠りぬ」（若菜下④二一一）とある夜までが、光源氏と女三の宮の唯一の濃密な時間だったのである。依然として成長不足の女三の宮も、二十歳を迎えている。今上帝の異母姉として二品に叙せられ、准太上天皇たる光源氏の正妻にふさわしい待遇と愛着を遅蒔きながら獲得しかけていたわけである。

姫宮のみぞ、同じさまに若くおほどきておはします。女御の君は、今は、公ざまに思ひ放ちきこえたまひて、この宮をばいと心苦しく、幼からむ御むすめのやうに、思ひはぐくみたてまつりたまふ。（若菜下④一七八〜一七九）

光源氏と女三の宮の関係性の内実がこのように語られるとき、娘のように妻を庇護することと、幼い女君を妻としていくことの、ねじれた構造が認められる。今上帝の新東宮の母となって成長した明石の女御と入れ替わるように、女三の宮はその〈幼さ〉ゆえに光源氏の「御むすめ」に見立てられ、朱雀院が望んでいたような、奇妙な夫婦像が実現したのである。[*15] その蜜月は紫の上の発病をきっかけに途切れることになるが、光源氏による夜毎の熱心なレッスンで腕前を上げ、上達をほめられた女三の宮は、無邪気な中にも光源氏に対する愛情と信頼を芽生えさせていた。

何心なくうち笑みて、うれしく、かくゆるしたまふほどになりにけると思す。二十一二ばかりになりたまへど、なほいといみじく片なりにきびはなる心地して、細くあえかにうつくしくのみ見えたまふ。（若菜下④一八四）

無表情な女三の宮が微笑んだのは、後にも先にもこれきりである。「何心な」い笑顔に表された感情も、「片なり」「きびは」で「細くあえか」な身体性の向こうに霞んでしまいがちなのである。

三　〈小柄な女〉の幼稚性

さて、女三の宮の運命の分岐点となった、あの蹴鞠の庭の垣間見に、一つ不思議な現象が見られる。その日、六条院の寝殿の東面にはすでに誰もいなかった。先述したように、そこは明石の女御の居所であった。出産のために冬の町に移ったものの、「三月の十余日のほど」（若菜上④一〇八）の若宮誕生の後、六日目にはもとの寝殿の東面に戻っている（若菜上④一〇九）。翌日の冷泉帝主催の産養に備えての移動であった。その時点で、寝殿には女三の宮と明石の女御が同居していたことになる。

ところが、である。蹴鞠の遊びが興じられた「三月ばかりの空うららかなる日」（若菜下④一三六）に、明石の女御はすでに不在なのである。それを三月末としても出産から十数日しか経っていないはずであるのに、「桐壺は若宮具したてまつりて参りたまひにしころなれば」（若菜下④一三七）とあり、早くも東宮に帰参している。産後間もないにもかかわらず、明石の女御は強引に寝殿の東面から追い出されているのである。「あえか」で「ささやか」な身体をもつ、密通物語の女主人公として、寝殿の西面にいる女三の宮ただ一人が浮上してくる仕掛けである。[*16]

もしも明石の女御の帰参が遅れていたらどうであったろうか。明石の女御と若宮がそこに滞在していたとしたら、騒々しい蹴鞠が行われていたかどうかはわからない。催されていたとすると、まかりまちがえば、迂闊にも柏木や夕霧の視線にさらされてしまったのは明石の女御であったかもしれない――とは考えられないだろうか。

御髪の裾までけざやかに見ゆるは、糸をよりかけたるやうになびきて、裾のふさやかにそがれたる、いとうつくしげにて、七八寸ばかりぞあまりたまへる。御衣の裾がちに、いと細くささやかにて、姿つき、髪のかかりたるそばめ、いひしらずあてにらうたげなり。

（若菜下④一四二）

柏木が見た、女三の宮の小さく細い身体である。柏木のまなざしは、光源氏が十分に認識しえなかった女三の宮の高貴性や可憐な性的魅力をとらえている。[*17] この〈小柄な身体〉が明石の女御の〈小柄な身体〉と入れ替わっていたとしたら、どうであろうか。女三の宮が立ち姿を見せたことは確かに軽率であったが、むしろ蹴鞠の遊びによる不可思議なエネルギーに引き寄せられたのだとすれば、[*18] 明石の女御もまた、ふと立ち上がっていたかもしれない。物語は明石の女御密通の可能性をぎりぎりのところで回避しているのである。女三の宮に似た心弱さは、後に光源氏によって案じられていた。不自然な早々の帰参も、女三の宮一人を密通物語の主人公に据えるための、語り手の用意周到な計算ではなかったであろうか。

そのように考えるのも、『源氏物語』における〈小柄な身体〉の描かれ方に問題があるからである。女三の宮に代表されるような〈小柄な女〉には、明石の女御のほかに、空蟬（「いとささやかにて臥したり」帚木①九九）・夕顔（「いとらうたげにあえかなる心地して」夕顔①一五七／「いとささやかにて」夕顔①一七二／「あえかに見えたまひしも」夕顔①一八七）・秋好中宮（「ささやかにあえかなるけはひ」絵合②三七三／「あやしくあえかにおはする宮なり」野分③二七五）・雲居雁（「いとらうたげにささやかなり」常夏③二三八）・鬚黒北の方（「いとささやかなる人」真木柱③三六〇）・光源氏の召人である中将の君（「いとささやかに」幻④五三八）・浮舟（「いとささやかに、様体をかしき、いまめきたる容貌」手習⑥三五一）がいる。[*19]

これらの女たちの位相を一概に整理することは難しいが、やはり〈小柄な女〉の幼稚性が見えてくるのである。

『源氏物語』の身体描写のバリエーションに注目した大塚ひかりは、[*20] 夕顔・女三の宮・浮舟などの小柄な体格がしばしば精神の幼児性、人格の未熟さに通じて、人生が破綻に終わること、小柄であることの抑圧と性的魅力を指摘している。〈小柄〉で〈幼い〉ことが特に強調される夕顔・女三の宮・浮舟は、二人の男と関係をもち、破滅的な窮地に立たされた女である。匂宮にふさわしい相手として明石の中宮が選んだ六の君が「ささやかにあえかになどはあらで」（宿木⑤四〇五）とされるのは、権門の姫君として精神的にも肉体的にも危なっかしさのない体格なのであろう。浮舟が男たちの欲望に翻弄されつつも、最後に男を拒絶していくことの意味は、〈小柄な女〉の系譜の物語に大きな問題を問いかけている。その浮舟の居場所を薫に教えてしまうのが明石の中宮であるというのも、些か皮肉ではある。

さて、女三の宮をめぐる「あえかなり」の最後の例は、ただ体格を表す以上に痛々しさを表している。

宮もうちはへて、ものをつつましく、いとほしとのみ思し嘆くけにやあらむ、月多く重なりたまふままに、いと苦しげにおはしませば、院は、心憂しと思ひきこえたまふ方こそあれ、いとらうたげにあえかなるさまして、かくなやみわたりたまふを、いかにおはせむと嘆かしくて、さまざまに思し嘆く。（若菜下④二六六〜二六七）

懐妊中の体調不良に加え、罪の重さに懊悩する女三の宮の病み疲れた様子が、光源氏によって「らうたげ」で「あえか」であると認識される。「心憂し」という否定的な見方と裏腹に、女三の宮のやつれた美に今更ながらに心惹かれる、あやにくな感情を抱える光源氏がいるのである。それでも、女三の宮は衰弱し痩せ続けていくのである。その罪を懺悔する、痩せ細る以外の方法を知らないかのように。

いといたう青み痩せて、あさましうはかなげにてうち臥したまへる御さま、おほどきうつくしげなれば、いみじき過ちありとも、心弱くゆるしつべき御さまかなと見たてまつりたまふ。（柏木④三〇三）

産後の女三の宮の頼りなげで愛らしい姿を見ていると、光源氏は気が弱くなって許してあげたくなるという。光源氏に出家を懇願する女三の宮は、「常の御けはひよりはいとおとなび」（柏木④三〇二）た様子であった。弱々しく痩せていくにしたがって、光源氏の女三の宮に対する執着は高まっていくようなのである。女三の宮の〈幼さ〉と優美さの両義的な性質が、ようやくにして光源氏その人に認められているのである。

望まれない妊娠と望まれた妊娠という根本的な差異はあるが、明石の女御も産後の痩身をめぐる周囲の思惑のただなかにあった。

宮よりとく参りたまふべきよしのみあれば、「かく思したる、ことわりなり。めづらしきことさへ添ひて、いかに心もとなく思さるらん」と、紫の上ものたまひて、若宮忍びて参らせたてまつらん御心づかひしたまふ。御息所は、御暇の心やすからぬに懲りたまひて、かかるついでにしばしあらまほしく思したり。ほどなき御身に、さる恐ろしきことをしたまへれば、すこし面痩せ細りて、いみじくなまめかしき御さましたまへり。「かく、ためらひがたくおはするほどつくろひたまひてこそは」など、御方などは心苦しがりきこえたまふを、大殿は、「かやうに面痩せて見えたてまつりたまはむも、なかなかあはれなるべきわざなり」などのたまふ。（若菜上④一二一～一二二）

出産経験のない紫の上は、かわいらしい若宮を早く東宮にお見せしたいとしか思わない。病みやつれた身体の性的魅力を指摘する光源氏の視線には、男の好色さが滲み出ている。六条院でもう少し静養したいという明石の女御に共感するのは、母胎の身体的・精神的負担を身をもって知る、実母明石の君だけなのである。明石の君と明石の女御が出産の痛みによって空白の母子関係を補完し、紫の上が生理的な経験値によって疎外されて、虚構の養母・養女関係に亀裂が入ってしまっている。明石の女御の小さく細い身体が、母なる身体を模倣しようと東宮を抱き取る紫の上の、その母性が所詮は幻想にすぎないことを暴露しているのである。[*21]

女三の宮も、極度の緊張感と疲労、冷淡な光源氏に対する怖れによって「面痩せ」している（「御顔もすこし面痩せたまひにたり」若菜下④二四二／「いたく面痩せて、もの思ひ屈したまへる、いとどあてにをかし」若菜下④二六八～二六九／「このいたく面痩せたまへるつくろひたまへ」若菜下④二七二／「面痩せたまへらむ御さまの、面影に見たてまつる心地して」柏木④二九五）。しかし、女が痩せ細るということに関して、[*22]本当の意味での理解を得ることがいかに困難であるかは、明石の女御の帰参をめぐる何気ない場面からも察せられたように、誰も女三の宮を救うことができない。先述の慌ただしい帰参から考えれば、明石母娘の意見は顧みられなかったにちがいないのである。

柏木の容態悪化と呼応するかのようにして、女三の宮は食事も喉を通らなくなり（「さばかり弱りたまへる人の物を聞こしめさで日ごろ経たまへば」柏木④三〇三）、下山した父朱雀院に涙ながらに出家を訴えて、「いと盛りにきよらなる御髪をそぎ棄てて」（柏木④三〇八）いく。女の身体性を否定し、棄てること――その精一杯の抵抗は女三の宮に救済をもたらしたのであろうか。

長めに切り揃えられた髪の「末のところせう広ごりたる」のを気にして「額など撫でつけておはする」という女三の宮のしぐさには、出家を後悔し、いまだ迷いの中にある心弱さが表れているし、光源氏の見る女三の宮は以前にもまして「いとど小さう細りたまひて」おり、「かくてしもうつくしき子どもの心地して、なまめかしうをかしげ」であり、尼に似合わぬ美しさがかえって発揮されている（柏木④三一一）。その身体までもが、女三の宮の意志を裏切り、女の若々しい魅力をふりまいてしまうのであった。[*23]

結び――紫の上の「あえか」な身体

女三の宮の〈幼さ〉とは何か――。女三の宮自身を悲劇に陥れ、光源氏世界を崩壊していく不気味な負性として意味づけられる〈幼さ〉は、それだけで罪なのであった。反主人公的な女三の宮の性格描写じたいが主題的なのだという。[*24]

いや、女三の宮は本当に幼稚なのか――。精神的な幼児性だけでなく、小さく華奢な身体の希薄さも、悲劇的結末を引き寄せてしまう不吉な影として存在するのであり、物語世界の虚構性を暴くべく機能していく、それは方法としての〈幼さ〉なのである。[*25]

精神的な幼児性や身体的な未熟さを担っているのは、何も女三の宮だけではなかった。明石の女御もまた、心弱く、小柄な体格をした女であり、その妊娠・出産は女三の宮の物語と同時進行する文脈に置かれていた。女三の宮と明石の女御の〈幼さ〉が紫の上の大人の包容力よりも尊重されなければならない、権力や地位による逆転した序列が六条院瓦解の要因であったとすれば、重圧に押しつぶされる身体は残酷な暴力性を帯びてちぐはぐに分裂している。

光源氏物語の終焉に向けて、女たちは痩せていく。[*27] 夫柏木の死後、夕霧の懸想に苦悩する落葉の宮は「痩せ痩せにあえかなる心地」（夕霧④四〇七）がして、母一条の御息所が死去し、「すこし細りたれど、人はかたはにも見」ない髪を「ひたぶるにそぎ棄てまほしう思」いつつ「みづからの御心には、いみじの衰へや、人に見ゆべきありさまにもあらず」（夕霧④四六二）と思う。ここには、痩せ細る身体を女自身が見つめ、解釈し、意味づけていく自己把握が見られる。[*26] 落葉の宮や雲居雁も、周囲から〈幼さ〉を指摘され、非難される女であった。夕霧・落葉の宮物語は、女と男の力学関係の中で一方的に責められる、女の〈幼さ〉とは何かを問うことを求めている。[*27]

紫の上も病に倒れ、憔悴していく。一進一退を繰り返す紫の上の身体は「頼もしげなく、いとどあえかになりまさ」（御法④四九三）って、確実に死へと接近するのである。見舞いにやってきていた明石の中宮は、その紫の上の死直前の美しさを再評価する。

こよなう痩せ細りたまへれど、かくてこそ、あてになまめかしきことの限りなさもまさりてめでたかりけれど、来し方あまりにほひ多くあざあざとおはせし盛りは、なかなかこの世の花のかをりにもよそへられたまひしを、限りもなくらうたげにをかしげなる御さまにて、いとかりそめに世を思ひたまへる気色、似るものなく心苦しく、すずろにもの悲し。（御法④五〇四）

すでに死を悟った紫の上の、飾ることのない、清楚な美である。病床の紫の上の繊細な可憐さについては、危篤状態から蘇生し、洗髪して庭を眺める姿が「青み衰へたまへるしも、色は真青に白くうつくしげに、透きたるやうに見ゆる御膚つきなど、世になくらうたげなり。もぬけたる虫の殻などのやうに、まだいとただよはしげにおはす」（若菜下④二四五）と語られていた。[*28] そこまでの細やかな視点はないものの、臨終間際の紫の上の透明感ある美を捉えるのが、光源氏ではなく、その手を取って看取ることにもなる明石の中宮であることの意味は軽くない。

痩せ細った紫の上の身体は、そうであるだけに優美なのだと繰り返される。そして、健康な「盛り」の美しさはあまりに「あざあざ」として、「この世の花」にも喩えられたのであったが、今は限りもなく「らうたげ」で愛らしくて、余命を「かりそめ」と思っているような様子が似るものなくいたわしく、悲しく感じられるのだと明石の中宮は見る。夕霧による垣間見における樺桜（野分③二六五）、女楽における光源氏の桜のよそえ（「若菜下」④一九二）といった、男たちの価値基準による美の定義づけが、明石の中宮という女のまなざしによって否定されているのである。

一方、野分の垣間見以来、紫の上に憧憬を抱いてきた夕霧が見たのは、紫の上の「何心な」い表情であった。

灯のいと明かきに、御色はいと白く光るやうにて、とかくうち紛らはすことありし現の御もてなしよりも、言ふかひなきさまに何心なくて臥したまへる御ありさまの、飽かぬところなしと言はんもさらなりや。

（御法④五〇九〜五一〇）

紫の上が「何心な」く、穏やかな心で息絶えたわけではあるまい。紫の上の身体もまた、「何心なし」という〈幼さ〉を身にまとって、それ以上の解釈を寄せつけないのである。文字通り、紫の上の最期を「何心な」い死と受けとめれば、紫の上の救済をもそこに志向されてくるものと理解できる。しかし、そうであるとするならば、それがなぜ光源氏ではなく夕霧の視線に託されたのか、その違和感は残る。[*29]

最愛の紫の上を喪い、悲痛の光源氏は涙に暮れ、茫然自失の日々を送る。一年後、法会に姿を現した光源氏は「御容貌、昔の御光にもまた多く添ひて、ありがたくめでたく見え」（幻①五五〇）たとある。光源氏だけは、痩せ細ることがないのである。[*30]

注

＊1　三田村雅子「浮舟物語の〈衣〉―贈与と放棄―」（『源氏物語　感覚の論理』有精堂、一九九六年）。
＊2　池田節子「女三の宮造型の諸問題―紫の上と比較して―」（『源氏物語表現論』風間書房、二〇〇〇年）。
＊3　原岡文子「紫の上の登場―少女の身体を担って―」（『源氏物語の人物と表現　その両義的展開』翰林書房、二〇〇三年）、三田村雅子「源氏物語のジェンダー―『何心なし』『うらなし』の裏側」（『解釈と鑑賞』第六十五巻第十二号、二〇〇二年十二月）。
＊4　久保田孝夫「紫上の『片生ひ』と成人儀礼―『片生ひ』と『片成り』を軸にして―」（『都城研究の現在』おうふう、一九九七年）、同「さして重き罪には当たるべきならねど―女三宮の片成り・柏木の罪意識・光源氏の睨み―」（『国文学』第四十五巻第九号臨時号、学燈社、二〇〇〇年七月）。
＊5　今井久代「柏木物語の『女』と男たち―業平幻想の解体と柏木の死」（『源氏物語構造論―作中人物の動態をめぐって』風間書房、二〇〇一年）。
＊6　夕霧と雲居雁の幼い恋をめぐる、雲居雁の乳母の言葉として「かやうのことは、限りなき帝の御いつきむすめも、おのづからあやまつ例、昔物語にもあめれど」（少女③四四）とある。
＊7　原岡文子「『源氏物語』の子ども・性・文化―紫の上と明石の姫君―」（＊3・前掲書）。
＊8　本書・第二章「2　今上女二の宮試論―浮舟物語における〈装置〉として―」、第二章「1　明石の中宮の言葉と身体―〈いさめ〉から〈病〉へ―」。
＊9　本書・序論「2　幼さをめぐる表現と論理」。
＊10　「二月の十余日のほどに、たひらかに生まれたまひぬ。かねてはおどろおどろしく思し騒ぎしかど、いたくなやみたまふこと

もなくて」（若菜下④一〇八）とあり、安産であった。

＊11 三田村雅子『源氏物語─物語空間を読む』（ちくま新書、一九九七年）。

＊12 曽根誠一「女三宮─悲劇のヒロイン」（『解釈と鑑賞』第六十九巻第八号、至文堂、二〇〇四年八月）は、出産し母となった明石の女御と対比されて、女三の宮の肉体的な〈幼さ〉が際立たせられると指摘している。また、宇治十帖における二人の母親としての差異については、土居奈生子「第三部における女三の宮─〈大宮〉たる明石中宮と女二の宮の降嫁─」（『人物で読む源氏物語／女三の宮』勉誠出版、二〇〇六年）。

＊13 少女時代の紫の上は発育途中の小柄な身体であった（「小さき御ほどに」紅葉賀①三三二）。女三の宮の体格との対比から、今現在の豊かな身体性が示されてくるのである。

＊14 琴の琴は王家統流のみが奏でると設定された楽器であるため、紫の上も明石の女御も光源氏の伝授を受けない（上原作和『光源氏物語の思想史的変貌─〈琴〉のゆくへ』有精堂、一九九四年）。女三の宮に対する教授を「うらやましく」思い、明石の女御は宮中を退出して「などて我に伝へたまはざりけむとつらく思ひきこえたまふ」（若菜下④一八二）のである。その嫉妬めいた不満は紫の上が感じるものと重なるであろう。

＊15 このような関係性は、光源氏が少女時代の紫の上を「ただほかなりける御むすめを迎へたまへらむやうにぞ思」（紅葉賀①三一七）い、「母なき子持たらむ心地して」（紅葉賀①三一八）養育しつつ、紫の上の成長を待っていた関係構造と重なるものである。本書・序論「1 二人の紫の上─女三の宮の恋─」。

＊16 小嶋菜温子「語られる産養(1) 明石姫君所生の皇子、そして薫の場合」（『源氏物語の性と生誕』立教大学出版会、二〇〇四年）。

＊17 吉井美弥子「源氏物語の『髪』へのまなざし」（『源氏物語と源氏以前』武蔵野書院、一九九四年）。

＊18 松井健児「蹴鞠の庭」（『源氏物語の生活世界』翰林書房、二〇〇〇年）。＊25・神田龍身も、女三の宮が若い男たちの躍動する肉体に欲望されていると読む。

＊19 『源氏物語』における「あえかなり」は十七例で、女三の宮に四例、明石の女御に三例が用いられる。「ささやかなり」は十三例で、女三の宮・明石の女御に各一例が見える。

＊20　大塚ひかり『「源氏物語」の身体測定』（三交社、一九九四年）。

＊21　松井健児「生活内界の射程」（＊18・前掲書）。若宮のために「天児」を作る紫の上の様子は「いと若々し」と評される（若菜上④一一一）。

＊22　女の痩せた美については、沢田正子「源氏物語の男女の容姿・服装」（『源氏物語研究集成　第十二巻　源氏物語と王朝文化』風間書房、二〇〇〇年）も注目している。浮舟が痩せることをめぐる考察に、石阪晶子「『起きる』女の物語―浮舟物語における『本復』の意味―」（『源氏物語における思惟と身体』翰林書房、二〇〇四年）がある。

＊23　その後、仏道に専念する女三の宮は、なおも未練を残す光源氏によって相変わらず「ただ児のやうに見え」（横笛④三四八）たとある。やがて女三の宮は、成人した薫を「かへりては親のやうに頼もしき蔭に思」（匂兵部卿⑤二三）っており、薫から見ても「いと何心もなく、若やかなるさま」（橋姫⑤一六五）「親と思ひきこゆべきにもあらぬ御若々しさ」（総角⑤二三一）に見え、その個性としての〈幼さ〉は変わらない。明石の中宮も薫を我が子のように尊重し（匂兵部卿⑤二五）、四男一女を儲けても「いよいよ若くをかしきけはひなんまさ」（総角⑤二七八）っている。齢を重ねても失われない〈若々しさ〉も、女三の宮と明石の女御に共通している。

＊24　高橋亨「源氏物語の〈女三の宮〉―幼女性の罪―」（『国文学』第二十七巻第十三号臨時号、学燈社、一九八二年九月）。

＊25　神田龍身「源氏物語『北山での垣間見』―〈幼さ〉の射程―」（『〈新しい作品論〉へ、〈新しい教材論〉へ［古典編］1』右文書院、二〇〇三年）に学ぶところが大きい。

＊26　女だけではない。柏木は「いといたく痩せ痩せに青みて」（若菜下④二七四）「痩せさらぼひ」（柏木④三一四）ていくし、嫡男柏木を喪った致仕の大臣は「古りがたうきよげなる御容貌いたう痩せおとろへ」（柏木④三三三）る。

＊27　三田村雅子「夕霧物語のジェンダー規制―『幼さ』・『若々しさ』という非難から―」（『解釈と鑑賞』第六十九巻第八号、至文堂、二〇〇四年八月）に示唆を受けた。

＊28　紫の上のやつれの美は、父兵部卿宮が祖母尼君と死別して悲しむ紫の上を「げにいといたう面痩せたまへれど、いとあてにうつくしくなかなか見」（若紫①二四八）たところにすでに発見されていた。石阪晶子「紫の上の通過儀礼―若紫巻における反世界―」（＊22・前掲書）の言うように、光源氏が気づくことができなかった、幼い紫の上の屈託である。

＊29　＊3・三田村雅子「源氏物語のジェンダー」、松井健児「紫の上の最期の顔―『御法』巻の死をめぐって―」（『源氏研究』第六号、翰林書房、二〇〇一年四月）。

＊30　かつてそれほど夫婦仲のよくなかった葵の上と死別したときには、桐壺院に「いといたう面痩せにけり」（葵②六七）と指摘されていたのに、である。

4　紫の上の死
――露やどる庭――

はじめに――紫の上の遺言

紫の上は生来の子ども好きとして造型されるが、[*1] 生命がこぼれるように、死にしだいに近づく紫の上は、唯一の遺言として匂宮に二条院を託して、その成長を見届けられないことを嘆くのであった。幼い匂宮の〈生〉と病床の紫の上の〈老い〉〈病〉〈死〉とが対比される場面である。

「大人になりたまひなば、ここに住みたまひて、この対の前なる紅梅と桜とは、花のをりをりに心とどめてもて遊びたまへ。さるべからむをりは、仏にも奉りたまへ」と聞こえたまへば、うちうなづきて、御顔をまもりて、涙の落つべかめれば立ちておはしぬ。とりわきて生ほしたてたてまつりたまへれば、この宮と姫宮とをぞ、見さしきこえたまはんこと、口惜しくあはれに思されける。（御法④五〇二）

今、殊更「人の聞かぬ間」（御法④五〇二）を見計らってのいかにも紫の上らしい遺言は、大人になったら二条院に住み、「対の前なる紅梅と桜」を「花のをりをり」には見てあげてほしい、仏さまにも供えてほしいとだけ、匂宮に願うものである。二条院は、「わが御私の殿と思す二条院」（若菜上④九三）「わが御殿と思す二条院」（御法④四九五）と位置づけられる、紫の上の精神的故郷である。匂宮も紫の上の死期を感じ取り、黙って頷く。これを「遺言」と呼ぶならば、男たちの遺言が現世に執着していくかたちで残されるのに対して、紫の上の言葉が執着を捨て去ろうとするところに、物語の一つの到達点があると指摘されている。[*2]

紫の上は、養女明石の姫君に対し、あるいは孫の匂宮や女一の宮に対して、いつも〈親〉役割を演じてきた女君であった。[*3]匂宮の愛らしい幼さに、紫の上は生命のきらめきを見出して微笑み、涙する。匂宮を前にして、死にゆくことの「口惜しくあはれ」な感情を痛感しているのである。死への傾斜と生きる者への哀別とに引き裂かれつつ、その二つをまったく別の志向として矛盾なく抱えて最期を迎えることが、紫の上に残された日々であった。

紫の上と匂宮は、血の繋がりのない擬制の関係でさえある。それでもなお、紫の上の現世に対する執着は、匂宮の成長へのそれとして繰り返し立ち現れてくる。[*4]

上は、御心の中に思しめぐらすこと多かれど、さかしげに、亡からむ後などのたまひ出づることもなし。ただなべての世の常なきありさまを、おほどかに言少ななるものから、あさはかにはあらずのたまひなしたるけはひなどぞ、言に出でたらんよりもあはれに、もの心細き御気色はしるう見えける。宮たちを見たてまつりたまうても、「おのおの御行く末をゆかしく思ひきこえけるこそ、かくはかなかりける身を惜しむ心のまじりけるにや」とて涙ぐみたまへる、御顔のにほひ、いみじうをかしげなり。などかうのみ思したらんと思すに、中宮うち泣きたまひぬ。（御法④五〇一〜五〇二）

その最期に向かって、紫の上は人々に対する挨拶を怠らなかったが、その反面、死後のことに関しては寡黙で、「さかしげに」何かを言い残すこともなかった。しかし、その寡黙な様子がおのずと「もの心細き御気色」を示しているのだという。みずからを「うしろめたき絆だにまじらぬ御身」（御法④四九三）と規定しながらも、明石の女御の生んだ宮たちの成長を見届けられない無念を思い、「かくはかなかりける身」を「惜しむ心」が抑えきれないと泣くのである。

紫の上は末期の眼で子どもの情景を見つめ、生きることの希望にあふれた存在をいとおしく感じずにはいられない。夕霧巻のあの長大な述懐が「今はただ女一の宮の御ためなり」（夕霧④四五七）と結ばれていたように、[5]紫の上の子どもに対するまなざしには、生を諦めた者の悲しさと次代を担っていく者の若さに発見する希望とが交錯している。我が生の断念と他者の生に対する期待が、子どもに対する慈愛のまなざしとなって無理なく浮き彫りにされているのだといえよう。[6]無防備な子どもの姿は、紫の上のありようを反照する鏡として機能してきた。永井和子氏は、「自己の死を予知しながら、紫の上は生ある人々を自らの死の世界の方へ引きよせたりはしなかった。あくまでも、生ある世界の秩序に歩みよることによって、死の美というべきものを現出させたのである」[7]と言う。至上の死の文学を創造するにあたり、紫の上の死への傾斜はいかに導かれていくのであろうか。

一　紫の上の夏

発病から六年、紫の上は、いよいよ死のときを迎えようとしていた。萌え出づる春を愛し、六条院春の町の女主人として君臨してきた紫の上に、過ぎ去った春はもう二度と巡らない。

夏になりては、例の暑さにさへ、いとど消え入りたまひぬべきをりをり多かり。そのことと、おどろおどろしからぬ御心地なれど、ただいと弱きさまになりたまへれば、むつかしげにところせくなやみたまふこともなし。（御法④五〇〇）

まとわりつくような夏の暑さは病身に耐え難く、紫の上の意識は途切れがちである。長期にわたる患いは「おどろおどろしからぬ御心地」であり[*8]、ただ弱々しげになるばかりで、いかにも病人めいて苦しがるようなことはなかった。それでも、蒸し暑い夏の到来とともに、紫の上の周囲に死の空気が一層たれこめていく。

若菜下巻にも、紫の上が病床で過ごした夏があった。何かにうち砕かれたように脆くも崩れ倒れた紫の上が、危篤状態に陥りながら奇跡的に蘇生した、再生の季節である。

女君は、暑くむつかしとて、御髪すまして、すこしさはやかにもてなしたまへり。臥しながらうちやりたまへりしかば、とみにも乾かねど、つゆばかりうちふくみまよふ筋もなくて、いときよらにゆらゆらとして、青み衰へたるしも、色は真青に白くうつくしげに、透きたるやうに見ゆる御膚つきなど、世になくらうたげなり。もぬけたる虫の殻などのやうに、まだいとただよわしげにおはす。年ごろ住みたまはで、すこし荒れたりつる院の内、たとしへなく狭げに見ゆ。昨日今日かくものおぼえたる隙にて、心ことに繕はれたる遣水、前栽の、うちつけに心地よげなるを見出だしたまひても、あはれに今まで経にけると思ほす。（若菜下④二四四〜二四五）

静養している二条院の庭をともに眺めやる、光源氏と紫の上である。朝顔巻の凍てつく冬、月光の下で凍った池や雪に戯れる少女たちを見た、あの庭である。[*9]

病の小康を得た紫の上は、暑気払いを兼ねて髪を洗い、空間を包む「暑さ」は「涼」へと変化していく。死と再生という儀礼を経験して、あたかも禊をするかのように、紫の上の洗髪は行われている。乾き切らずに水分を含んだ紫の上の髪は、少しの乱れもなく、「きよら」に「ゆらゆら」と揺れる。ただ無防備に解放された髪がなびく様子は、病床でもさっぱりとして、爽快感と立ちのぼる生気を漂わせるのである。[*10]青みがかった白い肌[*11]がむしろ透きとおるように愛らしく、庭の前栽の瑞々しい青色がその顔に照り映えているかのようだ。いまだ生と死の狭間に漂いつつある病人らしい様子が「もぬけたる虫の殻」のようであるという。着飾ることも体裁を取り繕うこともない、無防備で清楚な美がここにある。[*12]

仮死状態にまで陥って衰弱した紫の上の身体は、「もぬけたる虫の殻などのやう」であるとされた。『源氏物語』に「虫の殻」という表現はもう一例しか見られない。

御殿油を近うかかげて見たてまつりたまふに、隠したまふ顔も、ただ寝たまへるやうにて、変りたまへるところもなく、うつくしげにてうち臥したまへるを、かくながら、虫の殻のやうにても見るわざならましかばと思ひまどはる。（総角⑤三二九）

大君の死顔を薫が凝視する場面である。灯火をかかげての薫の露骨な視線は、無防備に横たわる大君の顔に無遠慮に注がれる。昏睡状態に陥りつつも「顔はいとよく隠したまへり」（総角⑤三二五）「顔隠したまへる御袖をすこしひきなほして」（総角⑤三二七）と懸命に隠し続けようとしていたはずの大君の顔は、薫の欲望のまなざしに残酷にもさらされてしまっている。このまま火葬することなく「虫の殻」のようにでも遺体を残しておきたい、という薫の身勝手な支配欲が示されているのである。

紫の上の「虫の殻」の如き身体は、それとはちがう。若菜下巻における紫の上の病み上がりの可憐な美は、光源氏の視線から離れている。[*13] 少なくともこの場面における紫の上は、緊張感から解き放たれて弛緩しており、その脱力は庭の景ともども「心地よげ」に感じられる。〈死〉に限りなく接近した〈生〉を、紫の上は生きている。[*14] 場面は続く。

池はいと涼しげにて、蓮の花の咲きわたれるに、葉はいと青やかにて、露きらきらと玉のやうに見えわたるを、「かれ見たまへ。おのれ独りも涼しげなるかな」とのたまふに、起き上がりて見出だしたまへるもいとめづらしければ、「かくて見たてまつるこそ夢の心地こそすれ。いみじく、わが身さへ限りとおぼゆるをりをりのありしはや」と涙を浮けてのたまへば、みづからもあはれに思して、

消えとまるほどやは経べきたまさかに蓮の露のかかるばかりを

とのたまふ。

契りおかむこの世ならでも蓮葉に玉ゐる露の心へだつな

（若菜下④二四五）

髪が含んだ水、遣水、池の水や蓮の葉にやどる露といった水の浄化作用によって、紫の上の再生した弱々しい生命は充足させられているのである。光源氏が見ているのは、「起き上がりて見出だしたまへる」という紫の上の回復の兆しである。光源氏の関心は紫の上と死の距離感に集中する。

若菜下巻の蘇生場面と御法巻の臨終間際の場面は、紫の上が光源氏とともに二条院の庭を眺めるという、共通した場面設定となっている。御法巻においても、光源氏のまなざしから離れ、紫の上の素の輝きは明石の中宮によって見事に捉えられていた。

こよなう痩せ細りたまへれど、かくてこそ、あてになまめかしきことの限りなさもまさりてめでたかりけれど、来し方あまりにほひ多くあざあざとおはせし盛りは、なかなかこの世の花のかをりにもよそへられたまひしを、限りもなくらうたげにをかしげなる御さまにて、いとかりそめに世を思ひたまへる気色、似るものなく心苦しく、すずろにもの悲し。

（御法④五〇四）

臨終間際の紫の上の透明感のある美しさは、光源氏によって見つめられたのではなかった。華奢な身体は、そうであるだけにかえって優美なのだと繰り返される。健康な「盛り」の豊満な美はあまりに「あざあざ」として、「この世の花」にも喩えられたのではあったが、今は限りなく「らうたげ」で、余命を「かりそめ」と思っているらしい様子が似るものなくいたわしく、悲しく感じられるのだと明石の中宮は見る。夕霧による垣間見における「樺桜」（野分③二六五）や、光源氏による女楽の「花といはば桜にたとへても、なほ物よりすぐれたるけはひ」（若菜下④一九二）という、男たちの価値基準における花の喩の定義づけを、明石の中宮という女のまなざしは否定しているのである。女楽は発病直前のことであったが、光源氏は紫の上の完璧な美を「桜」さえも超越するのだと最大限に評価していたのであった。明石の中宮は、紫の上の〈死〉の迫る〈老い〉〈病〉の身体ならではの極限の美を礼讃している。

明石の中宮が見た、紫の上の「いとかりそめに世を思ひたまへる気色」は、装うこと、繕うことをすでに断念し放棄した者の透徹した潔さである。なぜならば、死の淵から蘇生した紫の上は、光源氏の悲嘆を思いやって「思ひ起こして」（若菜下④二四三）養生し、光源氏のためだけに生きようと奮起したのであった。それ以上でも以下でもなく、紫の上は余命を光源氏に捧げ、その献身に揺らぎはなかったからである。

二　露やどる庭

若菜下巻、二条院の庭を眺める紫の上は、遣水や前栽の「心地よげなる」さまを見るにつけ、無事に生きながらえた身を「あはれ」に思った。眼前には、池の「いと涼しげ」な水面、その池に咲く蓮の花、「青やか」な葉にやどる露が「きらきら」と光って「玉のやうに」見える風景がひろがっている。これらの「爽涼の風景は、小康を得た紫の上と、それを喜ぶ源氏の気持に照応」（新編全集・頭注）する。紫の上の病身と庭の生命力が反射し合い、溶け合って、紫の上の再生は充たされていくかのようであった。

蓮にやどる「露」は、紫の上と光源氏のなおもすれちがう意識を相対化してしまう景物でもある。紫の上の束の間の回復に安堵する光源氏に対して、「みづからもあはれ」に思って、紫の上の和歌が詠まれることになる。

紫の上　消えとまるほどやは経べきたまさかに蓮の露のかかるばかりを
光源氏　契りおかむこの世ならでも蓮葉に玉ゐる露の心へだつな

（若菜下④二四五）

自分自身の生に「あはれに今まで経にける」ことであるよと感じつつも、すでに執着というものを棄て去ろうとしている紫の上の精神は、風が吹けばすぐにこぼれてしまう「露」に余命のはかなさを喩えた。光源氏は、手の届かないところに旅立とうとする紫の上を再び引き寄せるかのように、その「露」を一蓮托生の発想における「露」にすりかえ、極楽浄土の蓮の上にともに生まれ変わろうと詠み変えてしまった。

一蓮托生の思想は、『浄土五会念仏略法事儀讃』「往生楽願文」における、阿弥陀浄土に往生した人は蓮座にいて、この世で同じ修行をした人を待つという考え方による。[*15] 光源氏は三途の川瀬で藤壺には会えないであろうし（朝顔②四九六）、後には女三の宮にも同じ約束を取り交わそうとして手痛く拒絶されているが（鈴虫④三七六〜三七七）、紫の上もまた沈黙している。否定も肯定もしないのである。ともに見る「露」を題材にし、確かに相手を思いやっている二人であるのに、そのもつれる愛情の機微は愛執と断念という別個の方法で結晶化されるのである。

この「露」をめぐる贈答歌は、御法巻の臨終場面における唱和と類似する。その最期のときも、紫の上は「露」のやどる庭を見ていた。季節は秋である。

颪すごく吹き出でたる夕暮に、前栽見たまふとて、脇息によりゐたまへるを、院渡りて見たてまつりたまひて、「今日は、いとよく起きゐたまふめるは。この御前にては、こよなく御心もはればれしげなめりかし」と聞こえたまふ。かばかりの隙あるをもいとうれしと思ひきこえたまへる御気色を見たまふも心苦しく、つひにいかに思し騒がんと思ふに、あはれなれば、

おくと見るほどぞはかなきともすれば風にみだるる萩のうは露

げにぞ、折れかへりとまるべうもあらぬ、よそへられたるをりさへ忍びがたきを、見出だしたまひても、

ややもせば消えをあらそふ露の世におくれ先だつほど経ずもがな

とて、御涙を払ひあへたまはず。宮、

秋風にしばしもとまらぬつゆの世をたれか草場のうへとのみ見ん

聞こえかはしたまふ御容貌どもあらまほしく、見るかひあるにつけても、かくて千年を過ぐしわざもがなと思さるれど、心にかなはぬことなれば、かけとめん方なきぞ悲しかりける。

（御法④五〇四〜五〇五）

この期に及んでも、光源氏は紫の上が「起き」ていることを喜び、「かばかりの隙」をも「うれし」と思うのである。[*16]紫の上はここでも自分の死後の光源氏の悲嘆を思いやって「あはれなれば」、自分から和歌を詠む。若菜下巻・御法巻の両場面とも、異例の女からの贈歌となっている。女三の宮降嫁から以降、亀裂を深めてきた二人の齟齬は修復できないにしても、その思いやりの視線は確かに互いを見つめている。そうであるのに、物語は紫の上の臨終を二人きりの世界として完結させはしなかった。明石の中宮という養女を加えた、いわば虚構された家族のかたちを示すことによってのみ、紫の上の死は荘厳に、穏やかに、哀切に語り上げられることが可能になったともいえる。

紫の上が詠んだ「萩のうは露」は、かすかに繋ぎとめられている生命のはかなさをかたどった特別な語句であるという。[*17]明石の中宮が詠み添えての三者の唱和について、小町谷照彦氏は「三者それぞれの立場を微妙に反映した構造となっており、死の予感の切実さという点では紫の上の歌が孤絶しており、愛の紐帯の緊密さという点では明石中宮の歌が疎外されており、三者あいまって無常の世における愛と死とが哀切にうたい上げられている」と読む。[*18]「露」のやどる庭は、光源氏と紫の上がともに眺める風景でありながら、すでに光源氏の手の届かないところに内面世界をもち、自分の時間を生きて静かに死を待つ紫の上が、光源氏に「あはれ」を感じつつも、おのずと異なる心象風景をそこに見出していることをあらわにしたのである。

すぐそこに迫る紫の上の〈死〉を三者三様に詠んだ三人はしかし、確かに家族なのである。多少のすれちがいが確かにあったとしても、ここに光源氏という父、夫がいて、紫の上という母、妻がいる。そこに明石の中宮という愛娘もいる、その場が描かれることじたいが意義深いのではないか。余命の少なさを詠む紫の上に対し、光源氏は自分もまた間を置かずに後を追いたいとし、両者の切実な〈死〉への接近を受けて、明石の中宮は「露」＝生命のはかなさを一般的な無常であるとしてせめて慰めようと冷静を装った詠みぶりを見せる。明石の中宮の和歌は言われるように「愛の紐帯の緊密さ」では「疎外」されているかもしれないが、〈死〉を普遍的な哀別として詠む、その優等生ぶりはいかにも彼女らしいというべきか。[*19]養母の臨終を見取ったことを、明石の中宮は「限りなく思す」（御法④五〇六）と語られる。紫の上と明石の中宮の母娘関係は、「実の母君よりも、この御方（紫の上）をば睦ましきものに頼みきこえたまへり」（若菜上④九〇）と称揚されていたのであった。紫の上の虚構の〈母〉性は、ここに結実している。

光源氏はもはや、風に吹かれて散りそうな「露」を若菜下巻のように一蓮托生の願いに変換したりはしなかった。

どうかすると消えるのを「あらそふ露」のような生命ではあるけれど、おくれ先立つ間をおかずに死にたい、という光源氏の和歌からは、いまとなっては互いの〈死〉をもってしか紫の上を所有できないことを示唆せずにおかない。おそらくは、柏木と女三の宮の最後の贈答歌の、これは裏返しであろう。病床の柏木の消息にあった「いまはとて燃えむ煙もむすぼほれ絶えぬ思ひのなほや残らむ」（柏木④二九一）に対する女三の宮の返歌もまた、〈死〉におくれはすまいと詠んでいた。

立ちそひて消えやしなましうきことを思ひみだるる煙くらべに　（柏木④二九六）

返信には、「後るべうやは」（柏木④二九六）と書き添えられている。柏木はこの返歌を形見に死んでいくことになる。「いっしょに死んでしまいたい」という願いは光源氏と女三の宮に共通するが、その内実はちがう。女三の宮が「煙くらべ」に負けまいと思うのは、自分も苦悩しているのだという抗議であり、柏木の身勝手な恋を恨んでいるという意味からである。自分こそがつらいのだ、死んで楽になる柏木はずるい、と言わんばかりではないか。女三の宮の異議の一方で、光源氏の紫の上に対する執着は際やかである。光源氏の紫の上に対する愛執と柏木の愛執を拒絶する女三の宮は、紫の上や柏木の〈死〉におくれをとりたくないという共通の思いを抱えながらも、ちょうど背中合わせにすれちがっていよう。柏木に反発する女三の宮の叫びはおそらく、紫の上物語にも強く反響しているにちがいない。

来世を紫の上に誓った光源氏は、御法巻においてもこの約束を再確認しようとしていた。

後の世には、同じ蓮の座をも分けんと契りかはしきこえたまひて
（御法④四九四）

紫の上の返事はまたも得られなかったものの、紫の上の死後も「今は蓮の露も他事に紛るまじく、後の世をと、ひたみちに思し立つことたゆみなし」（御法④五一八）とあり、光源氏は紫の上が蓮の座で待っていてくれると信じていたようである。光源氏はただ一途に、紫の上との再会を来世に願って祈るのである。

三　死にゆく感慨

三者の唱和の直後、紫の上の死は突然に訪れた。

御几帳ひき寄せて臥したまへるさまの、常よりもいと頼もしげなく見えたまへば、「いかに思さるるにか」とて、宮は御手をとらへたてまつりて泣く泣く見たてまつりたまふに、まことに消えゆく露の心地して限りに見えたまへば、御誦経の使ども数も知らずたち騒ぎたり。さきざきもかくて生き出でたまふをりにならひたまひて、御物の怪と疑ひたまひて夜一夜さまざまのことをし尽くさせたまへど、かひもなく、明けはつるほどに消えはてたまひぬ。
（御法④五〇五〜五〇六）

今にも消え入りそうな「萩のうは露」に呼応するようにして、紫の上は「まことに消えゆく露の心地して」絶命してしまった。が、ここに、一つの違和感が浮上するのを禁じえない。紫の上の最期にその「御手」を「とらへ」

たのが、なぜ光源氏ではなく明石の中宮であったのか。光源氏と紫の上の間に精神的な乖離が生じていると指摘されるところである。[20] 紫の上の「御手」を取って看取ったのが光源氏であったなら、そこに瀬戸際の融和を見出して、読者はすんなりと安堵することができるのに。いや、でもやはり、最愛の〈娘〉に看取られて死にゆく紫の上に、虚構の〈母〉性の結実を見ることだけは可能ではないか。

薫と同じように「大殿油を近くかかげて」（御法④五〇九）、紫の上の死顔を見る光源氏がいる。死者は「飽かずうつくしげにめでたうきよらに見ゆる御顔」（御法④五〇九）であった。紫の上が頼りなく「御几帳ひき寄せて」（御法④五〇六）、臨終の見苦しい姿を見せまいと配慮したのに、夕霧にまでその死顔を見せてしまうのである。

御髪のただうちやられたまへるほど、こちたくけうらにて、つゆばかり乱れたるけしきもなう、つやつやとうつくしげなるさまぞ限りなき。灯のいと明かきに、御色はいと白く光るやうにて、とかくうち紛らはすことありし現の御もてなしよりも、言ふかひなきさまに何心なくて臥したまへる御ありさまの、飽かぬところなしと言はんもさらなりや。

（御法④五〇九〜五一〇）

紫の上の繕われていない髪は、ここでも「うちやられ」ていて、朝の光と灯火の明るさで「つやつや」とし、その顔は「いと白く光る」ようであった。病床にあったころの衰弱や痩身もむしろ見られず、豊かな黒髪がふさふさともつれもなく無造作になびいている。夕霧は、紫の上の「何心なし」という表情を見た。夕霧が見た「何心なし」という紫の上の表情は、奇しくも「何心なく」てあった少女時代の紫の上と対応させられているようである。このことから、紫の上に「物語のなかのほとんど唯一の救済[21]」「無垢故の救済[22]」が見出されている。しかし、紫の上が

「何心なし」の清浄な心で死に絶えたわけではあるまい。[*23] 夕霧はもちろん、光源氏も、紫の上の内面世界を忖度しようとはしないのである。若菜以降、女三の宮の欠陥的に未熟な無表情を「何心なし」と刻印してきた物語の語りは、紫の上の死顔の「何心なし」に無条件には救済を与えないのではないであろうか。それにもかかわらず、無心の少女時代の表情に回帰させられるような志向性を、紫の上の死顔は担わされているのであろう。

紫の上は本当に救済されたのか、物語は答えを示さないままに閉じられる。しかし、即日葬送された火葬の煙は「いとはかなき煙にてはかなくのぼりたまひぬる」（御法④五一〇）と語られている。たとえば、柏木が「いまはとて燃えむ煙もむすぼほれ絶えぬ思ひのなほや残らむ」（柏木④二九一）と女三の宮に詠みかけていたことを思い合わせれば、死す紫の上のそれなりの平穏な心が察せられようか。紫の上とて、新枕の衝撃に「思し結ぼほれ」（葵②七七）たし、女三の宮降嫁の際には「思ひむすぼほるるさま世人に漏りきこえじ」（若菜上④五三）という矜持を抱えていた。それでも、数々の苦悩や痛みをみずからの中で消化して乗り越えた紫の上の、現世執着もなく往生したことの一つの表れかもしれない。[*24]

光源氏に絶望しながらも思いを残し、引き裂かれ、矛盾する、紫の上の末期の感慨とは、いかなるものであったのか。

紫の上、いたうわづらひたまひし御心地の後、いとあつしくなりたまひて、そこはかとなくなやみわたりたまふこと久しくなりぬ。いとおどろおどろしうはあらねど、年月重なれば、頼もしげなく、いとどあえかになりまさりたまへるを、院の思ほし嘆くこと限りなし。しばしにても後れきこえたまはむことをばいみじかるべく思し、みづからの御心地には、この世に飽かぬことなく、うしろめたき絆だにまじらぬ御身なれば、あながちにかけとどめまほしき御命とも思されぬを、年ごろの御契りかけ離れ、思ひ嘆かせたてまつらむことのみぞ、人知れぬ御心の中にもものあはれに思されける。（御法④四九三）

御法巻の冒頭、死の気配を色濃くまといながら、自己への執着を棄てて、光源氏に対する配慮のために現世に留まる紫の上の像が結ばれていた。「うしろめたき絆だにまじらぬ御身」には、紫の上の生は一回的なものにすぎないのだ、という空虚が認識されてもいようか。匂宮や女一の宮の将来を気にかけつつ、紫の上がもっとも心残りなのは光源氏のことである。紫の上は、光源氏を思いやる自己犠牲的な、献身的な女でありたいのではないか。光源氏に寄り添って生きてきた、ほかの生き方を知らない紫の上にとって、それは死への手続きとして当然でもあるだろう。ただし、その優しさも「人知れぬ御心の中」でのみ思うことであった。

その一方に、どうにかして紫の上の生命をとどめたいと嘆く光源氏がいる。互いが互いを見つめ、確かに愛情を交わし合っていながら、二人はそれを確認することができないでいる。ましてや、紫の上の光源氏への優しさは、迫り来る死という決定的な別離を前提とした情動なのである。紫の上は、繰り返し願望していた出家さえも、光源氏の反対で断念する。

後の世のためにと、尊きことどもを多くせさせたまひつつ、いかでなほ本意あるさまになりて、しばしもかかづらはむ命のほどは行ひを紛れなくと、たゆみなく思しのたまへど、さらにゆるしきこえたまはず。（中略）御ゆるしなくて、心ひとつに思し立たむも、さまあしく本意なきやうなれば、このことによりてぞ、女君は恨めしく思ひきこえたまひける。わが御身をも、罪軽いかるまじきにやと、うしろめたく思されけり。

（御法④四九四〜四九五）

限りない愛情ゆえにも、光源氏は紫の上の出家願望をかなえてやることができないのであった。阿部秋生氏は、最後まで愛欲と仏法の間を彷徨し続けた人として紫の上を意味づけた。[*25] 紫の上の出家願望は光源氏の許可を得ることが絶対条件なのであり、「思しゆるしてよ」（若菜下④一六七）「いかで御ゆるしあらば」（若菜下④二〇八）と光源氏の理解と賛同を繰り返し求めている。出家できないことに不安を募らせつつも、だからといって、身勝手に出家を断行してしまうのではやはり意味がないのである。

結びに

光源氏の拒絶を前に、紫の上の意識は死に向き合うよりほかの方途を奪われてしまった。紫の上を死へと追いつめてしまう、光源氏のあやにくさがある。いや、紫の上がその真摯な道心を押し込めていくのは、決して忍従ということばかりでなく、紫の上なりの主体的な判断であったのだろう。[*26] 死を覚悟し、みずからの中に内在化すると同時に、光源氏に対する憐憫と慈愛を抱きながら、紫の上はその準備を静かに整えていく。

生と死の境界にたゆたう紫の上は、現世の人々に対して、最後の挨拶を怠らなかった。二条院で催された法華経千部供養の際、その別れの挨拶は粛々と行われる。御法巻の紫の上の和歌はすべて贈歌なのであった。

紫の上　絶えぬべきみのりながらぞ頼まるる世々にと結ぶ中の契りを

花散里　結びおく契りは絶えじおほかたの残りすくなきみのりなりとも（御法④四九九）

紫の上と花散里の贈答である。紫の上の歌は、「みのり」（御法）に「身」を掛け、もうすぐ死んでいく私ではあるけれど、今日の法会をともにした仲である功徳によって幾代にも契りが絶えることはあるまいと頼もしく思われるという、死をも超越していく友情を求めた和歌である。花散里も、「結びおく契り」は永遠に絶えることはないと約束する。若菜以後、紫の上は男女の「契り」の頼みがたさを嚙み締めてきた。それが、死という決定的な隔絶をも乗り越えて結ばれる「契り」を信じたいと呼びかけているのである。[*27] この永遠の別れの挨拶における歌によって、人間関係の強い結びつきを他者によって肯定され、約束してほしいのではないか。また、法会の途中に交わした消息において、明石の君に対しては率直に死に対する不安を吐露していた。

紫の上　惜しからぬこの身ながらもかぎりとて薪尽きなんことの悲しさ
明石の君　薪こる思ひは今日をはじめにてこの世にねがふ法ぞはるけき（御法④四九七）

死にゆく者の悲壮な思いが歌いこめられた、紫の上の詠である。「惜しからぬこの身」という自己規定は、これまでも繰り返されてきたはずである。しかし、「ながらも」によって、その決意は揺らぎ、宙に浮いてしまう。執着を残してはいないけれども、一人別の世界に先立つ不安や悲しみ、寿命の尽きることの感慨が現実のものとして確かにつかみとられているのである。

謙虚で聡明な明石の君は、「心細き筋は後の聞こえ」（御法④四九七）も悪かろうとして、当たり障りのない歌を返すにとどめた。明石の君の返歌は、紫の上の長寿を予祝する賀の歌となっている。花散里との贈答と同様に死に対する共感を求めていたのであろうのに、明石の君はそれを避け、紫の上に寄り添うことのない、励ますような詠みぶりをしたと言えよう。

法会の風景のあまりの華麗さゆえにも、死期の迫った切実さの中で「心細くのみ思し知」り、「残りすくなしと身を思したる御心の中」（御法④四九六〜四九七）にその風景をいとおしむ紫の上は、その主催者でありつつも、法会に集まった人々の歓楽の境地とはおのずと隔たったところにある。「わが御私の殿と思す二条院」（若菜上④九三）「わが御殿と思す二条院」（御法④四九五）で催した法会という場で、紫の上はすでに生ある世界から疎外され、限りなく孤独なのである。法会の翌日、紫の上の内面は、次のように反芻されていたのであった。

まづ我独り行く方知らずなりなむを思しつづくる、いみじうあはれなり。（御法④四九九）

死を真っ向から見つめるからこそ、この不安げな心内が導かれてくる。「思しつづくる」とあって、紫の上のめぐらす思考がここで閉ざされながらなお続くことからも、この把握がもつ意味は重い。紫の上のこの悲痛な思いについて、鈴木日出男氏は、『源氏物語』における「行く方」の用例を検討した上で、死後の世界に対する厳しい認識があっての、紫の上の不安・畏怖として捉えている。[*28] 鈴木氏の指摘に対して、塚原明弘氏の見解は、「行く方知らず」であって「行く方なし」ではないことから、「平穏静謐な心理状態であり、いわば死を受容する心だった」とする。[*29]

絶望感を血肉化し、紫の上がその内的な時間の中でみずから死を自分のものとしてつかみ取っていくとき、もはや「まづ我独り」死にゆく者のまなざしで見た法会の風景は、極楽浄土のように見えて決して、それではなかった。[*30]

春の景物が問いかける、現世執着の有無の答えは、紫の上の内側で激しく揺さぶられている。その揺さぶりをこそ、紫の上の「行く方知らずなりなむ」に読んでおきたい。確かな手触りとして死を身近に感じている紫の上の思考は、ここで停止してしまわざるをえなかった。「いみじうあはれなり」という語り手の共感による引き取りがなければ、紫の上の心内は行き場を失ってしまうところであった。死が怖いのではない。それによって「まづ我独り」がこの世界から消えていかねばならない、その「行く方」が不安なのである。

紫の上が求めているのは、往生や救済ではなく、「独り」ではないのだという連帯の意識ではなかったであろうか。このように見てみると、紫の上の死に対する傾斜、末期の感慨とは、案外にあやうい。残される者と死にゆく紫の上のそれぞれの思いは、その「行く方知らず」の浮遊する不安において向き合い、その瞬間に、最後の連帯を果たしているのである。[*31] その連帯の意識をもはや光源氏に求めえないところにこそ、この曖昧な、矛盾した心理構造の要因が秘められていよう。

死を見つめる季節、それが、紫の上が最後に迎えた春であった。幻巻、再び六条院に巡ってきた春は、紫の上の不在、喪失を際立たせてやまない。失われた時間と対話する幻巻の物語構造の中で、[*32] 紫の上は「花もてはやす人」（幻④五二二）「植ゑて見し花のあるじ」（幻④五二八）「春に心寄せたりし人」（幻④五三二）として追憶される。紫の上は、春の鑑賞者であるだけでなく、演出家でもあった。光源氏はひとり、紫の上が愛した庭に立ちつくすばかりである。

注

＊1　紫の上の子ども好きな性質は、明石の姫君引き取りを打診された際に「児をわりなうらうたきものにしたまふ御心なれば」

（松風②四二四）として突如示されるが、この問題に関しては今は問わない。

＊2　安藤亨子「源氏物語の人々―遺言を残した人物たち―」（『和洋国文研究』第二十六号、一九九一年三月）。

＊3　本書・序論「2　幼さをめぐる表現と論理」。

＊4　発病の直後にも、「若宮のいとうつくしうておはしますを見たてまつりたまひても、いみじく泣きたまひて、『おとなびたまはむを、え見たてまつらずなりなむこと。忘れたまひなむかし』」（若菜下④二一五～二一六）とあった。ただし、この「若宮」は女一の宮のことか、第二皇子のことか判然としない。

＊5　森一郎「紫上の述懐―紫上論の一節―」（『源氏物語作中人物論』笠間書院、一九七九年）は、「この激しすぎる心、異様にも似た悲壮な調子は女一の宮への愛という論理の奥にいわば深層心理として紫上晩年の生活と心をひそめている」（九十六頁）とする。

＊6　光源氏の朝顔の斎院思慕に悩む紫の上は、「若君（明石の姫君）をもてあそび紛らはし」（朝顔②四八〇）ていたのであったし、女三の宮降嫁後は匂宮や女一の宮の世話で時間を過ごした。紫の上にとって子どもという存在は癒しであり、その無心さで嫉妬や苦悩を紛らわし、心の安定を得ていたのだと思われる。

＊7　永井和子「紫の上における死の様式」（『源氏物語の老い』笠間書院、一九九五年）二七九頁。

＊8　源氏物語における病は、「おどろおどろしからぬ」ものがほとんどである。藤壺は自分の体調について「おどろおどろしき心地にもはべらざりつれば」（薄雲②四四三）と言っており、弁の尼は大君の病を「おどろおどろしからぬ御なやみに、物をなむさらに聞こしめさぬ」（総角⑤三二六）と語っている。

＊9　本書・第一章「5　月下の紫の上―朝顔巻の〈紫のゆかり〉幻想―」参照。

＊10　伊東美紀「髪を洗う紫上―その表現と方法をめぐって―」（『野州国文学』第五十六巻、一九九五年十月）の指摘に重なる。ここでの洗髪は、明石の君に対面するための配慮としての、女の装いとしての洗髪（若菜上④八七）とは異なる。三田村雅子「黒髪の源氏物語―まなざしと手触りから―」（『源氏研究』第一号、翰林書房、一九九六年四月）参照。

＊11　紫の上の一進一退する病と同時進行する女三の宮の悪阻も、「おどろおどろしくはあらず、立ちぬる月より物聞こしめさで、いたく青みそこなはれたまふ。」（若菜下④二四三）とされ、柏木の「おどろおどろしき病」ではない病状についても「げに、

いたく痩せ痩せに青みて」（若菜下④二七四）というように、青ざめていく肌の色が描写される。

＊12　倉田実「蘇生の感懐」（『紫の上造型論』新典社、一九八八年）は、「憑きのとれた美しさ」であると評する（二七五頁）。

＊13　吉井美弥子「源氏物語の『髪』へのまなざし」（『源氏物語と源氏以前』武蔵野書院、一九九四年）は、紫の上の髪がここで光源氏の視線を離れ、語り手の描写になっていることを指摘する。

＊14　小町谷照彦「死に向かう人―紫の上論(5)」（『講座源氏物語の世界〈第七集〉』有斐閣、一九八二年）は、「殻」は「亡殻」に通じるとし、死の影を見る。

＊15　塚原明弘「三瀬川を渡る時―『源氏物語』の浄土信仰―」（『源氏物語　歌ことばの連環』おうふう、二〇〇四年）。

＊16　明石の中宮が二条院に退出してきたときにも、光源氏は「起きゐたまへるをいとうれしと思」（御法④五〇一）っていた。

＊17　高田祐彦「歌ことばの表現機構―御法巻から野分、桐壺巻へ―」（『源氏物語の文学史』東京大学出版会、二〇〇三年九月）。

＊18　＊14・小町谷論文・一七六頁。

＊19　原岡文子「『源氏物語』の子ども・性・文化―紫の上と明石の姫君―」（『源氏物語の人物と表現　その両義的展開』翰林書房、二〇〇三年）は、明石の中宮が「子どもをめぐって、張り巡らされた『見えない制度』にどこまでも素直に従順であり続ける」（三五〇頁）姫君として造型されていると指摘する。

＊20　太田敦子「紫上の手―『御法』巻における臨終場面をめぐって―」（『物語文学論究』第十一号、二〇〇一年一月）、松井健児「紫の上の最期の顔―『御法』巻の死をめぐって―」（『源氏研究』第六号、二〇〇一年四月）。

＊21　藤井貞和「光源氏物語主題論」（『源氏物語の始原と現在―底本』冬樹社、一九八〇年）。

＊22　原岡文子「紫の上の登場―少女の身体を担って―」（＊19・原岡氏前掲書）。

＊23　三田村雅子「源氏物語のジェンダー―『何心なし』『うらなし』の裏側」（『解釈と鑑賞』第六十五巻第十二号、二〇〇〇年十二月）。

＊24　塚原明弘「紫の上の死と葬送」（＊15・前掲書）。

＊25　阿部秋生「紫の上の出家」（『光源氏論　発心と出家』東京大学出版会、一九八九年）。

＊26　原岡文子「紫の上の『祈り』をめぐって」（＊19・原岡氏前掲書）。

＊27　「契る」は、王朝物語や和歌においては男女の愛情の誓いの意で用いられるのが普通である。河添房江「ちぎる」（『王朝語辞典』東京大学出版会、二〇〇〇年）参照。
＊28　鈴木日出男「紫上の絶望―『御法』巻の方法―」（『文学・語学』第四十九号、一九六八年九月）六十四頁。
＊29　塚原明弘「死を見つめる心」（＊15・前掲書）。
＊30　三谷邦明「御法巻の言説分析―死の儀礼あるいは〈語ること〉の地平―」（『源氏物語の言説』翰林書房、二〇〇二年）は、「言わば、極楽浄土は、法華八講の景物の前に、〈見せ消ち〉にされているのである」（二六六～二六七頁）と指摘する。
＊31　松岡智之「死―紫の上の死を中心に」（『源氏物語研究集成　第十一巻　源氏物語の行事と風俗』風間書房、二〇〇二年）は、「行く方知らず」について、「死者の行方がわからないことを詠嘆するという残された生者の悲しみのあり方を自己の死に投影して、死にゆく者の悲哀が象られているのだと言えよう」（二二四頁）とする。
＊32　神野藤昭夫「源氏物語の時間表現―幻の巻のことなど―」（『国文学』第二十二巻第一号、学燈社、一九七七年一月）。

第二章　宇治十帖、姫君たちの胎動

1　明石の中宮の言葉と身体
―〈いさめ〉から〈病〉へ―

一　明石の中宮の氾濫する言葉

宇治十帖は、都と宇治、小野を舞台に語られる。それは自明のこととしてあるけれども、異質な世界における物語が輻輳的に展開し、互いに影響し合い、補完する関係構造にあることは、これまで軽視されがちであったのではないだろうか。宇治十帖を論じるとき、都世界は遠景に押しやられていた。ここでは、それを逆転させて、都の側から宇治の物語を読み、宇治に引き寄せられつつ都の秩序のただなかに手繰り返されざるをえない物語の運動の仕組みを考えてみたい。[*1]

宇治における物語の隙間を補うだけではない、物語展開の座標軸となる都世界を考える、その手がかりとして、都世界の最高位にある明石の中宮に注目したい。明石の中宮は、並ぶ者のない后の座を仰ぎ見られ、兄夕霧と連携して今上帝を支え、子どもたちに気を配って、都世界の頂点に君臨する。匂宮の母である明石の中宮は、薫の姉としての立場をも強く意識しており、それゆえに匂宮・薫と深く関わって、物語展開を左右する重要な鍵を握る人物と言えるのである[*2]。

薫に道心を抱かせつつ、世俗の栄華にくくりつけて、無意識のうちに薫を管理するのは、母女三の宮のその頼りなげな様子であるけれども、明石の中宮はより積極的なあり方で匂宮を管理しようとする。宇治十帖における明石の中宮の顕著な働きは、匂宮に対する〈いさめ〉である。溺愛する匂宮の行動を監視し、将来を案じて不安材料を取り去ろうとする行為であり、総角巻から活発になる。匂宮を宇治から引き戻し、本来の生活圏である都世界に立ち返らせようとするのである。都世界の中心に明石の中宮を見出したとき、宇治十帖の物語はどのように照らし返されてくるのであろうか。

繰り返される明石の中宮の〈いさめ〉は、宇治を舞台とする物語に裂け目を入れ、それが都の物語の一方で展開されているにすぎないことを明らかにして、大君や中の君、浮舟の物語の内実を都の側から照らし出すと同時に、その展開を遠隔操作するように揺さぶり、方向性を決定する。その結果、匂宮や薫の運命を左右することになる。

結婚三日目にあたる夜、明石の中宮はそわそわと落ち着かない匂宮を引き留め、「上もうしろめたげに思しのたまふ」（総角⑤二七六）と今上帝の心配にも触れて、その軽々しい行動を「諫めきこえ」（総角⑤二七六）るのであった。宇治行きを半ば諦めかけていたところ、機転をきかせた薫によって助けられ、匂宮はようやく中の君を訪ねることができた。匂宮と中の君の結婚に暗雲がたちこめているとすれば、それは、明石の中宮の主張する常識的な、世俗的な論理にほかならない。

身代わりに宮中に残った薫を相手に、明石の中宮は「上聞こしめしては、諫めきこえぬが言ふかひなきと、思しのたまふこそわりなけれ」（総角⑤二七八）と愚痴をこぼしている。将来を期待されている親王を見守り、その生活を管理するのも中宮としての役割であろう。そうした窮屈な生活から逃れるように、匂宮は宇治に吸引されていくのであったが、宇治にも監視の目は無遠慮に忍び込む。

紅葉狩りを口実に宇治の中宿りを計画したものの、それを知った明石の中宮の余計な配慮によって多くの殿上人が追ってきたために、意に反して中の君に会うことができなかった匂宮は、早速に次の宇治行きを模索する。

宮は、たち返り、例のやうに忍びてと出で立ちたまひけるを、内裏に、「かかる御忍び事により、山里の御歩きもゆくりかに思したつなりけり。軽々しき御ありさまと、世人も下に譏り申すなり」と、衛門の督の漏らし申したまひければ、中宮も聞こしめし嘆き、上もいとどゆるさぬ御気色にて、「おほかた心にまかせたまへる御里住みのあしきなり」と、きびしきことども出で来て、内裏につとさぶらはせたてまつりたまふ。左の大臣殿の六の君をうけひかず思したることなれど、おしたちて参らせたまふべくみな定めらる。（総角⑤三〇一～三〇二）

ところが、夕霧の嫡男である衛門の督による、世間の噂を持ち出しての陰口めいた警告を聞いて、明石の中宮は嘆き、今上帝も憤慨してしまった。匂宮は内裏に足止めされた上に、その素行をおさえるために、夕霧六の君との縁談がにわかに現実味を帯びて浮上してくる。権勢家としての夕霧の意志が背後に大きく透かし見える。このようにあるべきだ、という理想の匂宮像の外枠が、他者の思惑によって提示されてくる。

この縁談が後の物語に重くのしかかって、しかも薫と女二の宮の縁談とも深く絡み、中の君を傷つけ、大君を死へと導くという、深い亀裂を生じさせることになるのである。その意味では、明石の中宮は宇治の姫君たちを不幸に陥れる張本人とも位置づけられる。

では、明石の中宮は悪役なのかといえば、決してそうではない。明石の中宮の匂宮に対する〈いさめ〉は、「上もうしろめたげに思しのたまふ」（総角⑤二七六）「上聞こしめしては」（総角⑤二七八）「中宮も聞こしめし嘆き、上もいとど許さぬ御気色にて」（総角⑤三〇一）とあって、今上帝の心配や怒りを盾にすることによって、ややや、やわらかい、ひたすらに息子を案じる母親の不安に聞こえる。明石の中宮は、今上帝の意向を持ち出し、その威厳を借りて匂宮を引きつけ、親王としての自覚を促そうとしているようなのである。その上、明石の中宮には兄夕霧という後見がひかえている。匂宮と六の君の縁談は夕霧の強い意向でもある。夕霧の子どもたちは匂宮を監視するために登場してきたようでもあり、匂宮をとりかこむ包囲網は、幾重にも慎重に張り巡らされている。その中で、明石の中宮の苦言は匂宮を規制し、かこいこみ、束縛する包囲網の要として作用するのである。夕霧という後見の必要性を説き、六の君との結婚をすすめて、中の君を女房として出仕させればよいのだと繰り返し説得する。

繰り返される明石の中宮の発言は、どうやら明石の中宮ひとりの声として響いているわけではないらしい。明石の中宮ばかりでなく、今上帝も、夕霧も、それぞれの執着と思惑から、宇治に引き寄せられていく匂宮を奪い返そうとするのである。それらのざわめく声々を集約させての、母親としての監督権と支配権を最大限に行使した、明石の中宮の〈いさめ〉ではなかったであろうか。その主張が明快な、正当性のある論理であるだけに、氾濫する言葉は鋭利な刃となって、大君・中の君に襲いかかっていく。

二　のみこまれる明石の中宮の〈いさめ〉

明石の中宮の〈いさめ〉によって匂宮の訪れが途絶えて、中の君自身は匂宮の限りない愛情のほどを察するのではあったが、そのような男女の親密な機微を理解できない大君は、匂宮の心変わりを確信する。明石の中宮の〈いさめ〉は結果的に大君を追いつめ、さらに、八の宮の〈いさめ〉までもがその主張を補強する論理として改めて問い直されてくる（総角⑤三〇〇）。

今、大君が対峙するのは、明石の中宮の言葉に代表される都世界の秩序だけではない。八の宮の遺言も大君を苦しめている。匂宮の縁談を知ってさらに苦悩を積み重ね、ただひたすらに父八の宮にしがみつこうとする大君は、八の宮の遺言を三度にわたって〈いさめ〉と捉え返している（総角⑤三〇〇・三〇六・三一〇）。「亡き人の御諫めはかかることにこそと見はべるばかりなむ、いとほしかりける」（総角⑤三〇六）と薫に語っているように、妹の現実の体験を通してようやく八の宮の遺言の真意を理解したという。物語の文脈は、都における明石の中宮の〈いさめ〉と宇治における八の宮の〈いさめ〉を真っ正面から向き合わせていく。このとき、八の宮はその残した言葉によって大君を追いつめていくばかりである。明石の中宮と八の宮の、両者の〈いさめ〉が強迫観念となって、大君を死の淵へと誘っていくのであった。

大君の死は、しかし、明石の中宮の強硬だった態度を解きほぐし、事態を好転させる。[*3]そのまま宇治に籠もった薫の悲嘆ぶりから、その妹である中の君に対する匂宮の執着も無理からぬことと察して、明石の中宮がついに中の君の二条院転居を許したのである。中の君引き取りは薫も思案していたものの、焼失した三条の宮の再建の遅れが、[*4]明石の中宮に情報収集と観察、再考の猶予を与えてしまった。薫は中の君を奪われてしまったのである。

宇治を出るなという八の宮の〈いさめ〉も、やはり結果的には無効となった。中の君は、この結婚の抱え持つ不安要素を言いあてている、明石の中宮の〈いさめ〉と八の宮の〈いさめ〉の双方を破って上京する。それらを越えての上京にこそ、中の君の運命があったと考えられるのである。

物語は、宇治の論理と都の論理の呼応・対比関係の中から紡ぎ出される。藤壺の女御の喪明けを契機に、都世界に立ち戻った薫と女二の宮の婚約が成立したことから、いよいよ夕霧に恨まれた明石の中宮は「例ならず言つづけて」（宿木⑤三八一）、懸案だった六の君の縁談について、匂宮に訴えるのである。今上帝の譲位の意志をもほのめかしての饒舌な説得は、親王とは夕霧のような権門の家を後ろ盾としてこその存在であるとの論理を打ち出して、これまでのどの説得よりもあからさまで熱心な印象を与える。

六の君の縁談については、女二の宮の縁談よりも先に話題にのぼっていた。

その次々、なほみなついでのままにこそはと世の人も思ひきこえ、后の宮ものたまはすれど、この兵部卿宮はさしも思したらず、わが御心より起こらざらむことなどは、すさまじく思しぬべき御気色なめり。

（匂兵部卿⑤一九）

明石の中宮による苦言は、匂宮と六の君の結婚を実現させて、次の東宮たるにふさわしい後見を得るためであった。その縁談は第三部の始発段階から半ば予告済みであったのであり、明石の中宮と夕霧の緊密な婚姻政策によって、東宮と大君、二の宮と中の君に続き、匂宮も夕霧の姫君と「ついでのままに」結婚するであろうことは、明石の中宮をはじめとして周囲の予想するところであったという。

お膳立てされた権門の姫君との結婚よりも、政治的な駆け引きを抜きにしたところでの中の君との恋愛に匂宮が引かれていくことにこそ意味がある。それでいて、端役にすぎない六の君をめぐる縁談は物語の懸案事項として折々に語られ、宇治における匂宮の自由な恋愛もいつかは都の秩序の中に回収され、組み込まれていかざるをえないことが繰り返し示唆されるのである。それは同時に、女二の宮の縁談には触れずに語られる大君の薫拒否の観念を、側面から支えていよう。六の君の縁談は、大君を追いつめ、上京後の中の君に試練を与えて薫との接近を許し、浮舟登場を促す切り札的な装置となっている。[*5]

六の君という人は、未来の「明石の中宮」となるべく、落葉の宮の養女として六条院において育てられた、いずれは后の位にという夕霧の政治的な思惑にくるまれた存在である。しかし、皮肉なことに、六の君との結婚によって立坊を意識し始めた匂宮は、中の君をこそ誰よりも高い位につけたいという意を強くしていく。都側に回収されたはずの中の君によって、六の君をめぐる夕霧の政治的な目論見や明石の中宮の采配は逆に、「中の君立后」という八の宮家の復権の物語の、より大きな水脈にのみこまれていくかのようである。

明石の中宮による〈いさめ〉は、不安と絶望を自己増殖させていった大君の死を外側から意味づけ、支える都世界の論理であった。ところが、その悲劇をきっかけに、明石の中宮の許可を交通手形のようにして、中の君は二条院に迎えられたのである。明石の中宮の〈いさめ〉は、強硬な論理として提示されながら、いずれも覆されてしまうところにこそ、物語の方法としての意味があった。

三　明石の中宮の〈病〉と浮舟物語

結局は主張を撤回した明石の中宮は、寛容な人物造型をなされているようである。明石の中宮が多弁であることの裏側に、匂宮立坊を実現するために夕霧の協力を得る必要があり、光源氏という絶対的な後見を失ったという、寡黙でいられなくなった事情は否めないものの、[*6]中の君の処遇をめぐる配慮からは、中宮の威厳よりも、六条院のただ一人の姫君として大切に養育された人の生来の寛容さが窺えよう。[*7]

夕霧と結託して匂宮と六の君の結婚を実現させ、明石の中宮はその前途の安泰を願ったはずである。しかし、明石の中宮は必ずしも六の君ひとりに肩入れして、夕霧の期待する「六の君立后」に向けて全面協力するわけではなかった。中の君の出産に際しては、今上帝の賛同も得て産養を主催し、中の君に匂宮の第一子の母親として公的な認知を獲得させる。この産養の場面では、若君の立坊までもが実現可能な未来として見据えられる。[*8]「中の君物語」はここに幕を閉じ、中の君は一応の安定を手にするのである。

このように見てくると、匂宮の即位が現実になったとき、中の君と六の君のどちらが中宮となるかは不透明である。明石の中宮の立場も曖昧なままなのである。匂宮の即位を意識しての饒舌であったけれども、その反面、明石の中宮から政治性は注意深く取り除かれている。第三部の始発で、匂宮は「帝、后いみじうかなしうしたてまつり、かしづききこえさせたまふ宮なれば」（匂兵部卿⑤一八）と定位されていた。明石の中宮が匂宮を見守り、膝下に置いて、安全な方向に導こうとするのは、東宮候補であるからというより、匂宮を溺愛するためであろう。東宮候補といっても、現東宮に一の宮がつき、二の宮が次期東宮であり、匂宮はさらに次の東宮に期待されているにすぎず、切迫した政治状況にあるのではない。

『源氏物語』における〈いさめ〉は、桐壺帝から光源氏、光源氏から夕霧などのように、父親から子に対する用例が多い。母親による子に対する〈いさめ〉としては、弘徽殿の女御の例がすでに注目されている。[*9]同じように母親の子に向けた〈いさめ〉ではあるが、明石の中宮の匂宮に対する〈いさめ〉は、独りよがりな主張ではなく、父親の意向を踏まえての、自信に満ちた主張であった。明石の中宮の苦言は、今上帝の考えを代弁し、夕霧の政治的な思惑を受け入れての、受動的な言葉であったのかもしれない。そのような解釈も可能な、微妙な仕組みの中で、明石の中宮の母親としての愛情は、匂宮即位・中の君立后までの道筋を、政治的な色彩を払拭した地平の上に構築していく。

　そして、その可能性がひらこうとするとき、物語を操作する方法であった明石の中宮の役割が〈いさめ〉から〈病〉へと転換していくのである。匂宮をめぐって都世界に渦巻く欲望のさまざまを代表し、匂宮を宇治から引き戻そうとすればするほど、管理と抵抗の構図を照らし出していたはずの、明石の中宮による〈いさめ〉は、これ以後には見られない。

　明石の中宮の物語の舵取りとしての役割は、終わってしまったのか。いや、そうではなかった。権力を利用した、命令口調の発言ではなく、今度はその身体の不調が、社会的な重大事となって匂宮を身近に引き寄せて、都世界を構成する大勢の人々を見舞いのために集め、その世間的な枠組みの中に匂宮を取り込もうとする。明石の中宮の病む身体そのものが、匂宮を奪還すべく、社会全体を巻き込みつつ、声なき権力を発動させると言えようか。

　明石の中宮は言葉の代わりに、その〈病〉の進行によって匂宮を操作するようになるのである。第三部後半になると、明石の中宮は病気がちになり、その〈病〉が物語の展開を牽引していく。明石の中宮の機能的役割がそこに見られるばかりでなく、そのようなあり方から、まさに物語の中心に明石の中宮の存在があることが証し立てられよう。[*10]最初の発病は、ようやくの実現に安堵して気が緩んだのか、匂宮と六の君の結婚二日目の日であった（宿木⑤四一二）。中の君物語においては明石の中宮の言葉が鍵となっていたのに代わって、今度は、明石の中宮の身体の不調が浮舟の存在を揺さぶることになる。

四　浮舟物語における明石の中宮

匂宮と浮舟の出会いは、明石の中宮の〈病〉の時間と密接に連動し、そこに薫も関係している。浮舟が母中将の君とともに二条院に滞在している折、匂宮は「后の宮、例の、なやましくしたまへば、参るべし」（東屋⑥四四）として外出する。「例の」とあって、明石の中宮は日常的に患っていたらしい。その見舞いのための匂宮の留守をねらったかのように薫が訪れ、中将の君は浮舟の未来にかすかな希望を見出すことになる。

薫が二条院を去り、中将の君も浮舟を残して帰っていくと、明石の中宮が快復したことから匂宮が戻ってくる。このときも明石の中宮の病状は軽く、「ことごとしき御なやみにもあらでおこたりたまひにければ」（東屋⑥五九）とされて、この早い快復が匂宮と浮舟を遭遇させることになった。また、困惑する浮舟を救ったのも、明石の中宮の〈病〉であった。「大宮この夕暮より御胸なやませたまふを、ただ今いみじく重くなやませたまふよし」（東屋⑥六四～六五）の知らせが再びもたらされるのである。

出でたまはんことのいとわりなく口惜しきに、人目も思されぬに、右近立ち出でて、この御使を西面にて問へば、申しつぎつる人も寄り来て、「中務宮参らせたまひぬ。大夫はただ今なん。参りつる道に、御車引き出づる見はべりつ」と申せば、げににはかに時々なやみたまふをりをりもあるをと思すに、人の思すらんこともはしたなくなりて、いみじう恨み契りおきて出でたまひぬ。（東屋⑥六五～六六）

浮舟を手放さない匂宮に、右近は続々と内裏に向かう人々の名をあげて、見舞いのための参内を促すのである。浮舟に執着する匂宮も、さすがに母明石の中宮の病状が気にかかるとともに、周囲の反応も考慮して再び出かけていくのであった。明石の中宮の束の間の快復が、薫との出会いよりも先に、浮舟の身体に匂宮との官能的な接触の記憶を刻みつけてしまった。この場面における匂宮は、浮舟と明石の中宮との間で揺れる振り子のようであり[*11]、浮舟もまた薫と匂宮との間で翻弄されている。数回に及ぶこの見舞いの空間は、都社会全体で匂宮を奪還しようというような動きになっていくのである。

さらに、宇治における浮舟との逢瀬に耽溺する匂宮のもとに、「后の宮よりも御使参りて、右の大殿もむつかりきこえさせたまひて、人に知られさせたまはぬ御歩きはいと軽々しく、なめげなることもあるを、すべて、内裏などに聞こしめさむことも、身のためなむいとからき、といみじく申させたまひけり」（浮舟⑥一三四）という報告が入り、匂宮は不本意ながら帰京する。明石の中宮は健康をそこないながらも、なおも匂宮を心配し、夕霧や今上帝の怒りを憚っての慎重な言い回しで言葉をかけている。

翌日も参内を促されるものの、浮舟を恋しく思うあまりに体調を崩して、匂宮は明石の中宮の命令にはじめて背き、参内を拒む。宇治に籠もる口実であった匂宮の不調は、逢瀬の余韻にひたるうちに本物の不調にすりかわってしまった[*12]。このあたりの明石の中宮の言葉は、いよいよ遠ざかる匂宮を取り戻すべく病床から発せられる、必死の叫びである。

内裏より大宮の御文あるに驚きたまひて、なほ心とけぬ御気色にて、あなたに渡りたまひぬ。「昨日のおぼつかなさを。なやましく思されたなる、よろしくは参りたまへ。久しうもなりにけるを」などやうに聞こえたまへれば、騒がれたてまつらむも苦しけれど、まことに御心地もたがひたるやうにて、その日は参りたまはず。上達部などあまた参りたまへど、御簾の内にて暮らしたまふ。（浮舟⑥一三九～一四〇）

浮舟を思う匂宮の〈病〉が、明石の中宮の「おぼつかなさ」を無視して久しぶりの対面を拒否させ、母子関係に亀裂を生じさせている。匂宮に対する見舞いの空間もまた、御簾の内側に籠もる匂宮をこちら側の世界に引き戻そうとする、社会的な舞台装置である。

匂宮が異常なほどに浮舟にのめり込み、このままでは薫に密通を知られ、大きな騒ぎにもなりかねなくなったとき、明石の中宮の病状も悪化する。「例ならずなやましげ」（浮舟⑥一七一）という、明石の中宮のいつになく重い病状が、またも見舞いの空間を用意し、薫と匂宮の間に決定的な葛藤を呼び込むことになる。病床の明石の中宮を中心に、夕霧をはじめ、上達部が多く集まった、都世界の縮図のような空間で秘密が露顕するのであった。

このとき、夕霧は「御邪気の久しくおこらせたまはざりつるを」（浮舟⑥一七二）と言っている。久しく起こらなかった明石の中宮の〈病〉は、浮舟が入水を決意しようとする時間に表裏して起こる。都世界の社会の秩序や制度の中心である明石の中宮の〈病〉の悪化と、そのようなところから弾き出された浮舟の物語の極まりとの呼応が見られるのである。

そもそも、最初に明石の中宮が発病したのも、懸案であった六の君の縁談が成立したときであり、匂宮の結婚に衝撃を受けた中の君の、悪阻とも精神的な悩みともつかない不調と時機が重なっていた。明石の中宮の〈病〉は匂宮の女性関係に連動していると指摘されるけれども、[*13] とりわけ浮舟物語の進行と関わり、浮舟から匂宮を引き離そうとしているかのように機能し、結果的に匂宮をめぐって浮舟とせめぎ合う状況を呈しているのである。秘密が知られた浮舟は、入水を決行した。

五　消えた〈病〉と最後の言葉

浮舟の生存を薫に伝えるため、[*14]明石の中宮は再び言葉を発する（手習⑥三六四・三六七〜三六八）。物語に積極的に働きかけ、影響を及ぼしてきた明石の中宮の最後の役割として、それはいかにもふさわしい。薫や匂宮から逃れたい、隠れたいという浮舟の願いは、小野の山里の外部から押し寄せる異質なちから、薫や匂宮の住む都の頂点にある明石の中宮の善意によって、もろくも崩されてしまったのである。[*15]

それにしても、匂宮と浮舟の密通が露顕する契機を与えた発作を最後に、浮舟の失踪を経て、明石の中宮の〈病〉は消えてしまっている。浮舟失踪にまつわる噂を封じ込め、薫にだけ浮舟の生存を知らせるところには、以前のように物語世界を操作しようとする明石の中宮の言葉が響く。しかし、その声は以前の自信に満ちたものではない。情報を遮断して匂宮の評判を守り、薫に償うかのように思いやりを見せて、都世界の均衡を維持しようとする精一杯のささやき声である。

翻って、紅梅巻では紅梅の大納言家が、竹河巻では玉鬘家が、一身に帝寵を受け、声望を集める明石の中宮を憚って、今上帝の後宮への入内を断念した。宿木巻冒頭では、女二の宮の母藤壺の女御の「人（明石の中宮）に圧されたてまつりぬる宿世」（宿木⑤三七三）を抱えたままの死が語られていた。[*16]薫の栄華を飾る女二の宮降嫁は、明石の中宮物語の副産物でもある。明石の中宮自身に悪意はなくても、后としての揺るぎない存在感そのものが無言の圧力となって生じた歪みは物語の底に沈み、そうした悲劇や不運が、明石の中宮を過剰なまでに絶対的な位置に押し上げていた。

「蓮の花の盛り」（蜻蛉⑥二四七）に法華八講を催し、「秋の盛り」（蜻蛉⑥二六五）の風情を楽しむ明石の中宮は、まさに栄華の絶頂にあるかのごとくである。[*17] そのまばゆい栄華の中で、明石の中宮が良かれと思って、式部卿の宮の遺児を女一の宮の話し相手として引き取ったのを、語り手は「宮の君などうち言ひて、裳ばかりひき懸けたまふぞ、いとあはれなりける」（蜻蛉⑥二六三）として宮の君に同情的である。明石の中宮の振りまく思いやりは、必ずしも語り手の全面的な支持を得ていないのである。

そうであることが、明石の中宮を臆病にさせているのではないか。夕霧は明石の中宮に取りついた「御邪気」を恐れ、明石の中宮自身も横川の僧都のおしゃべりに過敏に反応して、物の怪におびえている。外からやってくる名づけがたいものにさらされ、おびやかされているのである。

宇治十帖に連鎖し合うように構造化されている〈病〉の中で、藤壺の女御と明石の中宮、女一の宮の〈病〉はもののけが原因とされる。規範化された社会の枠組みの内部に生きる彼女たちは、自分自身の身体の内側に不調の原因を発見して自己管理することができない。反対に、宇治の姉妹たちは、〈病〉の発生の原因となる悩みを確かに抱えて、それを凝視していた。都の高貴な女君たちの〈病〉と宇治の女君たちの〈病〉は鋭く対立しているのである。大君の死も、浮舟の失踪も、明石の中宮による解釈を決して寄せつけない。[*18]

結果的に大君や浮舟を死に追い込む機能的役割を含め、頂点にある者のどこか暴力的な、正しさを一方的に信じ、押しつけていく傲慢さが、明石の中宮の寛容さの影に見え隠れしているかのような感触を覚える。そのいずれもが善意からの、決して悪気のない行為であるとしても、それが誤りでなかったかどうかの確証さえないのである。

物語世界を〈母〉のまなざしで見わたし、耳を澄まして、管理し、掌握していたかのように見えた明石の中宮であるけれども、本当にそうと言えるのだろうか。〈母〉として管理しようとすればするほど、匂宮は逸脱していく。〈母〉の慈愛の名のもとに包囲され、監視される匂宮が深層に抱く不満や逃避願望は、同じように母中将の君の身代わりとしての「幸せな結婚」から遁走する浮舟[*19]に呼応し、一方的に注がれる欲望に背を向けるように寄り添い、惹かれ合う。浮舟と匂宮の〈母〉への無自覚な抵抗は、二重写しになって透かし見えてくる。[*20]

明石の中宮の、匂宮や中の君、薫、浮舟に対する働きかけは、宇治における物語に繰り返し裂け目を入れ、それが都の論理の一方で展開されているにすぎないことを明らかにして、都と宇治の相関関係のただなかに主人公たちが生きていることを示す語りの装置のひとつとなっているのである。中の君をめぐる処置などにおける苦慮からは、都の世界の頂点に君臨しているはずの明石の中宮もまた、常に優位な位置にありながら、宇治の世界の論理から自由でないことも証し立てられる。

繰り返される言葉で、あるいは身体の不調で匂宮を手繰り寄せ、管理し、軌道修正を幾度も図り、薫をも掌握しようとする明石の中宮の、積極的に発揮される〈母〉としての役割は、鏡のように、薫と女三の宮、浮舟と中将の君、浮舟と妹尼、横川の僧都と母尼など、それぞれの〈家〉における母子関係のありようを照らし出そうとしているのである。[*21]

注

＊1　本書・第二章「2　今上女二の宮試論―浮舟物語における〈装置〉として―」でも試みている。

＊2　坂本共展「明石中宮」(『源氏物語講座　第二巻』勉誠社、一九九一年)。

＊3　星山健「宇治十帖における政治性―中君及び『宿木』巻の役割を中心に―」(『文芸研究』第一四七集、一九九九年三月)は、大君の死や匂宮と六の君の結婚など、中の君にふりかかる不幸が、やがては中の君を栄華に導くことになると指摘する。

＊4　三田村雅子「〈邸〉の変転―焼失・移築・再建の宇治十帖―」（『源氏物語の思惟と表現』新典社、一九九七年）。
＊5　藤村潔「宿木巻の巻頭」（『源氏物語の構造』桜楓社、一九六六年）。
＊6　島田とよ子「明石中宮―光源氏崩後―」（『大谷女子大国文』第十五号、一九八五年三月）。
＊7　清水好子「人物像の変形」『源氏物語の文体と方法』（東京大学出版会、一九八〇年）。
＊8　吉井美弥子「宇治を離れる中の君―早蕨・宿木巻―」（『源氏物語講座　第四巻』勉誠社、一九九二年）。
＊9　沼尻利通「弘徽殿大后の『諫め』」（『野州国文学』第六十六号、二〇〇〇年一〇月）。
＊10　倉田実「明石の中宮の両義性」『源氏物語作中人物論集』（勉誠社、一九九三年）。
＊11　加藤昌嘉「源氏物語　宿木巻の機構―反・明石夕霧の力、浮舟の力―」（『詞林』第二十七号、二〇〇〇年四月）。
＊12　松岡智之「恋の微行と病―『源氏物語』光源氏と匂宮の場合―」（『日本文学』第五十巻第五号、二〇〇一年五月）。
＊13　神尾暢子「源氏物語の疾病規定」（『王朝文学の表現形成』新典社、一九九五年）。
＊14　明石の中宮の〈病〉が癒されると、次は女一の宮が病み、明石の中宮によって横川の僧都が呼び寄せられ、浮舟の生存情報がもたらされる。明石の中宮の〈病〉空間で浮舟の密通が露顕し、女一の宮の〈病〉空間で浮舟の生存が明らかになるのである。横川の僧都は都にのぼる途中に小野に立ち寄り、浮舟を出家させた。浮舟の人生史の節目には、明石の中宮・女一の宮という都を象徴する二人の〈病〉が介在していた。
＊15　井野葉子「〈隠す／隠れる〉浮舟物語」（『源氏研究』第六号、翰林書房、二〇〇一年四月）。
＊16　本書・序論「3 女三の宮前史を読む―もう一人の藤壺の呼び覚ますもの―」参照。
＊17　加藤昌嘉「源氏物語　蜻蛉巻の機構―六条院と明石一族―」（『中古文学』第六十二号、一九九八年十一月）。
＊18　三田村雅子『『源氏物語』の「もののけ」」（『解釈と鑑賞』第五十九巻第三号、至文堂、一九九四年三月）。また、三田村雅子「もののけという〈感覚〉―身体の違和から―」（フェリスカルチャーシリーズ①『源氏物語の魅力を探る』翰林書房、二〇〇二年）。
＊19　鈴木裕子「〈母と娘〉の物語―その崩壊と再生―」（『源氏物語』を〈母と子〉から読み解く』角川叢書、二〇〇五年）。
＊20　ここで浮舟について論じることはできないが、〈母〉の身勝手な欲望は執拗に浮舟にまとわりつく。中将の君も、妹尼も、明

石の中宮も、それぞれの立場から浮舟を意味づけ、解釈して、幻想の〈物語〉を浮舟にかぶせかけようとするのである。本書・第二章「4　浮舟の〈幼さ〉〈若さ〉―他者との関係構造から―」参照。押しつけられる役割から逃れようとする浮舟の、頑なな拒絶の姿勢こそが、『源氏物語』における〈母〉の問題を根底から揺さぶり、問い直さずにおかない。

＊21　正編の主要な登場人物たちには〈母〉が不在であったが、薫や匂宮、浮舟という続編の主人公たちは、〈母〉との関係を今現在、進行形のかたちで向き合って生きている。浮舟は、母中将の君の理想にそぐわない自分自身を発見する。匂宮は、明石の中宮という〈母〉に代表される外側の論理に意味づけられて、あるべき場所やあるべき姿を規定されていく。薫はそのような〈母〉を持たず、自分自身が律する狭い枠付けに入り込もうと自分を束縛する。浮舟失踪の知らせを受けたとき、薫は母女三の宮の〈病〉のために参籠中であった。やはり薫をめぐって女三の宮は浮舟とせめぎ合っているのである。これらの問題については、別稿で論じたい。同時に、宇治十帖における〈父〉の問題に関しても考えなければならないだろう。

2　今上女二の宮試論
――浮舟物語における〈装置〉として――

一　はぐらかされる〈藤壺〉の意味

宿木巻は、大君・中の君物語と浮舟物語を結ぶ巻であるとされる。ここに介在するのが、今上女二の宮であった。物語の舞台を宇治から都へと据え直し、これまで語られてきた物語との断絶や矛盾を乗り越えて、別の視座から新たな地平をひらいていくエネルギーとして、まずは女二の宮を理解したいと思う。

宿木巻の冒頭、女二の宮の母藤壺の女御が紹介される。

そのころ、藤壺と聞こゆるは、故左大臣殿の女御になむおはしける、まだ春宮と聞こえさせし時、人よりさきに参りたまひにしかば、睦ましくあはれなる方の御思ひはことにものしたまふめれど、そのしるしと見ゆるふしもなくて年経たまふに、中宮には、宮たちさへあまたここらおとなびたまふめるに、さやうのことも少なくて、ただ女宮一ところをぞ持ちたてまつりたまへりける。わがいと口惜しく人に圧されたてまつりぬる宿世嘆かしくおぼゆるかはりに、この宮をだにいかで行く末の心も慰むばかりにて見たてまつらむと、かしづききこえたまふことおろかならず。　（宿木⑤三七三）

傍線部が示す藤壺の女御の生涯は、女三の宮の母、すなわち朱雀院の藤壺の女御に重ねられる造型である。[*1]　そして、十四歳になる女二の宮の裳着の準備にとりかかっていた藤壺の女御は、「夏ごろ、物の怪にわづらひたまひて」（宿木⑤三七四）急逝してしまう。母女御を失い、しっかりとした後見もない女二の宮のために、今上帝は頭を悩ませ、「朱雀院の姫宮を六条院に譲りきこえたまひしをりの定めどもなど」（宿木⑤三七六）を思い起こして、薫を婿に選ぶことになる。

このあたりの展開は若菜上巻の始発部によく似ている。二人の皇女の母は同じく藤壺の女御と呼ばれ、語られることのなかった過去を背負って登場し、死んでいく。『源氏物語』において特別な意味をもつ〈藤壺〉の記号性は、二人の皇女を重ねさせずにはおかない。藤壺の中宮も、藤壺の女御の娘女三の宮も、密通、罪の子妊娠、出産、出家という流転を生きた。女二の宮の母藤壺の女御は、入内したときは麗景殿の女御と呼ばれていたのであった。[*2]　ここで藤壺の女御の娘として設定された女二の宮に、同様の運命を読者が予想することは不自然ではない。[*3]　紅梅の大納言の次のような挿話も語られていた。

按察大納言は、我こそかかる目も見んと思ひしか、ねたのわざやと思ひゐたまへりこの宮の御母女御をぞ、昔、心かけきこえたまへりけるを、参りたまひて後も、なほ思ひ離れぬさまに聞こえ通ひたまひて、はては宮を得たてまつらむの心つきたりければ、御後見のぞむ気色も漏らし申しけれど、聞こしめしだに伝へずなりにければ、いと心やましと思ひて、（宿木⑤四八二）

ここに、〈可能態〉[*4]としてある女二の宮の密通物語の片鱗を見出せようか。今上帝が先例にした女三の宮降嫁こそ、不吉な運命を手繰り寄せてしまう危険性を孕んだものであった。ところが、母娘二代にわたって望みながら得ることができなかったという抑圧された欲望はいつのまにか忘れ去られ、紅梅の大納言は物語から姿を消していく。また、〈女二の宮〉という呼称からは朱雀院女二の宮が想起される。薫は、光源氏の後継者として〈藤壺〉腹の皇女を得たと同時に、柏木の後継者として〈女二の宮〉を得たわけである。[*5]朱雀院女二の宮の夫柏木が女三の宮と密通したように、今上帝女二の宮の夫薫が密通事件を起こす、という可能性も浮上する。薫は女二の宮に満足せず、「后腹におはせばしもとおぼゆる心の中ぞ、あまりおほけなかりける」（宿木⑤三七九）とあるように、女二の宮との縁談によって今上女一の宮に対する思慕をむしろ顕在化させるのである。しかし、柏木性を潜ませつつも、薫は実父の二の舞にはならない。大君の死後、徐々に高まる薫と中の君の密通の予感も、中の君の妊娠が判明し、浮舟の存在が示されて自然消滅する。

読者の期待を裏切ることが次の展開を生み出していく。第二部の世界では機能していた〈藤壺〉の記号性は、ここでは形骸化している。〈紫のゆかり〉の物語の方法を揺曳させつつ、それをずらしていく。若菜上巻の冒頭を意識するだけでなく、解体することによって宿木巻は物語を紡いでいくのである。加えて、父今上帝が「心ざまもいとよくおとなびたまひて、母女御よりもいますこしづしやかに重りかなるところはまさりたまへる」（宿木⑤三七五）と評価する性質からも、女二の宮が過ちを犯すとは考えにくい。

試みに「づしやか」「重りか」の用例を見てみると、「づしやか」はほかに三例が見え、女二の宮以外に用いられる人物は、中の君によって死後に「心の底のづしやかなるところはこよなくもおはしけるかな」（宿木⑤三八四）と評される大君だけであることがわかる。「づしやか」でないとされるのは、朧月夜（若菜上④八二）と女三の宮（柏木④二九二）である。

人物に対して用いられる「重りか」は十四例あり、第一部、第二部では、葵の上（葵②二六・若菜下④二〇九）と秋好中宮（絵合③二九二・少女③八一）の各二例のほか、紫の上によるあて宮論（螢③二一五）と髭黒（行幸③二九二）の各一例が見える。朧月夜は「重りかなる方はいかがあらむ」（賢木②一〇五）と光源氏によって言われている。第三部では、当該の女二の宮の一例のほか、大君に対して次の三例を見出すことができる。

①姫君は、らうらうじく、深く重りかに見えたまふ（橋姫⑤一二二）
②うち笑ひたるけはひ、いますこし重りかによしづきたり（橋姫④一四〇）
③今思ふに、いかに重りかなる御心おきてならまし（宿木⑤三八四）

①は父八の宮が姉妹の性格を比較して、②は薫が姉妹を垣間見たときの感想であり、③は前述の「づしやか」と同時に用いられた、大君死後の中の君による評である。いずれも中の君との対照から導き出されている。ほかに、宮の御方（紅梅⑤五二）と玉鬘大君（竹河⑤七五）、薫（竹河⑤一〇六）に各一例ずつ用いられる。

誰の視点によるかなどの問題もあり、これらを一概に比較することはできないけれども、朱雀院の寵愛を受けながら光源氏との関係を続けた朧月夜や、柏木と密通した女三の宮は、「づしやか」「重りか」である女二の宮の対極にあることになる。「重りか」な人物として、葵の上や秋好中宮といった堅実な女君があげられることからも、事件を起こすような隙が女二の宮にあるとも思われない。
女三の宮のような際だった個性も、劇的な運命も、女二の宮には与えられることがない。女二の宮という存在が投げ込まれて、物語が動いていく、その過程が重要なのである。

二　三条の宮の焼失と再建

藤壺の女御の急逝した〈夏〉は、『細流抄』に「椎本の夏也。薫、あさすゞみに宇治へゆき給ふ時分也」とあるように、「その年、常よりも暑さを人わぶるに、川面涼しからむはや」（椎本⑤二一六）と思い立って宇治を訪れた薫が、姉妹を垣間見て、その身体的な差異を知った〈夏〉であった。「その年」とあるのは、次にあげた直前の叙述を受ける。

その年、三条の宮焼けて、入道の宮も六条院に移ろひたまひ、何くれとものの騒がしきに紛れて、宇治のわたりを久しう訪れきこえたまはず。（椎本⑤二一五）

ここが宇治十帖における最初の〈夏〉であった。実は、この同じ季節に藤壺の女御の死があったことになる。大君の死まで、薫の宇治訪問はほぼ秋・冬に限られていた。[*6] この珍しい〈夏〉の、涼を求めての垣間見は物語の転換点にあり、以後、三条の宮が再建中であることが薫の恋に影を落としていくのである。

「三条の宮焼けにし後は」（総角⑤二五九）「三条宮造りはてて」（総角⑤二九〇）「三条宮造りはてて」（総角⑤二九一）「三条の宮も造りはてて」（総角⑤三四〇）と繰り返されて、三条の宮はなかなか完成しない。吉井美弥子氏は、三条の宮が焼失してしまっていることが、恋を成就させようとする薫の思いと逆の方向に薫を導くことになるという、あやにくな構造を指摘している。[*7]

ようやく三条の宮が完成したのは、「中納言は、三条宮に、この二十余日のほどに渡りたまはんとて」（早蕨⑤三六五）とある、翌年の二月末である。その数日前には、中の君が二条院に移っている。大君を失い、中の君を匂宮に奪われたとき、その喪失感と挫折感とともに三条の宮は完成した。[*8] つまり、大君との恋が本格的に始まってから終わるまで、薫は六条院に滞在していたことになる。[*9]

そして、藤壺の女御の死から一年が過ぎ、再び〈夏〉が巡ってきた。[*10] 薫は失意のままに、母の喪のあけた女二の宮の降嫁を内諾する。薫と大君の恋の時間は、三条の宮が焼失してから再建されるまでの期間と、藤壺の女御の喪の期間にほぼ重なるのである（184頁表参照）。その限られた時間だけに、薫と大君の恋は許されていたのであろうか。三条の宮に迎えられるべき女君として、物語は大君を拒み、女二の宮を選択したのであろうか。女二の宮降嫁の決定に間に合わせるかのように、三条の宮は完成を見たのである。女二の宮の縁談の発端となった都の〈夏〉と、姉妹を垣間見た宇治の〈夏〉は、薫の人生の表裏を運命づける季節であった。

結婚が決定しても、薫は大君を偲び、匂宮と夕霧六の君との結婚に悩む中の君に対する未練を募らせる。薫の「口惜しき品なりとも、かの御ありさまにすこしもおぼえたらむ人は、心もとまりなんかし」（宿木⑤三八二）という感慨は、浮舟登場の伏線となっている。物語は、新しい女主人公の登場に向けての仕掛けを周到にちりばめている。

薫と女二の宮の結婚は、中の君物語に絡みながら展開するのである。正月末、女二の宮の裳着が近づくものの、薫は臨月の中の君を気づかい、二月はじめ、薫が権大納言兼右大将に昇進したのと同じころ、中の君は男子を出産する。今上帝や明石の中宮などの祝福を受けて、中の君が匂宮の第一子の母として認知されたのを見届けたかのように、二月二十日過ぎ、女二の宮はようやく裳着を迎えて、翌日薫は婿として参内する。中の君をめぐる悲劇の可能性が断たれたとき、遂に女二の宮降嫁が現実になったと言える。

その後、女二の宮は三条の宮に移されることになる。再建された三条の宮はさらに増築・改築されて、在位の帝の姉宮を母に、鍾愛の皇女を妻にもつ薫の栄華と名誉を飾る器となり果て、そこにおさまらない薫の内側のくすぶる思いは宇治へと再び吸い寄せられていく。

①いかなるにかあらむ、心の中にはことにうれしくもおぼえず、なほ、ともすればうちながめつつ、宇治の寺造ることを急がせたまふ　（宿木⑦四七七）

②かくて心やすくうちとけて見たてまつりたまふに、いとをかしげにおはす。ささやかにあてにしめやかにて、ここはと見ゆるところなくおはすれば、宿世のほど口惜しからざりけりと、心おごりせらるるものから、過ぎにし方の忘られればこそはあらめ、なほ、紛るるをりなく、もののみ恋しくおぼゆれば、この世にては慰めかねつべきわざなめり、仏になりてこそは、あやしくつらかりける契りのほどを、何の報いとあきらめて思ひはなれめと思ひつつ、寺のいそぎにのみ心をば入れたまへり　（宿木⑤四八六〜四八七）

②の傍線部において、薫の視線から女二の宮のしっとりとした美しさ、高貴さが捉えられる。しかし、薫の心は宇治に向かい、宇治の寺の造営に熱中していることが①②の波線部に繰り返される。

女二の宮を得たことは薫に拭いきれない宇治への執着を再認識させ、②の叙述のすぐあとの四月二十日過ぎ、宇治に赴いた薫は浮舟一行に遭遇して、大君の面影を宿す浮舟を垣間見ることになるのである。浮舟の存在は、薫の関心を自分から逸らそうとする中の君からすでに告げられていた。

「年ごろは世にやあらむとも知らざりつる人の、この夏ごろ、遠き所よりものして尋ね出でたりしを、疎くは思ふまじけれど、また、うちつけに、さしも何かは睦び思はんと思ひはべりしを、先つころ来たりしこそ、あやしきまで昔人の御けはひに通ひたりしかば、あはれにおぼえなりにしか。形見など、かう思しのたまふめるは、なかなか何ごともあさましくもて離れたりとなん、見る人々も言ひはべりしを、いとさしもあるまじき人のいかでかはさはありけん」とのたまふを、夢語りかとまで聞く。（宿木⑤四四九〜四五〇）

浮舟から中の君に連絡があったのは「この夏ごろ」であったという。その後に対面したらしい。これは、弁の尼が薫に「この年ごろ音にも聞こえたまはざりつるが、この春、上りて、かの宮には尋ね参りたりけるとなん、ほのかに聞きはべりし」（宿木⑤四六〇）と語っていることと符号する。薫が求めていた幻の形代は、女二の宮物語の進行とともに、しだいにその輪郭を現わしてくるのである。

三　女二の宮と〈夏〉

浮舟が中の君に連絡を取ったという「この夏ごろ」とは、薫が女二の宮降嫁を内諾した〈夏〉であったことになる。また、弁の尼の言う、浮舟が上京した「この春」は、中の君が二条院に転居した季節にやはり重なっている。物語は輻輳的に語られているのである。そして、薫が浮舟に遭遇したのは、その翌年の〈夏〉であった。[*11] そのときの弁の尼の語りは、運命的なもう一つの時間の一致を明らかにする。

しか仰せ言はべりし後は、さるべきついではべらばと待ちはべりしに、去年は過ぎて、この二月になむ、初瀬詣のたよりに対面してはべりし。かの母君に、思しめしたるさまはほのめかしはべりしかば、いとかたはらいたく、かたじけなき御よそへにこそははべるなれなどなんはべりしかど、そのころほひは、のどやかにおはしまさずとうけたまはりし、をり便なく思ひたまへつつみて、かくなんとも聞こえさせはべらざりしを、また、この月にも詣でて、今日帰りたまふなめり。（宿木⑤四九四～四九五）

弁の尼は二月にも浮舟に逢ったのだという。[*12] 薫が女二の宮と結婚したのもその二月であった。波線部は、そのために報告をひかえたという事情を説明しているのである。すなわち、薫が婚約した〈夏〉に浮舟は中の君に上京を知らせ、薫が結婚した二月に浮舟は宇治に姿を見せていたことになる（表参照）。

大君	藤壺・女二の宮	三条の宮	浮舟	薫の年齢
夏、薫、姉妹を垣間見。大君に心を寄せる。	夏ごろ、藤壺の女御の急逝。	三条の宮、焼失。薫、女二の宮とともに六条院に移る。		24歳
薫、匂宮とともに宇治へ。中の君に手引き。		以後、再建中。なかなか完成せず、大君を迎えられない。		

		冬の更衣のため、三条の宮への転居用に準備していた几帳の帷などを宇治に運び入れる。		
風雪の日、大君死去。		大君の代わりに中の君を引き取ろうかと思案するうちに、中の君の二条院転居が決定。		
二月七日、中の君、二条院に転居。		二月二十日過ぎ、薫、三条の宮に戻る。	春、浮舟上京。	25歳
	夏、薫、女二の宮と婚約。		夏、浮舟、中の君に上京を知らせる。	
中の君、浮舟の存在を薫に告白。				
二月、中の君出産。	女二の宮、裳着。薫、女二の宮と結婚。		浮舟、初瀬詣での途中に宇治に立ち寄る。	26歳
		立夏の前に、改築・増築後、女二の宮が転居。		
			初夏、薫、宇治を訪れた浮舟を垣間見る。	
	夏、薫、女一の宮を垣間見、同じ衣装を女二の宮に着せる。		浮舟、小野において仏道にいそしむ。	27歳

薫が浮舟を垣間見たのが四月二十日過ぎのことであり、四月はじめには女二の宮が三条の宮に移っている。その転居について、「夏にならば、三条宮ふたがる方になりぬべしと定めて、四月の朔日ごろ、節分とかいふことまだしき前に渡したてまつりたまふ」（宿木⑤四八〇）とされて、立夏を迎える前の転居であることが示されていた。女二の宮に関する出来事を並べてみると、女二の宮と〈夏〉の関わりに気づかされる。母藤壺の女御が急逝したのが最初の〈夏〉であり、薫にとっては大君・中の君を垣間見た〈夏〉であった。今上帝にほのめかされた縁談に乗り気ではない薫は、翌年の〈夏〉にようやく降嫁を内諾する。およそこの一年間が薫と大君の恋の期間であったことは前に述べた。この二度目の〈夏〉は、浮舟が中の君に上京を知らせたころでもあった。翌年の二月、薫と女二の宮の結婚があり、〈夏〉になると方角が悪くなるために、四月はじめに女二の宮が三条の宮に移る。そして、四月末の〈夏〉のはじめ、薫は浮舟に行き会うことになった。

宇治と都とを舞台に進行する物語において、秋・冬を中心に語られる大君物語の裏側に、都の世俗的な秩序の中で生きる薫のもう一方の側面を示すと言える女二の宮の〈夏〉が隠されていた。また、中の君は〈春〉に関わりが見られ[*13]、女二の宮の結婚の季節は、中の君の出産を語る〈春〉に取り込まれたかたちとなり、三条の宮への転居も〈晩春〉に行われて、女二の宮からずらされたその〈夏〉に、浮舟が登場したのである。

では、薫にとって〈夏〉とはどのような季節であるか。薫が姉妹を垣間見た珍しい〈夏〉の宇治訪問は、「朝涼みのほどに」（椎本⑤二一六）都を出発したとされる。この「朝涼み」の語は、物語中に二例しか見られない。もう一例は、光源氏が柏木の手紙を発見して女三の宮の過ちを知った朝に「まだ朝涼みのほどに渡りたまはむとて、とく起きたまふ」（若菜下④二五〇）とあったところである。[*14] 女三の宮と柏木の密通は〈夏〉の暑さの中で露顕した。女三の宮の四月の妊娠、五月ごろからの悪阻という日付が、藤壺の中宮の場合に一致することも偶然ではあるまい。[*15]『源氏物語』において、〈夏〉の暑さは物語の深部をあぶりだすように設定されているのはないだろうか。[*16]

述べてきたように、宇治を舞台としては描かれなかった〈夏〉を、都を舞台とする女二の宮物語が補っていくという相互補完の関係が見られるのである。その補われた〈夏〉にこそ、次の展開を決定する、縁談という重要な出来事があった。大君物語においては、女二の宮という存在にあえて触れずに大君の結婚拒否を語るところこそに意味があったのであろう。

薫の「朝涼み」の〈夏〉は、大君に対する内なる欲望を自覚する季節であった。女二の宮降嫁を決めた〈夏〉においても、薫は女一の宮への憧憬をあらわにし、中の君への未練を募らせた。そこには浮舟物語の序章が隠されていたのであり、〈夏〉は薫と女二の宮を結ぶ季節でありながら、一方では薫を宇治に吸い寄せずにはおかない。物語は輻輳する時間構造にこだわりつつ語られる。過去の物語に厚みを持たせるべく補完された〈夏〉は、異質な物語をも抱え込み、重層する季節として織りあげられているのである。

四　浮舟物語における「女二の宮」

女二の宮は、薫を再び宇治に向かわせ、浮舟と出会う機会を与えた。しかし、いざ浮舟と関係を結ぼうとすると、薫を都の世界に引き戻す役割を担うようになる。薫は、今上帝や母女三の宮の庇護を受ける女二の宮を尊重しなければならない。女二の宮との不本意な結婚は薫を宇治の世界にさまよわせたが、その反作用としても機能し、薫の行動を規制するのである。

浮舟の母中将の君にとって、女二の宮は、薫と浮舟の間の大きな障害として認識されていた。

①帝の御かしづきむすめを得たまへる君は、いかばかりの人かまめやかには思さん（東屋⑥三五～三六）
②当代の御かしづきむすめを得たてまつりたまへらむ人の御目移しには、いともいとも恥づかしく、つつましかるべきものかな、と思ふに（東屋⑥八二）
③帝の御むすめをもちたてまつりたまへる人なれど、よそよそにて、あしくもよくも、あらむは、いかがはせむと、おほけなく思ひなしはべる（浮舟⑥一六七）

①②は浮舟が薫と結ばれる以前、③は以後であるが、中将の君は薫を「帝の御かしづきむすめを得たまへる君」と繰り返し捉えているのである。浮舟の良縁を願い、喜びながらも、薫の正室である皇女の存在は、浮舟と薫の身分の懸隔・障害の象徴として意識されてしまうのである。薫の迎えを待つ浮舟に、中将の君は女二の宮側の嫉妬を警戒するように諭す。

「人少ななめり。よくさるべからむあたりを尋ねて。今参りはとどめたまへ。やむごとなき御仲らひは、正身こそ何ごともおいらかに思さめ、よからぬ仲となりぬるあたりは、わづらはしきこともありぬべし。隠しひそめて、さる心したまへ」（浮舟⑥一六八）

中将の君のこのような一方的に増殖する不安は、浮舟の失踪後にも見える。

身を投げたまへらんとも思ひも寄らず、鬼や食ひつらん、狐めくものや取りもて去ぬらん、いと昔物語のあやしきものの事のたとひにか、さやうなることも言ふなりしと思ひ出づ。さては、かの恐ろしと思ひきこゆるあたりに、心などあしき御乳母やうの者や、かう迎へたまふべしと聞きて、めざましがりて、たばかりたる人もやあらむと、下衆などを疑ひ、「今参りの心知らぬやある」と問へど、……。（蜻蛉⑥二〇八～二〇九）

浮舟の失踪を「昔物語」として受けとめているところが注意される。中将の君は、浮舟が鬼に食べられたのか、狐のようなものが連れ去ったのかと思い、女二の宮の乳母などがさらったのか、と疑うのである。女二の宮は浮舟の幸福を邪魔する存在であり、都移りをひかえた今、相手方にしてもこちらを目障りに思っているにちがいなく、乳母などの策略でさらわれたのではないか、という被害妄想にも似た思い込みである。浮舟と匂宮の関係を知らず、以前から危惧を抱いていた中将の君にとっては、それは極めて現実的な「物語」であった。

事実、女二の宮は、薫と浮舟の関係に微妙な影を落としている。薫への嫉妬から匂宮は、薫の「二の宮を、いとやむごとなくて、持ちたてまつりたまへるありさま」（浮舟⑥一五三）を浮舟に聞かせたことがある。しかし、浮舟の反応は語られなかった。一方、薫から浮舟を都に引き取ることを聞いた女二の宮も、「いかなることに心おくものとも知らぬを」（浮舟⑥一六一）と答えるだけであった。女二の宮のこの発言は、物語における女二の宮の役割や立場を示す声と考えられるであろう。高貴な女君らしくただおっとりとしているようにも、嫉妬する感情さえも与えられていない者の不満のようにも聞こえる。

女二の宮の存在を無視しては浮舟の悲劇を理解することはできないとする小穴規矩子氏は、浮舟と女二の宮の身分差が大きいために、女二の宮は浮舟の悲劇の外郭的な要因であるにすぎず、二人を結ぶ薫をこそ直接的に苦しめていると指摘する。[*17] 薫は宇治においても女二の宮を意識して配慮しなくてはならず、[*18] 浮舟を度々訪ねることも、不用意に都に迎えることもできなかった。浮舟を失った原因について、薫は浮舟を宇治に捨て置いたことに求めている。

＊心憂かりける所かな、鬼などや住むらむ、などて、今までさる所に据ゑたりつらむ、思はずなる筋の紛れあるやうなりしも、かく放ちおきたるに心やすくて、人も言ひ犯したまふなりけむかし（蜻蛉⑥二一五）

＊はかなげなりし心にて、この水の近きをたよりにて、思ひ寄るなりけんかし、わがここにさし放ち据ゑざらましかば、いみじくうき世に経とも、いかでかかならず深き谷をも求め出でまし、といみじううき水の契りかなと、この川の疎ましう思さるることいと深し（蜻蛉⑥二二五）

薫は、女二の宮を憚って浮舟を都に引き取ることをためらい、大君の形代であるがゆえに宇治に据えたのである。遠く隔たった宇治に、都の世俗的な論理が影響を及ぼして、それぞれの地を象徴するような浮舟と女二の宮は、反発する引力で、さまよう薫を引き合うのであった。

もっとも、女二の宮もまた宇治の論理から自由ではない。薫は、浮舟の身の上を思って、「我も、かばかりの身にて、時の帝の御むすめをもちたてまつりながら、この人のらうたくおぼゆる方は劣りやはしつる」（蜻蛉⑥二二二）と、なおも浮舟への愛情を自負している。浮舟は、皇女を妻に得ている自分が愛情をそそいだ女君として、薫のつくりあげた「物語」の中に据え直されるのである。浮舟の四十九日法要に際しては、薫と女二の宮の夫婦仲を心配していた今上帝までもが、浮舟の悲劇を知って、「宮にかしこまりきこえて隠しおきたまへりけるを、いとほし」（蜻蛉⑥二四四）と胸を痛めている。女二の宮に遠慮し、世評を気にかけてきた薫の行動が同情を集める結果となった。

中将の君も、薫も、今上帝も、それぞれの立場から、浮舟と女二の宮をめぐる「物語」をつくりあげる。そこには悪意はなく、むしろ善意から浮舟の境遇と悲劇を理解し、慰めようとするものである。しかし、その中には生身の浮舟も女二の宮もついにいない。それぞれがつくりあげた幻想の浮舟と幻想の女二の宮が向き合っているだけであり、それぞれの立場から一方的に意味づけられ、解釈されているにすぎない。女二の宮は、中将の君が想像するような嫉妬の感情などをもったことはなかったのである。

五　再び、女二の宮と〈夏〉

女二の宮にまた〈夏〉がめぐってくる。四度目の〈夏〉は、女二の宮の位相をよく表わしている。明石の中宮主催の御八講の折に、かねてから憧れていた女一の宮を垣間見た薫は、氷を手に女房と戯れるその美しい姿に感動し、翌日、昨日の女一の宮と同じ薄物の単衣を縫わせて、女二の宮に着せるのである。

御髪の多さ、裾などは劣りたまはねど、なほさまざまなるにや、似るべくもあらず。氷召して、人々に割らせたまふ。取りて一つ奉りなどしたまふ心の中もをかし。絵に描きて恋しき人見る人はなくやはありける、ましてこれは、慰めむに似げなからぬ御ほどぞかしと思へど、昨日かやうにて、我まじりゐ、心にまかせて見たてまつらましかばとおぼゆるに、心にもあらずうち嘆かれぬ。（蜻蛉⑥二五二〜二五三）

劣り腹の浮舟が姉大君の形代たりえなかったのと同様に、女御腹の妹女二の宮は后腹の姉女一の宮の形代たりえない。浮舟物語の雛形がここに展開されている。薫の身勝手な欲望を込めた衣装をまとう女二の宮は、髪の多さ、裾などは姉宮に劣らないものの、[19]似ていない。同じ衣装を着せて、同じように氷を持たせての再演も薫を慰めることはできず、この姉妹をめぐる身代わりの物語を進展させるエネルギーはもはや発動することはなく、断念させられているのである。[20]浮舟を見、女二の宮を見る薫のまなざしが、いかに本人の意志を無視した、一方的な思い込みに満ちたものであったかが確認される。

薫は女君たちとの関係を総括する中で、「昔の人ものしたまはましかば、いかにもいかにも外ざまに心を分けましや、時の帝の御むすめを賜ふとも、得たてまつらざらまし、また、さ思ふ人ありと聞こしめしながらは、かかることもなからましを」（蜻蛉⑥二六〇）として、大君の死が女二の宮降嫁をもたらしたのだと結論づけ、母女三の宮と女一の宮がそれぞれに父帝から重く扱われていることから、「わが宿世はいとやむごとなしかし、まして、並べて持ちたてまつらばと思ふぞいと難きや」（蜻蛉⑥二七二）と思い、女一の宮を得たいという高貴性への願望を自覚する。[21]

薫が高貴性を求めるかぎり、美しさでは劣らない女二の宮は、女一の宮を凌駕することはできない。女二の宮は、他者との関係構造の中で比較され、否定されて造型がふちどられる女君である。薫と女二の宮の接点であったはずの〈夏〉も、もはや女二の宮その人のものではないことが明らかになった。そこに見られたのは薫の身勝手な思い込みと、押しつけられる役割にそぐわない女二の宮の姿である。

やがて浮舟のゆくえを知って小野[22]にやってきた薫について、一人の尼が「大将殿とは、この女二の宮の御夫にやおはしつらむ」と言うのを、浮舟は「いとこの世遠く、田舎びたりや」（夢浮橋⑥三八三）と聞いている。薫は最後まで「女二の宮の夫」であったのだ。そのことが、小野においても、だめ押しのように繰り返し刻みつけられる。

女二の宮は、常にほかの女君に対する薫の欲望を呼び覚まし、薫の外側を飾る「栄華の象徴」でありながら、同時にその内側の満たされない思いを照らし出す役割を負い、薫の物語、大君・中の君の物語、浮舟の物語を、外側から意味づけている。女二の宮という存在は、都の世界と宇治の世界を往還する展開の〈座標軸〉としてある。「女二の宮」にまつわる言葉、情報は、遠く隔たった宇治における物語に繰り返し裂け目を入れて、それが都の論理の一方で展開されているにすぎず、都の論理との相関関係のただ中にあることを明らかにする、語りの〈装置〉として機能するのである。そして、薫にとって「帝の御女」以上でも以下でもなく、母女三の宮にさらに加わった絆となりながら、一方では、薫の栄華と憂愁のバランスを支える基盤としてあり続けていくのである。

注

＊1　細野はるみ「女二の宮の縁談」（『講座源氏物語の世界〈第八集〉』有斐閣、一九八三年）。また、本書・序論「3 女三の宮前史を読む」参照。

＊2　「左大臣殿の三の君参りたまひぬ。麗景殿と聞こゆ」（梅枝③四一四）。

＊3　「藤壺の宮の御裳着のことありて」（宿木⑤四七四）とあり、女二の宮も一度だけ藤壺の宮と呼ばれている。藤壺の呼称が読者の想像をかきたてることについては、鷲山茂雄「薫と中の君―密通回避をめぐって―」（『源氏物語主題論―宇治十帖の世界―』塙書房、一九八五年）。

＊4　高橋亨「可能態の物語の構造―六条院物語の反世界―」（『源氏物語の対位法』東京大学出版会、一九八二年）の用語による。これまで女一の宮構想（小山敦子「女一宮物語と浮舟物語」『源氏物語の研究―創作過程の探究―』武蔵野書院、一九七五年）や、中の君が入水の運命を担っていたのではないか（藤村潔『源氏物語の構造』桜楓社、一九六六年）という問題が指摘されてきたが、ここでは女二の宮に密通の可能性を読んでみたいのである。

＊5　吉井美弥子「宿木巻の方法」（『源氏物語の視界5』新典社、一九九七年）。

＊6　三田村雅子「第三部発端の構造―〈語り〉の多層性と姉妹物語―」（『源氏物語　感覚の論理』有精堂、一九九六年）。

＊7　吉井美弥子「薫と〈女三の宮〉―源氏物語第三部の一断面―」（『国文学研究』第一〇〇号、一九九〇年三月）。
＊8　三田村雅子「〈邸〉の変転―焼失・移築・再建の宇治十帖―」（『源氏物語の思惟と表現』新典社、一九九七年）。
＊9　この点については、助川幸逸郎「椎本巻末の垣間見場面をめぐって―〈女一の宮〉とのかかわりを軸に―」（『中古文学論攷』第十七号、一九九六年十二月）も指摘する。
＊10　新編全集本の頭注に「母女御の一周忌が過ぎる時期だから、ここは夏」とある。
＊11　原陽子「薫を語る場としての〈季節〉―薫の『聖』と『俗』とその境界―」（『中古文学論攷』第十四号、一九九四年三月）も、この夏に注目する。
＊12　浮舟の二月の初瀬詣でについては、薫の垣間見の際も、女房が「この二月には、水の少なかりしかばよかりしなりけり」（宿木⑤四九〇）と言っていた。
＊13　＊6に同じ。
＊14　井野葉子「薫の恋」（フェリスカルチャーシリーズ①『源氏物語の魅力を探る』翰林書房、二〇〇二年）による指摘に示唆を受けた。
＊15　大森純子「源氏物語・孕みの時間―懐妊、出産の言説をめぐって―」（『日本文学』第四十四巻第六号、一九九五年六月）。
＊16　夏の問題は、今後の課題としてさらに考えてたい。
＊17　小穴規矩子「浮舟物語の構想―『宇治十帖の結末についての考察』―」（『国語国文』第二十五巻第五号、一九五六年）。
＊18　「下草のをかしき花ども、紅葉など折らせたまひて、宮に御覧ぜさせたまふ」（東屋⑥八八）、「母宮にも姫宮にも聞こえたまふ」（東屋⑥九八）など。薫は身分の窮屈さを幾度も述べている。
＊19　女二の宮の髪の美しさはそれじたいとしては語られない。浮舟の髪を「宮の御髪のいみじくめでたきものにも劣るまじかりけり」（東屋⑥九八）と比較される。衣装については、三田村雅子「浮舟物語の〈衣〉―贈与と放棄―」（＊6前掲書）。
＊20　土方洋一「〈姉妹連帯婚〉的発想」（『源氏物語のテクスト生成論』笠間書院、二〇〇〇年）。
＊21　ここで女一の宮について論じることはできないが、女一の宮への憧憬には、薫の王権願望が息づいている。小嶋菜温子「女一の宮物語のかなたへ―王権の残像―」（『源氏物語批評』有精堂、一九九五年）。

＊22　徳江純子「蜻蛉・手習巻について―影の引力としての女二の宮―」（『平安朝文学研究』復刊第四号、一九九五年十二月）は、小野における浮舟が、柏木巻以降に朱雀院女二の宮の上に展開された小野における物語をなぞるような事態を迎えることになると読む。

3　延期される六の君の結婚
――葵の上の面影――

一　「ついでのまま」の縁談

斜陽の八の宮家の姉妹たちを女主人公に展開する宇治十帖の物語において、本来ならば薫や匂宮の恋の相手を演じる女主人公になりえたかもしれないのに、脇役的存在に甘んじる女たちがいる。今上帝鍾愛の内親王として薫に降嫁する女二の宮、中の君を不憫に思いながらも匂宮が渋々結婚する夕霧六の君である。彼女たちの結婚は、というより、薫と匂宮のこの政略結婚は、決して別個に成立するのではなく、懸案事項として連動して語られていくことになる。そして、二つの縁談は、予定調和的であるにもかかわらず、なかなか決定には至らない。縁談の成立、結婚の成就よりも、延期されることじたいが物語を生成していくような構造が、二人の女主人公候補を翻弄するのである。

宿木巻冒頭、女二の宮は唐突に登場する。それ以降、薫と女二の宮、匂宮と六の君の縁談は連動して語られている。母藤壺の女御が女二の宮の裳着を待たずに急逝し、後見のない女二の宮を案じる今上帝が薫との縁組をほのめかしたとき、夕霧はひどく動揺する。

かかることを、右大臣ほの聞きたまひて、六の君はさりともこの君にこそは、しぶしぶなりとも、まめやかに恨み寄らばつひには、え否びはてじ、と思しつるを、思ひの外のこと出で来ぬべかなりとねたく思されければ、兵部卿宮、はた、わざとにはあらねど、をりをりにつけつつをかしきさまに聞こえたまふことなど絶えざりければ、さばれ、なほざりのすきにはありとも、さるべきにて御心とまるやうもなどかなからん、水漏るまじく思ひ定めんとても、なほなほしき際に下らん、はた、いと人わろく飽かぬ心地すべし、など思しなりにたり。（宿木⑤三八〇）

つまり、夕霧自慢の娘六の君の婿は、はじめは薫が第一候補者であったという。たとえ薫が消極的であったとしても、いつかは受けてもらえる縁談だと油断していた隙に、思いがけず女二の宮降嫁の話が持ち上がってしまった。ならば、匂宮しかいないという。

女二の宮には、際立った個性も劇的な運命も与えられることがなく、浮舟の悲劇の外郭的要因であるにすぎない。[*1]近年の研究では、これまで見過ごされてきた宇治十帖の政治問題に関心が集まり、女二の宮と薫の結婚にも、今上帝の政治的思惑が読み取られている。無論、六の君の結婚の背景にも、明石の中宮や夕霧の目論見がある。六の君もまた脇役的立場を抜け出すことはないが、宇治の姉妹たちの結婚問題を左右せずにおかないのである。六の君の結婚をめぐる展開に軸を置いてみたとき、宇治十帖の物語世界はいかに解体されるのだろうか。

夕霧の訴えを受けた明石の中宮も匂宮に饒舌に語りかけ、親王としてのあるべき姿を説いている。このとき、女二の宮は十四歳、六の君は二十歳ほど。薄幸の藤壺の女御の死が、薫や匂宮を取り巻くしがらみを顕在化させた。藤壺の女御が死去した夏には、宇治ではすでに八の宮は崩じており、薫は大君・中の君を垣間見ている。晩秋には八の宮の一周忌をかいがいしく準備しながら、薫を頑なに拒む大君に恋慕の情を訴えていたころである。実はその一方で、生活拠点である都では、薫と今上帝鍾愛の内親王との間に縁談が起こっていた。椎本・総角巻と宿木巻で同時進行する物語を読み合わせなければ、この輻輳的な状況は把握できない。さらに、この転換点は紅梅巻とも時を同じくしている。

例ならず言つづけて、あるべかしく聞こえさせたまふを、わが御心にも、もとよりもて離れて、はた、思さぬことなれば、あながちにはなどてかはあるまじきさまにも聞こえさせたまはん。ただ、いと事うるはしげなるあたりにとり籠められて、心やすくならひたまへるありさまのところせからんことをなま苦しく思すにものうきなれど、げに、この大臣にあまり怨ぜられはてんもあいなからんなど、やうやう思し弱りにたるなるべし。あだなる御心なれば、かの按察使大納言の紅梅の御方をもなほ思し絶えず、花紅葉につけてものたまひわたりつつ、いづれをもゆかしくは思しけり。（宿木⑤三八二）

これは、紅梅巻に「いといたう色めきたまうて、通ひたまふ忍び所多く、八の宮の姫君にも、御心ざし浅からで、いとしげう参で歩きたまふ」（⑤五五）とあった、八の宮の名がはじめて示された箇所に符合する。匂宮と中の君の結婚を大君に認めさせようと薫が奔走していたときに、匂宮は六の君との縁談を勧められていただけでなく、宮の御方を盛んに口説いていたことになる。この匂宮の多情ぶりをめぐっては、宇治の物語の始発以前に不遇な宮腹の姫君に惹かれる匂宮を描いておくことの重要性、宇治の姫君への思慕に妥当性を与える効果が指摘されている。[*2]

さて、翌春の中の君の上京を見届けた薫が、中の君に対する未練を断ち切るかのように女二の宮降嫁を承諾したのは、藤壺の女御の喪が明けた翌年の夏のことである。薫も匂宮も気のすすまない縁談を受け入れ、都世界の秩序の中に回帰していくが、その経緯をめぐる語りの方法は案外に複雑である。宿木巻より以前の、六の君に関する記述を振り返ってみる。

①大殿の御むすめは、いとあまたものしたまふ。大姫君は春宮に参りたまひて、またきしろふ人なきさまにてさぶらひたまふ。その次々、なほみなついでのままにこそはと世の人も思ひきこえ、后の宮ものたまはすれど、この兵部卿宮はさしも思したらず、わが御心より起こらざらむことなどは、すさまじく思しぬべき御気色なめり。大臣も、何かは、やうのものと、さのみうるはしうはと、しづめたまへど、またさる気色あらむをばもて離れてもあるまじうおもむけて、いといたうかしづききこえたまふ。六の君なん、そのころの、すこし我はと思ひのぼりたまへる親王たち、上達部の御心尽くすくさはひにものしたまひける。（匂兵部卿⑤一九）

②やむごとなきよりも、典侍腹の六の君とか、いとすぐれてをかしげに、心ばへなども足らひて生ひ出でたまふを、世のおぼえのおとしめざまなるべきしもかくあたらしきを心苦しう思して、一条宮の、さるあつかひぐさ持たまへらでさうざうしきに、迎へ取りて奉りたまへり。わざとはなくて、この人々に見せそめてば、かならず心とどめたまひてん、人のありさまをも知る人は、ことにこそあるべけれ、など思して、いといつくしくはもてなしたまはず、いまめかしくをかしきやうにもの好みさせて、人の心つけんたより多くつくりなしたまふ。

第三部の始発で、六の君は話題にのぼっていた。髭黒亡き後、明石の中宮の兄夕霧右大臣は、並ぶ者のない最高権力者である。多産の夕霧は、明石の中宮と連携した後宮政策にも抜かりはない。夕霧の長女の大姫君は東宮に入内し、次女の中姫君は「次の坊がねにて、いとおぼえことに重々し」（匂兵部卿⑤一八）き二の宮に嫁いでいるという。その「ついでのままに」、匂宮も夕霧の三番目の姫君と結婚するであろうと周囲も思い、母明石の中宮も言っているが、匂宮本人は乗り気ではないとある。まだ余裕のある夕霧も、自由恋愛を志向する匂宮に無理強いするような措置を講じてはいない。そして、夕霧の姫君たちの中でもとりわけ注目を集めているのが藤典侍腹の六の君である、と紹介されるのである。

夕霧は、期待の六の君を落葉の宮の養女にして、六条院で養育させていた。箱入り娘にしすぎないよう、適度に貴公子たちの関心を煽りながら。夕霧が復興させた新六条院で、六の君を「くさはひ」とした婿選びの物語が始まるかのような設定にちがいない。非の打ちどころのない六の君ならば、「この人々」すなわち薫や匂宮が気に入らないはずはない、と夕霧には自信があったようなのだ。（匂兵部卿⑤二二）

宇治の物語は、今上帝が長く在位しており、政治的には極めて安定しているように見える。右大臣夕霧を中心にした政治的安定、兄二の宮が次の東宮候補であるゆえの時間的猶予が与えられ、匂宮は自由奔放な振る舞いを容認されていた。第三皇子の匂宮にやがて立坊の可能性が生じてくることを踏まえれば、権力者夕霧と母明石の中宮の張り巡らせた囲いの内側で、匂宮は期間限定の自由を謳歌しているにすぎないのである。[*3] 夕霧や明石の中宮が考える匂宮の「ついでのままに」の結婚は、今上帝が「そのついでのままに」（宿木⑤三七七）思案した薫の女二の宮降嫁と呼応して、結局は都世界の既成の論理に回収され、周囲が理想と見る結婚をするほかない二人の立場を象徴している。

権勢家夕霧に誤算があったとすれば、匂宮が宇治の中の君に夢中になってしまったことである。匂宮には、周囲がお膳立てする縁談には興味がなかった。そうした匂宮の色好みぶりの証明が、六の君に対する無関心であり、宮の御方への執心である。宮の御方が六の君あるいは女二の宮の縁談が始動する宿木巻でもう一度だけ語られるのは、前掲の通りである。中の君が二条院に転居し、出産してその立場が保証されるまで、宮の御方に対する匂宮の関心は、再度語られることがなかった。その反面で、六の君の縁談については繰り返し触れられて、宇治の外側から都世界の秩序や論理をまとわりつかせつつ、宇治の物語を意味づけ、相対化するのである。その意味で、六の君の存在は極めて機能的である。

二　縁談成立までの紆余曲折

匂宮の宇治への傾斜は、母明石の中宮や夕霧の過保護・管理からの反発であり、逃避であった。それでも、宇治にも夕霧や明石の中宮の監視の目は否応なく届いている。初瀬詣でからの帰途、八の宮邸の対岸にある夕霧の山荘に中宿りをした際には、薫をはじめ、夕霧の子息の「右大弁、侍従宰相、権中将、頭少将、蔵人兵衛佐などみな」（椎本⑤一七〇）がこぞって迎え出た。匂宮をめぐる包囲網は明石の中宮の情報ネットワークでもあり、明石の中宮は匂宮の行動を監視、掌握し、幾度となく諫言して規制しようとする。[*4] 新婚三日目の婚儀の晩には、明石の中宮は早速、匂宮をつかまえて叱責して、宇治が気がかりで落ち着かない匂宮を相手にその口ぶりはいつになく厳しい。夜歩きを戒め、「上もうしろめたげに思しのたまふ」のだからと「里住みがちにおはしますを諫め」（総角⑤二七六）ている。

匂宮も、夕霧の機嫌をそこねるわけにゆかぬと認識しているようだ。[*5] 生真面目な夕霧を苦手とする匂宮は、夕霧が今上帝や明石の中宮に自分の陰口を叩くのも気にいらない。匂宮は次の東宮候補の筆頭なのであり、「もし世の中移りて、帝、后の思しおきつるままにもおはしまさば」、中の君を「人より高きさまにこそなさめ」（総角⑤二九〇）と思うのである。六の君との縁談問題が匂宮と中の君の関係を外側から意味づけるのは、宇治十帖の語りの方法なのであろう。中の君の立場を位置づける尺度は、都世界の既成の秩序である。今上帝も明石の中宮も、夕霧も、匂宮包囲網を狭めてくる。

宮は、たち返り、例のやうに忍びてと出で立ちたまひけるを、内裏に、「かかる御忍び事により、山里の御歩きもゆくりかに思したつなりけり。軽々しき御ありさまと、世人も下に譏り申すなり」と、衛門督の漏らし申したまひければ、中宮も聞こしめし嘆き、上もいとどゆるさぬ御気色にて、「おほかた心にまかせたまへる御里住みのあしきなり」と、きびしきことども出で来て、内裏につとさぶらはせたてまつりたまふ。左の大殿の六の君をうけひかず思したることとなれど、おしたちて参らせたまふべくみな定めらる。（総角⑤三〇一〜三〇二）

禁足令の発動である。匂宮の世評を気にかける今上帝の不安と憤慨は、頂点に達している。それも、夕霧の子息「衛門督」の告げ口があったからであった。怒り心頭の今上帝も明石の中宮も、もはや匂宮を甘やかしてはいられずに、匂宮が拒絶し続けてきた六の君との婚約を強引に決めてしまうのである。

この段階では、六の君や夕霧が体現する権力や、貴族的、世俗的な価値観や論理といったものは、中の君を傷つけ、大君を絶望の淵に陥れることになる。いったいどのような姫君なのか、六の君の実態はまるでわからず、実は都で起こっていたはずの薫と女二の宮の縁談を隠蔽したままで語られる大君の結婚拒否と死の物語を側面から支えていよう。総角巻では薫の結婚問題は意識されておらず、宿木巻の記述とは異なる経緯で、匂宮と六の君の縁談が整いつつある。一応の縁談成立までの過程で、匂宮を取り巻く事情がしだいに意味を帯びてくる。

宮は、まして、御心にかからぬをりなく、恋しくうしろめたしと思す。「御心につきて思す人あらば、ここに参らせて、例ざまにのどやかにもてなしたまへ。筋ことに思ひきこえたまへるに、軽びたるやうに人の聞こゆべかめるも、いとなむ口惜しき」と、大宮は明け暮れ聞こえたまふ。（総角⑤三〇二〜三〇三）

次期東宮に期待される匂宮なればこそ、度重なる明石の中宮の説得にも厳しさが増し、六の君と結婚した上で中の君を召人として側に置けばよいとまで言う。この過保護でお節介な助言は、「なほさるのどやかなる御後見をまうけたまひて、そのほかに尋ねまほしく思さるる人あらば参らせて、重々しくもてなしたまへ」（総角⑤三一四〜三一五）と繰り返されることになる。

一方、病床の大君に打撃を与えたのは、薫の従者が親しい若い女房を相手にした、匂宮についての「左の大殿の姫君をあはせたてまつりたまふべかなる、女方は年ごとの御本意なれば、思しとどこほることなくて、年の内にありぬべかなり」（総角⑤三〇九）という噂話であった。匂宮と六の君の縁談成立を知ってしまった大君は、これで中の君は棄てられてしまうのだと思い込み、薫を拒み続けて死んでいく。しかし、相変わらず、六の君は見えざる脅威にすぎない。大君の男性不信を増幅させて死に向かわせればよいだけなのだから、幻想の六の君でいいのである。
大君が死に追いやられたことで、思いがけず、匂宮は明石の中宮から中の君引き取りの許しを得られることになった。六の君という虚像の本領発揮は、ここからである。

かの宮よりは、「なほかう参り来ることもいと難きを、思ひわびて、近う渡いたてまつるべきことをなむ、たばかり出でたる」と聞こえたまへり。后の宮聞こしめしつけて、中納言もかくおろかならず思ひほれてゐたなるは、げに、おしなべて思ひがたうこそは誰も思さるらめと心苦しがりたまひて、二条院の西の対に渡いたまひて、時々も通ひたまふべく、忍びて聞こえたまひければ、女一の宮の御方にこと寄せて思しなるにやと思しながら、おぼつかなるまじきはうれしくて、のたまふなりけり。

（総角⑤三四一）

匂宮がひそかに中の君を迎え取る計画を進めていたところ、それをいち早く耳にした明石の中宮が、寛容にも認可を与えたのである。翌春の二月、中の君はひとり宇治を出る。「世人」も中の君の存在を認めた（早蕨⑤三六四）。その煽りを受けざるをえないのが、六の君である。

右の大殿は、六の君を宮に奉りたまはんこと、この月にと思し定めたりけるに、かく思ひの外の人を、このほどより前にと思し顔にかしづきすゑたまひて、離れおはすれば、いとものしげに思したりと聞きたまふも、いとほしければ、御文は時々奉りたまふ。御裳着のこと、世に響きていそぎたまへるを、延べたまはんも人笑へなるべければ、二十日あまりに着せたてまつりたまふ。

（宿木⑤三六五〜三六六）

噂されていた年内の婚儀が実現しなかったばかりか、中の君が上京した二月、夕霧は匂宮をついに婿取ろうと予定していたようなのに、当代一の権勢家が「思ひの外の人」に憚って婚儀を延期するはめになったという。夕霧の屈辱は、相当なものであったにちがいない。ならば薫はどうかと打診してみるものの、大君を喪ったばかりの薫が承諾するはずもない（早蕨⑤三六六）。中の君が都に上り、六の君が裳着を迎えた二月の前年には、すでに女二の宮と薫の縁談が内々に検討されてもいたはずである。夕霧はだからこそ、何としても六の君を匂宮にと懸命になっていたのであった（宿木⑤三八〇）。

三　可憐な女郎花／葵の上の面影

早蕨巻の段階では、夕霧は薫の縁談を知らなかったかのように、匂宮がだめならば薫にと考えている。総角・早蕨巻の時点では、まだ女二の宮に関わる構想はなかったのかもしれない。[*6] 宿木巻になると、二組の結婚が連動して決定されたと定位し直されるのである。匂宮と六の君の縁組が成立したころ、薫も母藤壺の女御の喪が明けた女二の宮の降嫁を内諾し、二組の結婚はほぼ同時に正式決定する。藤壺の女御の死は薫二十四歳の夏ごろであったから、それはその一年後、薫二十五歳の夏。女二の宮の裳着は、さらに翌年の二月（中の君上京から一年後）まで持ち越される。藤壺の女御の喪の期間、準備されていた女二の宮の裳着は延期され、薫の結婚問題は水面下で交渉されていた形だ。

先述したように、焦燥感に駆られた夕霧はひとまず、六の君の「人笑へ」を避けるために裳着の式だけを決行した。親王としてのあるべき姿を説く明石の中宮の熱心な忠告もあって（宿木⑤三八〇〜三八一）、匂宮もようやく六の君との婚約を承知する。そうなると、中の君の不安は計り知れない。

右大殿には急ぎたちて、八月ばかりにと聞こえたまへり。二条院の対の御方には、聞きたまふに、さればよ、いかでかは、数ならぬありさまなめれば、かならず人笑みにうきこと出で来んものぞとは、思ふ思ふ過ぐしつる世ぞかし、あだなる御心と聞きわたりしを、（宿木⑤三八三）

元々「人笑へ」を怖れていたのは、六の君側に比べて弱者的立場にある中の君の側であったはずなのである。匂宮と結ばれた中の君の身の上を、大君は「人笑へ」なことにならないかと繰り返し案じていた（総角⑤二八九・二九九・三〇一）。その後、後見もなく、匂宮の愛情だけにすがる中の君の存在が、逆に夕霧・六の君側に「人笑へ」を危惧させ、狼狽させたのである。しかし、いざ匂宮と六の君の婚儀が間近になると、「人笑へ」意識が再び中の君側のものに戻るのも自然の流れである。

ところが、婚儀当日も夕霧は待たされる。折からの悪阻で気分のわるい中の君を気づかい、匂宮はなかなか六条院にやって来ない。待ち焦がれる夕霧は「思す人持たまへればと心やましけれど、今宵過ぎんも人笑へなるべければ」（宿木⑤四〇一）、息子の頭中将を使いに遣って来訪を促すのであった。

これ以後、双方ともに「人笑へ」の心配を抱くことはない。匂宮の中の君に対する誠意に変わりはなかったし、六の君にも魅了される。一方、内親王降嫁という破格の厚遇を受けた薫の婿ぶりも、なかなか様になっていた。匂宮も薫も、抵抗しつつも安易で現実的な政略結婚に妥協し、母明石の中宮や女二の宮の膝下に戻ることになる。再びこの均衡が破られるためには、浮舟の登場を待たねばならない。六の君の結婚問題は、大君を追いつめ、上京後の中の君に試練を与えて薫との接近を許し、浮舟登場を間接的に促す機能的役割を負っているのである。

では、正面から語られることのない六の君は、どのように造型されているのであろうか。十分に成熟した六の君は、「人のほど、ささやかにあえかになどはあらで、よきほどになりあひたる心地」（宿木⑤四〇五）で「大きさよきほどなる人」（宿木⑤四一九）であった。気位の高いところもなく、その容姿も「すべて何ごとも足らひて、容貌よき人と言はむに飽かぬところなし」（宿木⑤四一九）と最大級に評価される。恥じらいもあり、接していて手応えのある才覚も備えていた。程良い背丈と体格が過不足ないことは再び確認され、匂宮が魅了された新妻六の君が「盛り」の容貌であることは、当該例の他でもしきりに強調されるところである。

二十に一つ二つぞあまりたまへりける。いはけなきほどならねば、片なりに飽かぬところなく、あざやかに盛りの花と見えたまへり。限りなくもてかしづきたまへるに、かたほならず。

（宿木⑤四一九～四二〇）

中の君と六の君の優劣が微妙な序列構造は、六の君の大輪の花のように咲き誇る美に比して、匂宮が中の君の個性を「やはらかに愛敬づきらうたき」（宿木⑤四二〇）と感じていることからも明らかである。中の君に対して繰り返し用いられる鍵語「らうたし」「らうたげ」は、六の君の結婚後にしばしば見える。

①らうたげなるありさまを見棄てて出づべき心地もせず、いとほしければ（宿木⑤四〇一～四〇二）

②むげに世のことわりを知りたまはむこそ、らうたきものからわりなけれ（宿木⑤四〇九）

③らうたげに心苦しきさまのしたまへれば、えも恨みはてたまはず（宿木⑤四三六）

④いと見まほしくらうたげなり（宿木⑤四六五～四六六）
⑤扇を紛らはしておはする心の中も、らうたく推しはからるれど（宿木⑤四六六）
⑥いとどらうたげなる御けはひなり（浮舟⑤一三九）

これらは、匂宮の視線から形象された中の君である。健気に振る舞う中の君はいっそう可憐に魅力的で、匂宮は何とかしてかばってあげたいと思う。包容力のある思いやりは、豪華にしつらえられた部屋で父夕霧や養母落葉の宮、多くの兄弟にかしづかれる六の君に対比されたときにこそ、孤独な中の君に対して強く抱かれるのである。中の君の「らうたし」「らうたげ」に対して、夕霧・六の君周辺には「うるはし」「うるはしげ」が頻出される。

①大臣も、何かは、やうのものと、さのみうるはしうはと、しづめたまへど（匂兵部卿⑤十九）
②三条殿と、夜ごとに十五日づつ、うるはしう通ひ住みたまひける（匂兵部卿⑤二〇）
③宰相の御兄の衛門督、ことごとしき随身ひき連れてうるはしきさまして参りたまへり（総角⑤二九四）
④ただ、いと事うるはしげなるあたりにとり籠められて（宿木⑤三八一）
⑤御台八つ、例の御皿などうるはしげにきよらにて（宿木⑤四一四）
⑥例のうるはしきことは目馴れて思さるべかめれば（宿木⑤四二〇）
⑦何ごともいとうるはしくことごとしきまで盛りなる人の御装ひ（宿木⑤四三七）
⑧ことごとしくうるはしくて、例ならぬ御事のさまもおどろきまどひたまふ所にては（蜻蛉⑥二二四）
⑨「それは、容貌もいとうるはしうきよらに、……」（手習⑥三五九）

夕霧の真面目な態度であったり、六の君の装束やしつらいであったりと夕霧家に「うるはし」「うるはしげ」が繰り返し用いられている。宿木巻に用例が集中するのは、中の君の「らうたし」「らうたげ」の比較対象となっているからである。深窓の姫君である六の君の、立派できちんと整った立ち居振る舞いが象徴される語彙であろう。堅苦しさをともなう「うるはし」「うるはしげ」は必ずしも褒め言葉ではなく、その端正さが負性につながった例としては、葵の上が想起される。

若い光源氏には、葵の上の「あまりうるはしき御ありさまの、とけがたく恥づかしげに思ひしづまりたまへる」（帚木①九二）「絵に描きたるものの姫君のやうにしすゑられて、うちみじろきたまふこともかたく、うるはしうてものしたまふ」（若紫①二二六）様子が物足りなかった。葵の上は夕霧の母であり、六の君の祖母である。左大臣家に継承される遺伝的性質を見出すこともできるのである。[*7] 葵の上も六の君も、限られた場面にしか登場せず、詠歌もない。六の君の後朝の文は、落葉の宮の代筆であった。

女郎花しをれぞまさる朝露のいかにおきけるなごりなるらん（宿木⑤四一一）

六の君に和歌を詠む教養がなかったわけではない。「女郎花」＝六の君は物思いに沈んでいて書けないという。「継母の宮」（宿木⑤四一〇）は、「なやましげ」（宿木⑤四一一）な六の君の媚態を受動的に男を待つしかない立場のそれとして、匂宮の憐憫を求めている。[*8] それが自身の詠歌ですらないところに、六の君の希薄な存在感が浮き彫りになっていよう。六の君の「うるはし」「うるはしげ」な美は権力的な威圧感さえ漂わせていたのに、その圧迫感は塗り込められてしまう。六の君を葵の上の二の舞にしてはならないのである。かばわれねばならない弱者は中の君のはずであるのに、それを逆転して位置づけようとする演出なのにちがいない。

愛情問題では、六の君は不利である。匂宮はすでに、中の君に深い愛情を誓っている。両者の立場は微妙な均衡を保っていくが、どちらが弱い立場なのかは観点によって入れ替わって曖昧なのである。そして、それなりに安定した妻の座を得た二人ともが、女主人公の立場を浮舟に譲っていくのは偶然ではあるまい。

四　六の君結婚の政治的意義

左大臣は、朱雀帝からの入内要請を退けてまで、葵の上を光源氏と結婚させた。右大臣家が目指す外戚政治とは別の将来設計を選択したことになる。しかし、葵の上の死後、母大宮は「この家にさる筋の人出でものしたまはでやむやうあらじと故大臣の思ひたまひて」（少女③三六）いたとして、弘徽殿の女御の入内も熱心に準備したのに、中宮の座を秋好に奪われたことだけは光源氏を恨んでいると告白する。左大臣家の後宮政策の失敗を嘆いた大宮は、生後まもなく母葵の上と死別した夕霧の養育に携わった。桐壺帝の皇妹である大宮は、后腹の内親王として左大臣に降嫁しており、皇族でありつつ藤家でもある二重性を生き、「大宮」と呼称される立場の重要性からも、彼女の存在意義は決して軽くない。[*9] 大宮が漏らす不満は、一族を繁栄に導くための叱咤として響いたにちがいない。

弘徽殿の女御は、頭中将の正室（右大臣の四の君）腹の娘で、かつて権勢を競っていた左右大臣家が藤氏として一体化する意志を一身に担わされた存在であり、[*10] 故左大臣の養女として入内したが、立后は実現しなかった。その無念は、頭中将が雲居の雁の今上帝入内を目指す執念につながる。「廷臣の家」[*11] を自負しつつも、弘徽殿の女御の敗北は、その後の左大臣一家に影響を及ぼしたようである。

光源氏と葵の上の結婚には、後見のない光源氏が左大臣という有力な後ろ盾を得る、重要な意味があった。匂宮は光源氏のように切迫した状況になく、縁談は将来の立坊に備えた保証にすぎなかった。匂宮の立坊については、匂兵部卿巻で次期東宮と目されていた兄二の宮が、蜻蛉巻では式部卿となっており、判然としない。匂兵部卿巻の記述を重視すれば、東宮（一の宮）→二の宮→匂宮という順の立坊予定となる。二の宮と匂宮のどちらが東宮に立とうとも、現政権の骨格は何ら揺るがないかもしれない。[*12] しかし、夕霧にとっては大問題だ。二の宮にはすでに次女を嫁がせている。匂宮が立坊するのならば、さらに手を打つ必要があった。夕霧の後宮政策の成果は、実はまだ道半ばなのである。

総角・宿木巻で、明石の中宮によって今上帝の譲位がほのめかされ（宿木⑤三八二）、東宮候補として匂宮の立場が強調され始める。明石の中宮の影に隠れがちで、今上帝の真意が測りがたいことじたいが、今上帝の意志なのか。今上帝の外戚であった髭黒大臣もすでに亡いことから、今上帝は明石の中宮の兄夕霧を頼り、皇子たちに次々と婚姻関係を結ばせているのかもしれない。[*13] あるいは、今上帝が夕霧体制に歯止めをかけたいと思っているのであれば、次期東宮が夕霧に婿取られた二の宮から匂宮にすり替えられるのも、朱雀皇統の血を引く薫に鍾愛の女二の宮を降嫁させることにこだわるのも、明石の中宮・夕霧連合に対する今上帝の反逆として意味づけられるのだろうか。[*14] それとも、今上帝も明石の中宮も、夕霧も、兄弟三人による連続の皇位継承を望んでいるのか。[*15] 確かなことは、匂宮・薫をめぐって、王権に絡んだ目論見がひそかに息づいていることである。

匂宮の立坊・即位が本当に実現するかはわからない。物語にはあくまでも、その可能性がしばしば予見されているだけなのだから。[*16] 今上帝の譲位問題に加え、宇治十帖後半になるとしだいに病気がちになる明石の中宮の健康問題も不安で、匂宮を守ってきた王権は、かすかに揺らぎつつある。となれば、明石の中宮と緊密な連携を維持してきた夕霧の政治的繁栄も、案外に脆弱とも言える。それだけに、明石の中宮も夕霧もこの良縁に執着したのである。

三条殿腹の大君を、春宮に参らせたまへるよりも、この御事をば、ことに思ひおきてきこえたまへるも、宮の御おぼえありさまからなめり。（宿木⑤四二〇）

夕霧は政治生命を賭して、匂宮と六の君の結婚に奔走していたのであった。しかし、後宮政策に熱心なのは、夕霧だけではない。左大臣の無念や大宮の不満は、紅梅大納言にまで引き継がれていよう。兄柏木の死去のため、次男であった紅梅大納言が、藤家を継承している。紅梅大納言も、前妻腹の大君を東宮に入内させていた。「春日の神の御ことわり」がもし実現すれば、故大臣（父頭中将）の弘徽殿の女御の立后かなわなかった心痛を慰めることができると思う。大君の立后を期待する叙述からは、先の大宮の不満が呼び起こされるようである。

例の、かくかしづきたまふ聞こえありて、次々に従ひつつ聞こえたまふ人多く、内裏、春宮より御気色あれど、内裏には中宮おはします、いかばかりの人かはかの御けはひに並びきこえむ、さりとて、思ひ劣り卑下せんもかひなかるべし、春宮には、右大臣殿の並ぶ人なげにてさぶらひたまへばきしろひにくけれど、さのみ言ひてやは、人にまさらむと思ふ女子を宮仕に思ひ絶えては、何の本意かはあらむ、と思したちて、参らせたてまつりたまふ。（中略）春日の神の御ことわりも、わが世にやもし出で来て、故大臣の、院の女御の御事を胸いたく思してやみにし慰めのこともあらなむと心の中に祈りて、参らせたてまつりたまひつ。（紅梅⑤四一〜四二）

紅梅大納言は、明石の中宮の威勢に気が引けて、大君を今上帝ではなく東宮に入内させたという。玉鬘も、「中宮のいよいよ並びなくのみなりまさりたまふ御けはひにおされて」（竹河⑤六一）、今上帝に大君を参入させることを断念した。匂宮三帖のこうした語り方は、明石の中宮や夕霧の威光、権力に対する嫉妬や不満を抱き、光源氏一族の栄華の背後で抑圧される者たちがいることを明らかにする。女二の宮の母藤壺の女御も、明石の中宮に「圧されてまつりぬる宿世」（宿木⑤三七三）を嘆きながら死去した。宇治の物語における明石の中宮が、その寛容さとは裏腹に、実は「抑圧者」の役割を負っていることは重要だ。[*17] 東宮に入内した紅梅大納言の大君が后に立つことは、夕霧の大君が寵愛を専らにしていて難しい（匂兵部卿⑤十九）。紅梅大納言家や髭黒・玉鬘家の巻き返しの可能性は、明石の中宮の「御けはひ」によって断たれてしまう。

もう一人、遠く左大臣家の血統をひそかに受け継ぐのは、柏木の罪の子薫である。まさに「潜在藤家」のように。薫は同時に、女三の宮を通して朱雀院の血を引く。今上帝が薫を重んじるのも、「母方の御方ざまの御心寄せ深」（匂兵部卿⑤二五）いためであった。今上帝は、女二の宮の婿として薫以外の候補を考えていない。婿に立候補して退けられたのが紅梅大納言であり、薫に対する今上帝の厚遇に激怒していることも、藤家の表裏する直系を物語っているようで興味深い。この沙汰は、ある意味では夕霧体制への牽制とも取られようし、[*18] 今上帝と薫の「共同統治体制」への布石ともなる。[*19] 薫の「潜在藤家」性は、朱雀院の孫、今上帝の婿という表層の社会的立場によって希薄化されている。

では、あの大宮の正直な不満が宇治十帖にまで反響しているとしたら、曾孫にあたる六の君こそがそれを解消できないのか。葵の上を母とする夕霧も、二世源氏でありながら摂関家的な権門であり、藤家的性格も濃い。しかし、脇役六の君にその任は重すぎるだろうか。大宮の不満を晴らすのは、彼女が養育した夕霧と雲居雁の間に生まれた姫君がふさわしいのかもしれない。東宮に入内した長女は、宿木巻の記述に従えば、雲居雁腹である。[20] しかし、この大君にも、六の君にも皇子が誕生したとは語られないまま、物語は閉じられる。

明石の中宮は、懸案の匂宮と六の君の結婚に安堵したように、三日夜の儀の当日から病み始める。慢性的に病づく明石の中宮に取り憑いた「御邪気」を、夕霧は「恐ろしきわざなりや」（浮舟⑥一七二）と怖れ、女一の宮も執拗な「御物の怪」（手習⑥三三三）に悩まされて、それを調伏した横川の僧都に聞いた「御物の怪の執念きこと」（手習⑥三四五）に、明石の中宮は怯えている。[21] この臆病さは何か。都の頂点に君臨する者の権力的な傲慢さが、その背景にあるのではないか。寡黙になった明石の中宮は、浮舟に耽溺する匂宮を、今度は自身の体調不良によって奪還するしかなかった。無理矢理に押し進めた六の君の結婚が正しかったのかどうかは、鈍感な明石の中宮にも夕霧にもわからないのである。

しかし、「抑圧者」明石の中宮自身には、何ら悪意はない。明石の中宮の発言は常に、匂宮の母親としての責任と慈愛からである。[22] 優しい明石の中宮は、六の君だけに肩入れして支援するのではなく、中の君の出産に際しては、今上帝の賛同を得て産養を主催し、中の君に匂宮の第一皇子の母として公的な認知を獲得させるのであった。

八の宮家再興の鍵をにぎる中の君は、その後の物語の女主人公とはならない。正編の女主人公のように「家の遺志」を果たそうとする女は、女主人公になりえないのである。[23] 六の君も同じである。皇位継承の行く方も、立后の悲願も重要ではない。明石の中宮は、善意から浮舟の生存を薫に知らせ、匂宮には内緒にする。匂宮への情報漏洩を心配する薫に、「大宮」と呼称される明石の中宮は「いともの恐ろしかりし夜のことにて、耳もとどめざりしことにこそ。宮はいかでか聞きたまはむ」（手習⑥三六七）と答え、聞かなかったふりをする。耳を閉ざした真似をし、匂宮に秘密をもつ明石の中宮はもう、以前の威厳と自信に満ちたその人ではないのかもしれない。明石の中宮その人の変容は、正編における物語世界の価値観が崩壊していく結末を物語っているのである。*24

注

*1　本書・第二章「2　今上女二の宮試論―浮舟物語における〈装置〉として―」。

*2　三田村雅子「第三部発端の構造―〈語り〉の多層性と姉妹物語―」（『源氏物語　感覚の論理』有精堂、一九九六年）、神野藤昭夫「紅梅巻の機能と物語の構造―『源氏物語』宇治の物語論のための断章―」（『源氏物語とその前後』桜楓社、一九八五年）。

*3　室伏信助「続編の物語の胎動―匂宮・紅梅・竹河の世界―」（新大系本『源氏物語　第四巻』岩波書店、一九九六年）。

*4　本書・第二章「1　明石の中宮の言葉と身体―〈いさめ〉から〈病〉へ―」。また、三角洋一「明石の中宮を通して宇治十帖を読む（上）（下）」（『むらさき』第四十二・四十三輯、二〇〇五年十二月・二〇〇六年十二月）。

*5　「さばかりいかでと思したる六の君の御事を思しよらぬに、なま恨めしと思ひきこえたまふべかめり」（総角⑤二九〇）、「大殿の六の君を思し入れぬこと、なま恨めしげに大臣も思したりけり」（椎本⑤二二五）とあった。

*6　小穴規矩子「源氏物語第三部の創造」（『国語国文』第二十七巻第四号、一九五八年四月）。

*7　新山春道「うるはし」（『源氏物語事典』大和書房、二〇〇二年）など。

*8　女郎花はむしろ落葉の宮物語に位置づけられる花であることは、鈴木裕子「苦悩する〈母〉―娘の人生を所有する母」（『源氏物語を〈母と子〉から読み解く』角川書店、二〇〇五年）。

*9　土居奈生子「『源氏物語』左大臣の妻〈大宮〉について」（『源氏物語と帝』森話社、二〇〇四年）。

*10　秋山虔「もう一人の弘徽殿女御をめぐって」（『武蔵野文学』第四十八集、二〇〇〇年十一月）。

*11　日向一雅「桐壺帝と大臣家の物語」（『源氏物語の準拠と話型』至文堂、一九九九年）。

*12　大朝雄二「匂宮論のための覚え書き」（『源氏物語の探究　第二輯』風間書房、一九七六年）。

*13　湯浅幸代「薫の孤独―匂宮三帖に見る人々と王権―」（『人物で読む源氏物語／薫』勉誠出版、二〇〇六年）。

*14　縄野邦雄「東宮候補としての匂宮」（『人物で読む源氏物語／匂宮・八宮』勉誠出版、二〇〇六年）。

*15　辻和良「明石中宮と『皇太弟』問題―『源氏幻想』の到達点―」（『源氏物語　重層する歴史の諸相』竹林舎、二〇〇六年）。

＊16　助川幸逸郎「匂宮の社会的地位と語りの戦略―〈朱雀王統〉と薫・その1―」(『物語研究』第四号、二〇〇四年三月)は、その実現の可能性を否定する。

＊17　岡部明日香「竹河巻の『嫉妬する中宮』像の形成―正編及び宇治十帖との関係性―」(『源氏物語の鑑賞と基礎知識／匂兵部卿・紅梅・竹河』至文堂、二〇〇四年十二月)。

＊18　＊14・縄野論文。

＊19　＊16・助川論文。

＊20　夕霧巻では、大君は藤典侍腹となっているが、今は問わない。

＊21　三田村雅子「もののけという〈感覚〉―身体の違和から―」(フェリスカルチャーシリーズ①『源氏物語の魅力を探る』翰林書房、二〇〇二年)。

＊22　＊4・拙稿、＊15・辻論文。

＊23　吉井美弥子「宇治を離れる中の君―早蕨・宿木巻―」(『源氏物語講座　第四巻』勉誠社、一九九二年)。

＊24　鈴木裕子「〈母〉のパラダイム・『源氏物語』明石の中宮を中心に」(『駒澤日本文化』第一号、二〇〇七年十二月)。

4　浮舟の〈幼さ〉〈若さ〉
――他者との関係構造から――

はじめに

宇治十帖には〈子ども〉についての叙述が少なく、[*1]代わって〈老人〉の存在が大きく浮上している。[*2]薫に出生の秘密を語り、宇治の姉妹たちとの恋の仲立ちをする〈老女房〉弁の君の活躍は言うまでもなく、浮舟がたどりつくのは老尼たちが身を寄せる小野の地である。妹尼の留守に老いた母尼が横川の僧都に仲介し、浮舟の出家は遂げられることになる。宇治十帖の主人公たちは、〈老人〉〈老女房〉たちに幾重にも囲繞され、執拗に揺さぶられ続けるのであった。

その宇治十帖の物語世界において、浮舟は、しばしば〈幼さ〉〈若さ〉が指摘される女主人公なのである。〈老人〉〈老女房〉の役割が論じられる一方で、宇治十帖の〈幼さ〉〈若さ〉の問題は見過ごされがちであったと思われる。本論では、浮舟の〈幼さ〉〈若さ〉がいかなる意味を担うのかを検討することによって、浮舟の人物造型と混沌とした宇治十帖の物語世界を相対化し、浮舟をめぐる人物相互の関係構造について考察を試みたい。

一　浮舟の〈成熟〉〈未成熟〉の狭間

浮舟が物語世界ではじめて詠んだ和歌は、反実仮想をともなって、帰属する拠り所のない彼女の漂泊する悲しみを表していた。

「つれづれは何か。心やすくてなむ。
ひたぶるにうれしからまし世の中にあらぬところと思はましかば」

と、幼げに言ひたるを見るままに

（東屋⑥八三〜八四）[*3]

現実世界からの逃避願望は浮舟なりに深刻であるのに、世俗的栄達を娘に期待するあまり、母中将の君にはそれが理解できない。その後の運命を確かに先取りしたような、浮舟のぼんやりとした不安が殊更「幼げに言ひたる」と受けとめられるところに、浮舟物語における〈幼さ〉〈若さ〉の問題の所在をまずは認めることができる。

宮の上の御ありさま思ひ出づるに、若い心地に恋しかりけり。あやにくだちたまへりし人の御けはひも、さすがに思ひ出でられて、何ごとにかありけむ、いと多くあはれげにのたまひしかな、なごりをかしかりし御移り香も、まだ残りたる心地して、恐ろしかりしも思ひ出でらる。

（東屋⑥八二）

隠れ家での孤独な生活を「つれづれ」ではないと言った浮舟は今、恋という未知の感覚に目覚めつつある。「若い心地に恋し」いのは、中の君の華やかな暮らしぶりであり、思いがけず匂宮に接近された記憶であった。匂宮の移り香が残っているような甘美な感覚が、浮舟の身体にまとわりついているのである。無意識ながら恋の官能をさぐりあてようとする浮舟の和歌は、「母の思うままではない意思を持って未成熟から成熟へ向かっている」[*4]ことが、ふと表現されてしまったものであろう。

浮舟の〈成熟〉〈未成熟〉は単純ではない。浮舟を二条院から慌てて引き取ろうとする中将の君が、浮舟を「あやしく心幼げなる人」と言ったのに対して、姉中の君は「いとさ言ふばかりの幼げさにはあらざめるを」（東屋⑥七五）と否定する。母の知らない浮舟は、好色な匂宮を誘惑し、夢中にさせるほどの性的魅力をもった二十一歳の女なのである。中の君の否定は、母娘の齟齬を言い当てていたことになる。中将の君が保護し慈しむ浮舟の〈幼さ〉〈若さ〉は、母にうなづき寄り添う娘の従順な〈未成熟〉であったはずである。中将の君は、思慮深く慎重な薫にこそ浮舟を託したいと考え、「若き人はまして」（東屋⑥八一）、薫を慕うにちがいないと思って疑わない。ところが、「若き心地には、思ひも移りぬべし」（浮舟⑥一三二）「ことにいと重くなどはあらぬ若き心地に、いとかかる心を思ひもまさりぬべけれど」（浮舟⑥一五七）とあり、薫の庇護を受けてもなお、浮舟は情熱的な匂宮との許されざる恋に耽溺するのである。

浮舟の〈幼さ〉〈若さ〉は、母の望む安全策ではなく、もっと官能的で危険な恋へと向かっていく。確かに浮舟は、ともすれば官能に流されがちで、無防備で心弱い一面をもっている。しかし、それが浮舟という女の本性であるとは断言できない。寡黙で内気な浮舟は他者のさまざまな思惑や欲望に幾重にもくるまれた存在であり、それらに対して抵抗と挫折を繰り返したのが浮舟の物語であった。誰もが浮舟を所有しようとし、浮舟はその手から遁走する。

浮舟の〈幼さ〉〈若さ〉の問題も、浮舟と彼女をめぐる人々の葛藤の中に浮き彫りになるのだと思われる。

浮舟の〈成熟〉〈未成熟〉の微妙な判定は、常に宙吊りになっている。たとえば、浮舟を形容する頻出語である「おほどか」「おほどく」は、「未熟性」「脆弱性」を内包する語であるとされる。[*5] 女三の宮について「同じさまに若くおほどきておはします」（若菜下④一七八〜一七九）とあるように、〈幼さ〉〈若さ〉と密接に関わっていると言える。浮舟の〈幼さ〉〈若さ〉を示す語彙にほかならないが、浮舟に十例が用いられるこの語が、本当に浮舟の本質を表すのかどうかは疑問なのである。


人のさまいとらうたげにおほどきたれば、見劣りもせず、いとあはれと思しけり。（東屋⑥九二）

つつましげに見出だしたるまみなどは、いとよく思ひ出でらるれど、おいらかにあまりおほどきたるぞ、心もとなかめる。いといたう児めいたるものから、用意の浅からずものしたまひしはやと、なほ、行く方なき悲しさは、むなしき空にも満ちぬべかめり。（東屋⑥九六）

大君の形代として浮舟にはじめて接したとき、薫は、「いとらうたげにおほどきた」る浮舟にそれなりに満足し、愛着を覚えたはずであった。それなのに、宇治に向かう車中では一転して、「おいらかにあまりおほどきたる」点に物足りなさを感じるのである。この二例だけを確認しても、この鍵語と浮舟の微妙な関わりと違和感、薫の浮舟評価が恣意的であてにならないことは明らかであろう。

浮舟の「おほどか」な性質は、まず中の君が「いとおほどかなるあてさは、ただそれとのみ思ひ出でらるれば」（東屋⑥七三）と認めていた。匂宮に接近されて茫然としながらも、浮舟は「いとやはらかにおほどき過ぎたまへる君」（東屋⑥七二）であるから、中の君に対面して物語絵に見入り、中の君付きの女房に「昨夜の灯影のいとおほどかなりしも、事あり顔には見えたまはざりしを」（東屋⑥七四）と実事の有無を不審がられている。匂宮を誘惑した浮舟のいかにも初々しい様子は、その無意識の罪を不問にすると語られるのである。

中の君は、浮舟の「おほどかなるあてさ」が大君に似通うと見ていた。ところが、大君その人に対する「おほどか」「おほどく」は一例も見出せないのである。八の宮の「おほどか」な性情は、大君ではなく中の君に継承されている。[6] 薫の懸想を自分から逸らしたいという思惑から、中の君は浮舟を大君に似ていると見たにすぎない。薫や中の君とちがい、大君の面影を求める必要のない匂宮は、浮舟を「おほどか」と見ないことも指摘されている。[7]

さらに、物語の語り手さえも、浮舟という女を掌握していなかったようである。語り手はときに、浮舟に辛辣な批判を浴びせることを厭わない。それは、周囲の人々が浮舟に貼り付けてきた〈幼さ〉〈若さ〉というレッテルを剝ぎ取りかねない、乱暴で辛辣な批判である。

> 児めきおほどかに、たをたをと見ゆれど、気高う世のありさまをも知る方少なくて生ほしたてたる人にしあれば、すこしおずかるべきことを思ひ寄るなりけむかし。　（浮舟⑥一八五）

浮舟が入水などという大胆な行動に出たのは、その田舎育ちの出自ゆえであろうとし、浮舟が「児めきおほどか」であったのは外見だけで、見誤りであったとする。ここで訂正される「児めく」あるいは「児めかし」は、「おほどか」「おほどく」同様に「おっとりしている」「おおようである」の意で、大人になっても失われない、世間に汚されることのない純粋さを示す語である。[8]

薫は大君からの手紙を「いとめやすく児めかしきをかしく見」（橋姫⑤一五二～一五三）、その死後「児めかしく言少なるものからをかしかりける人の御心ばへかな」（宿木⑤四五九）と回想して、浮舟と同乗する車内では、「いといたう児めいたるものから」（東屋⑤九六）と思い出す。どちらにも逆接の確定条件の助詞「ものから」が付いている。[*9] 薫の回想する大君も生前の大君ではなく、幻想された大君なのである。[*10]

その屈折した人物像の理解の仕方は、浮舟に対しても同じである。語り手が把握していた「児めきおほどか」な浮舟像から、実際の浮舟は大きく逸脱していた。中の君も、浮舟を「おほどか」と見つつ、「さまよう児めいたるものから」と捉えた。見られる〈幼さ〉〈若さ〉はいつも、それとの違和と矛盾の中に提示されるのである。見られる浮舟も回想される大君も、その人物造型の輪郭は極めて不鮮明なのであった。彼女たちは、容易には一つの像を結ばない。それは、浮舟を名づける呼称が多岐にわたって定まらない問題にも通じる。[*11] その混沌、錯綜こそが、宇治十帖の複雑な人物世界であり、正編の世界とは異なる語りの方法なのであろう。

二　浮舟物語の〈幼さ〉〈若さ〉の過剰

薫は、浮舟の〈成長〉をも誤解してしまう。宇治に置き去りにしていた浮舟の様子が変わっているのを見て、「こよなうものの心知りねびまさりにけり」（浮舟⑥一四三）と思う。薫の留守中に起こった密通事件が浮舟を苦悩させているのであったが、不義の罪に怖れおののく浮舟に、何も知らない薫は「いとようも大人びたりつるかな」（浮舟⑥一四六）と感動するのである。しかし、浮舟の裏切りを知ったとき、薫は浮舟を容赦なく侮蔑する。

らうたげにおほどかなりとは見えながら、色めきたる方は添ひたる人ぞかし、（浮舟⑥一七五）

前掲の語り手と同じように、薫もまた、浮舟の「おほどか」な気質を否定するのである。そして、浮舟の入水を知ると、「こよなく言少なにおほどかなりし人は、いかでかさるおどろおどろしきことは思ひたつべきぞ」（蜻蛉⑥二三二）と不思議に思う。

また、宇治に逗留する匂宮に辟易した右近は、匂宮を手引きしてきた大内記を「いかで、かう心幼うは率てたてまつりたまひしぞ」（浮舟⑥一二八）と責める。薫は浮舟の「いと心幼く、とどこほるところなかりける軽々しさ」（蜻蛉⑥二六〇）を非難し、油断した自分こそが「幼けれ」（浮舟⑥一七四）と自嘲していた。右近も薫も、浮舟の密通を誰かの〈幼さ〉に原因づけようとするかのようだ。浮舟は、浮舟を見る人々の「おほどか」「おほどく」「見めく」「児めかし」といった形容をことごとく裏切っていくが、浮舟物語における〈幼さ〉〈若さ〉の問題は複雑に派生していくのである。

浮舟物語を揺るがし、危機的状況に導いていくのはいつも、誰かの〈幼さ〉〈若さ〉なのである。浮舟は少将との縁談を、異父妹の「まだ幼くなりあはぬ人」（東屋⑥三四）に奪われた。また、宇治十帖の〈子ども〉は大人との関わりの中でしか登場しないというが、その数少ない〈子ども〉が浮舟物語では活躍する。そもそも匂宮が浮舟を発見したのも見馴れない童を見かけたからであったし、浮舟から中の君に宛てた手紙を見せてしまい、匂宮が浮舟の居所を知るきっかけを作ってしまう「幼き人」（浮舟⑥一一二）は、二条院に仕える女童であった。中の君は「幼き人な腹立てそ」（浮舟⑥一一三）と女房を諫めている。罪を問えない無邪気な迂闊さが、浮舟を波乱に陥れる契機となった。小野の「こもき」という少女は、妹尼の留守中、中将の君の懸想を嫌って母尼のところに逃げた浮舟を置いて、珍しい男の客人のもとに戻ってしまい、語り手から「いとはかなき頼もし人なりや」（手習⑥三三〇）と揶揄されている。夢浮橋巻、薫の使者として浮舟を訪ねたのは、浮舟の異父弟である小君であった。あどけなく無邪気な衝動が、常に浮舟物語を展開させるのである。*12

あるいは、浮舟に仕える女房たちの中で、密通・入水の局面に関わるのは、弁の尼・浮舟の乳母という〈老人〉ではなく、「右近と名のりし若き人」（浮舟⑥一二〇）と「同じやうに睦ましく思いたる若き人」（浮舟⑥一四九）「いとめやすき若人」（浮舟⑥一五二）の侍従という、〈若人〉の二人である。*13 大君の周囲にいたのが〈老女房〉集団であり、中の君の上京に付き添うのが「年経たる人」（早蕨⑤三六三）「おとなおとなしき人」（宿木⑤四四〇）の大輔の君であったのと対照的である。彼女たちにも悪意も打算もないが、薫贔屓だったり匂宮贔屓だったりする彼女たちは、二人の男の狭間で引き裂かれる浮舟を救うことはできなかった。

ところで、橘の小島で過ごす浮舟と匂宮に付き従った侍従も、夕顔付きの右近と光源氏の乳母子・惟光のように、大内記時方と「物語」したとある。

侍従、色めかしき若人の心地に、いとをかしと思ひて、この大夫とぞ物語して暮らしける。（浮舟⑥一五三）

姉の三角関係の話を浮舟に語って入水決意に拍車をかける右近であるが、「右近」という名前は夕顔物語を想起させる。*14 浮舟も夕顔も、二人の男に肌を許した挙げ句に破滅に向かう女であり、二人の人物造型も似通う。「おほどか」「児めかし」という鍵語は、夕顔に対しても用いられているのである。*15

・人のけはひ、いとあさましくやはらかにおほどきて、もの深く重き方はおくれて、ひたぶるに若びたるものから世をまだ知らぬにもあらず（夕顔①一五三）、

・わがもてなしありさまは、いとあてはかに児めかしくて（夕顔①一五六）、

・母君は、ただいと若やかにおほどかにて（玉鬘③一一七）、

いずれも、光源氏のとらえた夕顔の美質である。夕顔はあきれるくらいに「おほどきて」見えたが、やはり逆接の「ものから」が付き、「世をまだ知らぬ」わけでもなく、つかみどころのない女であったという。その「けはひ」「もてなし」が「児めかし」く「おほどか」であっただけである。無心の〈幼さ〉と〈大人〉びた才覚の二面性を上手に発揮した紫の上や、確かにその生来の性質として〈幼さ〉を生きた女三の宮とは、[16]浮舟や夕顔の〈幼さ〉〈若さ〉の質はおのずとちがってくる。夕顔が〈幼く〉〈若く〉見えたのは、それが不幸な境遇を隠して何気なく生きていくための唯一の方法であり、男に見せる媚態でもあったにちがいない。浮舟が〈幼く〉〈若く〉振る舞うことも、いつも庇護され守られている自分であるために不可欠な、無意識に引き受けてきた役割演技でもあったのではないか。

・いと若びたる声にて言ふ（東屋⑥七二）。

・うち怨じたるさまも若びたり（浮舟⑥一三四）。

・のたまふさまも、げに何心なくうつくしく（手習⑥三一〇）、

・心ごはきさまには言ひもなさで、……胸つぶれて面赤めたまへるも、いと愛敬づきうつくしげなり（手習⑥三一

四）。

・例の、答へもせで背きゐたまへるさま、いと若くうつくしげなれば（手習⑥三四三）、

・おほどかにのたまふ（手習⑥三六一）。

浮舟はしばしば、対話場面において〈幼さ〉〈若さ〉の態度を見せている。夕顔の媚態にも似るそれは、常陸介の継子として育った浮舟の、いわば身体に染みついた身の処し方ではなかったであろうか。父宮の顔を知らず、母中将の君だけにすがって生きてきた浮舟の〈幼さ〉〈若さ〉は、精一杯の自己主張であったのかもしれない。内気で臆病な浮舟など、すぐに淘汰されてしまうのだから。

しかし、浮舟の肉体の〈若さ〉は、ときに彼女自身を裏切るのである。死を願っても、浮舟の〈若い〉生命力は、浮舟を死なせてはくれなかった。*17 小野における浮舟をめぐっては、「いと若ううつくしげなる女」（手習⑥二八六）「こはと見ゆるところなくうつくしければ」（手習⑥二八九）「ながめ出だしたまへるさまいとうつくし」（手習⑥三〇七）と見え、「おほどか」「児めく」に代わって、「うつくし」「うつくしげなり」によって形象されるようになる。尼たちの集団の中で一際目立つ長い黒髪も「六尺ばかりなる末ぞうつくしかりける。筋なども、いとこまかにうつくしげなり」（手習⑥三三三〜三三四）と言われる。その若い美貌についても、「容貌の見るかひありうつくしきに」（手習⑥三三二）「世をこめたる盛り」（手習⑥三一五）「あたら御容貌を」（手習⑥三三〇）「残り多かる御身」（手習⑥三四三）などと繰り返し惜しまれている。浮舟の心中は、「若き人とてをかしやかなることもことにな」（手習⑥三一三）いのに。

浮舟の〈幼さ〉〈若さ〉の振る舞いは、とりわけ小野の地において発揮されているらしい。浮舟を「はぐくみて」（手習⑥二九一）「親がりて」（手習⑥三一五）、所有しようとする妹尼がいる限り、浮舟の呪縛は解けない。それでも、正体

不明の浮舟は、ここでは純粋に愛らしい女として振る舞ってさえいればいい。浮舟を見つめる人々の興味本位な視線も、以前に比べれば単純である。

三　宇治十帖の〈老い〉と〈若さ〉

浮舟だけではない。宇治十帖の女主人公たちの〈成熟〉〈未成熟〉は、曖昧で主観的である。父八の宮の死後、大君は自分自身の結婚を拒否しつつも、みずから「親めきて」（椎本⑤二〇八）、「我よりはさま容貌も盛りにあたらしげなる中の宮」だけは結婚させたいと苦心する。大君の考えの論拠は、中の君は自分よりも姿も容貌も「盛り」に美しいのだという主観的な自己否定にあった。

二十六歳という年齢は結婚適齢期を過ぎてはいるものの、大君自身を追いつめていく〈老い〉意識は独りよがりな錯覚である。大君には、女三の宮に似通う〈幼児性〉も同時に認められる。[*18] 親役割を演じようとする〈大人性〉とぬぐいきれない〈幼児性〉の矛盾を抱えた大君像が見出されるのである。他者とのせめぎあう関係性から浮舟の〈幼さ〉〈若さ〉の問題が浮き彫りになるのに対して、大君の〈大人性〉と〈幼児性〉の場合は、家族役割をあえて引き受けるという関係構造に加えて、大君自身に極めて内向的で自虐的な思い込みが生じているという差異がある。

それは、薫が若者らしからぬ老成ぶりをきどっていることと響き合っているかのようである。母女三の宮は、薫を「親のやうに頼もしき蔭に思」（匂兵部卿⑤二三）っている。「幼心地にほの聞」（匂兵部卿⑤二三）いた出生の秘密に悩む薫には、「おのづからおよすけたる心ざま」（匂兵部卿⑤三〇）があるという。浮舟と同じく自分の帰属するところを知らない不安が、薫から〈幼さ〉〈若さ〉を奪ってしまった。八の宮が姫君たちを薫に託したのも、薫の「例の若人に似ぬ御心ばへなめる」（橋姫⑤一五三）様子を信頼したからである。薫もまた、大君を「今様の若人たちのやうに、艶げにももてなさで、いとめやすくのどやかなる心ばへならむ」（椎本⑤二一〇）と見て思慕する。大君のように自己肯定できない女をこそ愛し、執着してしまう薫なのである。[*19]

青春を謳歌して恋愛にも積極的な匂宮と対照的に、年齢相応の〈幼さ〉〈若さ〉を肯定できない者同士の薫と大君の恋は、確かに共鳴していながら、それゆえにも破局に向かっていかざるをえない。大君や薫、中の君の〈幼さ〉〈若さ〉意識をめぐっては改めて考察したいが、一方的な思い込みであったとしても、強い意志で薫を最期まで拒絶し続けた大君のような透徹した女主人公の形代として、『源氏物語』が最後に登場させた浮舟が何故、他者から〈幼く〉〈若く〉見られ続ける女として造型されたのか、問われなければなるまい。

そして、匂宮の母明石の中宮や薫の母女三の宮は、[*20]ともに〈若さ〉を失わない女たちであった。明石の中宮は「いよいよ若くをかしきけはひなんまさりたまひける」（総角⑥二七六）、女三の宮は「いと何心もなく、若やかなるさましたまひて」（橋姫⑤一六五～一六六）「親と思ひきこゆべきにもあらぬ御若々しさなれど」（総角⑤二三二）と語られるのである。しかも、これらはすべて薫の視点から見た〈幼さ〉〈若さ〉である。〈成熟〉を装う薫は、女の幼児性や若々しさに敏感なのだ。宇治十帖における女たちの〈幼さ〉〈若さ〉は、薫のコンプレックスを映す鏡でもあろう。

浮舟物語の進展につれて、明石の中宮は〈病〉がちになり、浮舟の失踪時には女三の宮の〈病〉のために薫は参籠する。〈幼く〉〈若い〉浮舟に息子たちが惹かれていくに従って、若々しかった二人の〈母〉に〈老い〉〈病〉が忍び寄ってくるのである。〈幼さ〉〈若さ〉の問題は、〈老い〉や〈病〉の問題と連動し、輻輳した展開の中に絡み合いながら迫り出しているにちがいない。その同時進行する対立構造において、浮舟の〈幼さ〉〈若さ〉が物語を牽引していくのである。

浮舟の〈幼さ〉〈若さ〉はいつも批判にさらされ、その〈成熟〉〈未成熟〉は常に未分化である。不遇で孤独な浮舟の〈幼さ〉〈若さ〉は、正編の紫の上や女三の宮のそれとはちがう。光源氏のように、彼女を熱心に教え導いてくれる父的存在も欠如していた。浮舟の前にはじめて父性を担って現れたともいえる横川の僧都に、生き迷う浮舟は繰り返し、教えを乞うている。自分自身では何一つ決断できなかったからこそ、入水などという無鉄砲な行動に出て、語り手までをあきれさせた。何も持たない、何も知らない浮舟の、弱さのただなかに立ちあらわれた捨て身の逞しさである。

浮舟の生存を知り、薫は浮舟の異父弟・小君を小野に遣わすが、結果は不首尾に終わる。「幼き心地にも」（夢浮橋⑥三八四）美しい姉を慕う小君を、浮舟は弟と認めない。浮舟とて、本当は懐かしかった。「かたみに思へりし童心を思ひ出づるにも」（夢浮橋⑥三八八）、母の消息を尋ねたい衝動に駆られる。それでも、浮舟はただ「童心」を封印し、頑なに薫を拒むだけである。

しかし、その先に何があるのか――。強引に出家を遂げたとはいえ、浮舟の本当の救済は混迷の中にある。勤行に励む浮舟の「うつくしき面様」は「化粧をいみじくしたらむやうに、赤くにほ」（手習⑥三五一）って生気が満ちていた。髪を下ろしてもなお、浮舟は若く、美しい。浮舟はこのまま、再び男に翻弄されることなく、出家生活を全うできるのかどうか。

浮舟を理解し、所有したと思い込む母中将の君も、薫も匂宮も、語り手さえも、本当の浮舟を知らない。否、本当の浮舟などいるのであろうか。浮舟を知ったと思ったその瞬間に、浮舟はひらりと身を翻してしまうのである。

注

＊1　平井仁子「『子』の意味を問う―源氏物語第三部における―」（『実践国文学』第三十八号、一九九〇年十月）。
＊2　永井和子『源氏物語と老い』（笠間書院、一九九五年）、外山敦子『源氏物語の老女房』（新典社、二〇〇五年）。
＊3　「世の中にあらぬところ」を求める浮舟については、別に論じたい。
＊4　鈴木裕子『『源氏物語』を〈母と子〉から読み解く』（角川叢書、二〇〇五年）。
＊5　中西良一「『おいらか』『おほどか』について―源氏物語用語覚書―」（『和歌山大学学芸学部紀要』第八号、一九五八年）。
＊6　針本正行「『源氏物語』の『おほどか』―宇治八の宮一族の血脈の言葉を視点として―」・中嶋朋恵「『源氏物語』浮舟における『おほどく』『おほどか』」（『王朝女流文学の新展望』竹林舎、二〇〇三年）。
＊7　北川真理「浮舟の形容語」（『学芸国語国文学』第十四号、一九七三年一月）。
＊8　原田芳起『平安時代文学語彙の研究　続編』（風間書房、一九七三年）。
＊9　大君の筆跡は匂宮によって「（中の君よりも）いますこしおとなびまさりて、よしづきたる書きざま」（椎本⑤一九五）と評価され、慎重で思慮深い性格は繰り返し語られている。
＊10　鈴木淑子「『源氏物語』における『こめかし』―気高さと未熟さ―」（『古代文学研究　第二次』第八号、一九九九年十月）、百井順子「『源氏物語』における『こめく』『こめかし』『ここし』について」（『解釈』第四十七巻、二〇〇一年四月）。
＊11　倉田実「浮舟という人―『…人』の表現性から―」（『大妻女子大学文学部紀要』第二十一号、一九八九年三月）、相馬知奈「多様化する浮舟呼称―関係規定装置として―」（『フェリス女学院大学　日文大学院紀要』第八号、二〇〇一年三月）、三田村雅子「浮舟を呼ぶ―『名づけ』の中の浮舟物語―」（『源氏研究』第六号、翰林書房、二〇〇一年四月）。
＊12　成人女性の〈幼稚性〉の問題と〈子ども〉の〈幼さ〉の問題は別個に捉えていくべきかもしれないが、宇治十帖における〈幼さ〉〈若さ〉をめぐる物語展開の特異なあり方を明らかにするために、あえて総体的に考察しておく。浮舟を翻弄する〈子ども〉たちは、ある意味で、浮舟の無意識の欲望を体現しているのではないだろうか。
＊13　沢田正子「浮舟物語の家司・女房たちの役割」（『講座源氏物語の世界〈第九集〉』有斐閣、一九八四年）など。
＊14　吉井美弥子「浮舟物語の一方法―装置としての夕顔―」（『中古文学』第三十八号、一九八六年十一月）。

＊15　針本正行「血脈の言葉—夕顔・玉鬘母子の『おほどか』—」（『平安女流文学の表現』おうふう、二〇〇一年）など。
＊16　本書・序論「2　幼さをめぐる表現と論理」、第一章「3　女三の宮の〈幼さ〉—小柄な女の幼稚性—」。
＊17　石阪晶子「『起きる』女の物語—浮舟物語における『本復』の意味—」（『源氏物語における思惟と身体』翰林書房、二〇〇四年）。
＊18　長谷川政春「拒む女—橋姫・椎本・総角」（『国文学』第三十二巻第十三号、学燈社、一九八七年十一月）。
＊19　三谷邦明「囚われた思想—薫幻想と薫の思想あるいは性なしの男女関係という幻影—」（『源氏物語の言説』翰林書房、二〇〇二年）。
＊20　本書・第二章「2　今上女二の宮試論—浮舟物語における〈装置〉として—」、同・第二章「1　明石の中宮の言葉と身体—〈いさめ〉から〈病〉へ—」。

初出一覧

序　書き下ろし

序論　二人の紫の上

1「二人の紫の上――女三の宮の恋――」

「女三宮の恋――もう一人の〈紫の上〉の行く方――」を改題『跡見学園女子大学　国文学科報』第二十六号、一九九八年三月

2「幼さをめぐる表現と論理」

『源氏物語と日本文学研究の現在―身体・ことば・ジェンダー　フェリス女学院大学日本文学国際会議』二〇〇四年三月

3「女三の宮前史を読む――もう一人の藤壺を呼び覚ますもの――」

『フェリス女学院大学大学院　日文大学院紀要』第七号、二〇〇〇年三月

第一章　紫のゆかりの物語

1「紫の上の〈我は我〉意識」

物語研究会／二〇〇八年五月例会における口頭発表をもとにしている

2「月下の紫の上――朝顔巻の〈紫のゆかり〉幻想――」

書き下ろし

3「女三の宮の〈幼さ〉――小柄な女の幼稚性――」

室伏信助監修／上原作和編集『人物で読む源氏物語　第十五巻　女三の宮』勉誠出版、二〇〇六年五月

4「紫の上の死――露やどる庭――」

書き下ろし

第二章　宇治十帖、姫君たちの胎動

1 「明石の中宮の言葉と身体――〈いさめ〉から〈病〉へ――」『中古文学』第六十九号、二〇〇二年五月

2 「今上女二の宮試論――浮舟物語における〈装置〉として――」『日本文学』第五〇巻第八号、二〇〇一年八月

3 「延期される六の君の結婚――葵の上の面影――」『フェリス女学院大学　文学部紀要』第四十三号、二〇〇八年三月

4 「浮舟の〈幼さ×若さ〉――他者との関係構造から――」『文学・語学』第一八八号、全国大学国語国文学会、二〇〇七年七月

＊収めた原稿には、必要に応じて加筆・訂正を加えた。

あとがき

私のはじめての論文が母校の紀要に掲載されたのは、一九九八年三月。ちょうど十年前のことになる。この十年、紫の上や女三の宮といったヒロインたちに語りかけ、問いかけ、共感してきた、その対話が本書のような気がする。

卒業論文で紫の上を取り上げ、修士論文で宇治十帖論に取り組み、博士論文では再び紫の上論を書いた。中学生のころから現代語訳や少女漫画などで『源氏物語』に親しんできた私にとって、アンや、ジュディやジョーと同じように、紫の上も女三の宮も、浮舟も、研究対象というよりも「心の友」と呼んだ方が正しいかもしれない。

このささやかな、でも精一杯の本書の最も大きな反省が、研究の方法に対する無頓着性と、その感情移入しすぎの姿勢である。いわゆる作中人物論が恣意的であるとして批判されて衰退した、その経緯も理由も承知していたが、それでも「姫君たちの源氏物語」に私なりにこだわってきたのは、細分化され理論化される研究動向への私のかすかな反撥であり、そこからこぼれ落ちてしまいかねない、大きな声にかき消されてしまいそうな、「姫君たち」の囁きにこそ、目を向け耳を傾けることから私の読みは始まっているからである。

本書は、博士論文「源氏物語の研究―紫の上物語の生成―」を骨子としている。二〇〇四年三月に学位を取得してから、四年の歳月が過ぎてしまった。審査してくださった森朝男先生、宮坂覺先生に深く感謝申し上げる。

フェリス女学院大学大学院に入学以来、三田村雅子先生のご指導を受け、先生の温かいご配慮と励ましに支えて頂きながら、私は遅々とした歩みをここまで続けてくることができた。研究者の卵として歩み始めた私をお導きくださった先生には、いくら謝辞を捧げても足りないと思われる。三田村雅子という存在は私にとって、はるかな憧れであり、師であり、母のような存在である。

フェリス女学院大学大学院の三田村ゼミは、心地よい緊張感と刺激に満ち、本当に楽しかった。先輩、同期生、後輩の皆さんと共有した時間は、今思い出すと、キラキラと輝いていた気がする。おっとりとしながらも真面目に根気強く研究に取り組む雰囲気は今も変わらない。三田村ゼミの妹たちの頑張りに励まされながら、本書が成ったことを記しておきたい。

そして、母校の跡見学園女子大学で教えを受けた神野藤昭夫先生は、博士論文の審査にもあたってくださった。私の『源氏物語』読みの原点は、神野藤先生のご指導のもと、放課後の跡見の図書館で後輩たちと学んでいた研究会にある。学部時代、研究生時代からずっと見守り続けてくださる神野藤先生はやはり、私にとって父のような存在である。フェリスに進学してからも、跡見は懐かしい実家のようで、そんな場所があることを幸せに思う。

加えて、大学院で教えを受けた故三谷邦明先生や、物語研究会の会員諸氏にも感謝申し上げたい。学内・学外を問わず、一つひとつの出会いがなければ、こうして研究を続けてくることはできなかった。

研究を続けてくる中で、案外に気が強くて意地っ張りな自分に出会った気がする。影ながら私の研究生活を支えてくれた家族にも、本書の索引を作成してくれた上原作和氏にも、感謝の意を表したい。

最後に、本書の出版を快諾してくださった翰林書房の今井ご夫妻には、大変お世話になりました。心よりの感謝を捧げます。

二〇〇八年葉月吉日

三村友希

索引（事項・人名）

【著者略歴】
三村友希（みむら・ゆき）
1975年東京生まれ。跡見学園女子大学卒業、フェリス女学院大学大学院博士課程修了。博士(文学)。現在、フェリス女学院大学非常勤講師。共著に、『人物で読む源氏物語』全20巻（勉誠出版、2005～2006年）がある。「紫の上からの〈手紙〉―文字と言葉と身体と―」(『物語研究』第2号、2002年3月)、「狭衣物語における女二の宮―衣と暑さ、そして身体―」(『玉藻』第38号、2002年11月）など。

姫君たちの源氏物語
―二人の紫の上―

発行日	2008年10月10日 初版第一刷
著　者	三村友希
発行人	今井　肇
発行所	翰林書房
	〒101-0051 東京都千代田区神田神保町1-14
	電 話 03-3294-0588
	FAX 03-3294-0278
	http://www.kanrin.co.jp/
	Eメール●kanrin@nifty.com
印刷·製本	アジプロ

落丁・乱丁本はお取替えいたします

ISBN978-4-87737-266-8